W0348583

Het vierkant van de wraak

Pieter Aspe

Het vierkant van de wraak

Manteau
THRILLER

Iedere overeenkomst met bestaande personen
en toestanden is louter fictief.

© 1995 Uitgeverij Manteau / Standaard Uitgeverij nv
en Pieter Aspe
Standaard Uitgeverij nv,
Mechelsesteenweg 203, B-2018 Antwerpen
www.manteau.be
info@manteau.be

Vertegenwoordiging in Nederland:
Uitgeverij Unieboek BV, Houten – www.unieboek.nl

Eerste druk april 1995
Tweeëntwintigste druk juni 2008

Omslagontwerp Wil Immink

ISBN 978 90 223 1354 1
D 2006/0034/184
NUR 330

Mixed Sources
Productgroep uit goed beheerde bossen, gecontroleerde bronnen en gerecycled materiaal.
FSC www.fsc.org Cert no. CU-COC-802528
© 1996 Forest Stewardship Council

Voor mijn vrouw

O Fortuna,
velut Luna
statu variabilis,
semper crescis
aut decrescis;
vita detestabilis
nunc obdurat
et tunc curat
ludo mentis aciem,
egestatem,
potestatem
dissolvit ut glaciem.

(Carmina Burana)

I

'Ik zie het echt niet meer zitten, brigadier. In hun ogen doe ik niets goed. Ze haten me gewoon.'

'Ja, wat wil je André,' zei Versavel mat. 'Het leven is als een rozelaar. De bloem zit altijd bovenaan de stengel.'

André Petitjean was te jong en wellicht een tikkeltje te naïef om de volle draagwijdte van die woorden te snappen. Voor Versavel maakte dat weinig uit. Hij was moe en verlangde naar zijn bed.

'Nochtans houdt ze erg veel van me,' ging de jonge agent koppig door.

Brigadier Versavel streek zijn snor glad, een gebaar dat hij ettelijke keren per dag herhaalde.

'Haar vader, dat is pas een lomperik. Die gunt me zelfs geen blik.'

'Je bedoelt dat haar moeder nog best meevalt,' zei Versavel.

'Was dat maar waar,' zuchtte Petitjean. 'Dat kreng houdt ons voortdurend in de gaten.'

Versavel hield het gesprek alleen maar aan de gang, omdat de tijd op die manier sneller voortkroop dan wanneer hij zweeg.

'Als ik jou was, zou ik me daarover niet al te veel zorgen maken. Bijna alle ouders voelen zich bedreigd als een of andere snuiter met hun dochter aan de haal wil.'

'Vriendelijk bedankt, brigadier,' zei Petitjean ijzig.

Versavel had geen kinderen en was daar nu heel blij om.

Wat waren die jonge kerels lichtgeraakt tegenwoordig. Het bleef enkele ogenblikken stil in de combi. Met een verbeten trek om de mond stuurde Petitjean de Ford Transit door de desolate straten van de Brugse binnenstad.

'Geef toe dat we geen kinderen meer zijn.'

Versavel gaf dit toe met een droge knik.

'Wat verwijten ze me eigenlijk? Dat ik bij de politie werk! Ze weten verdomd heel goed dat ik een A1-diploma heb. Met een beetje geluk ben ik binnen vijf jaar onderofficier en met de juiste partijkaart vóór mijn vijfendertigste commissaris. *Hij* is nota bene opsteller; na achtentwintig jaar trouwe dienst. Kun je nagaan.'

Ik ben ook maar brigadier, wou Versavel zeggen. En ik was ook graag commissaris geworden.

'Bovendien eist *hij* dat als ik echt met zijn dochter wil trouwen, ik eerst maar een huis moet kopen.'

'En zij doet braaf alles wat papa haar voorschrijft,' zei Versavel geprikkeld.

Hij wierp een sluikse blik op zijn polshorloge. Goddank, nog drieduizend negenhonderd seconden en hun dienst zat erop. Normaal was het altijd knap druk in de nacht van zaterdag op zondag. Maar uitgerekend nu hij met een op hol geslagen Romeo op zijn dak zat, bleef alles onwezenlijk kalm.

'Weet je hoe ik dat zootje noem?'

Versavel schudde het hoofd en aaide over zijn snor.

'Een verdomd stel achterlijke katholieken,' vloekte Petitjean driftig. 'De miserie is begonnen met densiclique. Ze hadden die Pool nooit tot paus mogen bombarderen.'

'De wat?' Versavel ging recht in zijn stoel zitten.

'Wel, densiclique,' herhaalde Petitjean, verbaasd dat Versavel hem niet begreep. 'Je weet wel, die brief waarin staat dat we allemaal braaf het gezag moeten erkennen. *Hij* gelooft rotsvast in die dingen. Dat moet wel als je voor de Christelijke Mutualiteiten werkt.'

'Ach, zo zit dat.'

'Wat dacht je anders,' snoof Petitjean.

'Ja, daar kan ik wel in komen,' geeuwde Versavel. 'De katholieke Kerk heeft al voor een boel narigheid gezorgd.'

'Maar vanmiddag vraag ik haar ten huwelijk. Wat denk je daarvan?'

Zoek een ander wijf, had hij willen zeggen. Maar hij antwoordde: 'Misschien kan je ze wel imponeren. De kleine bourgeoisie is niet ongevoelig voor bluf. Denk aan de schijn, André, en de rest volgt vanzelf.'

Hij had beter zijn tong ingeslikt.

'Wat bedoel je daarmee?' schoot Petitjean zenuwachtig uit. De ingehouden spanning van de voorbije uren barstte los.

'Houd me alsjeblieft niet voor de gek, brigadier.' Zijn bolle ogen schoten vuur. Hij was duidelijk de kluts kwijt. Gelukkig draaiden ze net een rondje om de Markt, want in zijn verwarring verloor Petitjean bijna de controle over het stuur.

'Rustig, rustig,' schreeuwde Versavel die zich verbijsterd realiseerde dat ze de rand van het trottoir met amper tien centimeter hadden gemist. 'Ik ben geen expert, hoor. Ik weet niets af van vrouwen en nog minder van toekomstige schoonouders,' suste hij.

'Maar wat bedoel je dan met imponeren, waarom zeg je zoiets? Ik zit in de put, man. Dat begrijp je toch!' zei Petitjean verwijtend.

Het was nu vier minuten over zes. Het schoot niet op. Versavel moest iets bedenken om de resterende tijd te doden.

'Als je nu eens een heel dure verlovingsring kocht,' flapte hij eruit.

Het was een dom voorstel, maar Petitjean fleurde op als een drenkeling die aan de horizon een schip bespeurt.

'Denk je dat een dure ring echt zou helpen?' vroeg hij wanhopig enthousiast. Er zat voor Versavel niets anders op dan het spel mee te spelen.

'Maar natuurlijk,' zei hij op vaderlijke toon. 'Schoonouders moet je warm maken. Koop de ring waarvan je schoonmoeder altijd heeft gedroomd en ze schenkt je haar dochter op een presenteerblad.'

Petitjean lette er gelukkig niet op dat Versavel zoëven had beweerd niets van vrouwen of schoonmoeders af te weten.

'Meen je dat?'

'Je weet toch dat ik jou nooit zou belazeren, André.'

Petitjean nam genoegen met het antwoord en concentreerde zich weer volledig op het besturen van de combi.

Ze reden via de Geldmuntstraat naar het Zand. De nachtpatrouilles verlopen altijd volgens een strakke timing en een vaste route. Ze lagen een kleine tien minuten voor op dat schema. Een dronkaard die onder de Muntpoort stond te braken had mazzel: ze lieten hem ongemoeid.

Petitjean verkeerde nu zichtbaar in een opperbeste stemming en Versavel slaakte een zucht van verlichting.

'Je bent een fantastische kerel, brigadier. Je weet echt overal raad mee.'

Versavel strekte zijn benen en stelde zich het zalige moment voor waarop hij naakt onder zijn dekbed zou duiken.

'Straks koop ik de duurste ring die er te vinden is,' gromde Petitjean welgemutst.

'Morgen zal je bedoelen. Het is zondag vandaag.'

'Oké, morgen dan.' Hij was blijkbaar al vergeten dat hij haar in de namiddag ten huwelijk zou vragen.

Het Zand, dat weidse plein waar vroeger het neogotische station oprees, strekte zich uit als een lege vlakte. Een vroege taxi stak hen behoedzaam voorbij. In de verte denderde een trein. De ogen van Petitjean, halve bollen zoals die van wijlen Marty Feldman, twinkelden in het nevelige zonlicht. Zijn rosse haar leek in brand te staan en zijn benig aangezicht glom als gepolijst marmer.

'De vraag is,' opperde hij plotseling bloedserieus, 'waar koop ik morgen een mooie, dure verlovingsring? Met welke ring kan ik die krengen imponeren? Ik kan me geen enkele fout permitteren, brigadier.'

Versavel kneep zijn ogen dicht voor een onbarmhartige zonnestraal. Wat waren ze toch naïef, die jongelui van tegenwoordig, dacht hij, naïef en lichtgeraakt.

'Waar zou ik die moeten kopen?' mompelde Petitjean in een soort van zelf opgewekte trance.

Versavel liet hem luidop dromen. Hij had meer oog voor de bijna gerestaureerde toren van de Sint-Salvatorkerk. Versavel hield van Brugge, van de sfeer en van de perfect onderhouden monumenten. Vooral op een moment als dit, bij het krieken van de dag, kon hij daar eindeloos van genieten.

'Je moet me helpen, brigadier,' zei Petitjean dwingend. 'Jij kent Brugge als je broekzak. Waar koop ik de meest exclusieve verlovingsring?'

Dat laatste moest hij tot tweemaal toe herhalen. Versavel besefte dat het zinloos was de jonge Petitjean uit te leggen dat zijn advies van daarstraks niet meer was dan een geïmproviseerd antwoord op een vervelende vraag. In de loop van de week zou hij de commissaris verzoeken hem nooit meer met Petitjean op patrouille te sturen.

'Straks rijden we voorbij de winkel van Degroof,' zei hij achteloos. 'Daar kopen alle gegoede Bruggelingen hun spullen.'

'Echt waar?'

Petitjean leek van de duivel bezeten. Er parelde warempel zweet op zijn voorhoofd.

'Is het nog ver, brigadier?' Hij jengelde als een kleuter die op zijn ijsje moet wachten.

Ze passeerden het Simon Stevinplein. Onder de luifel van een bankfiliaal nam een jong stel gepassioneerd afscheid. Versavel schatte het meisje niet ouder dan zeventien. In wat voor een wereld leven wij, zuchtte hij.

'Brigadier?' klonk het ongeduldig.

'We zijn er bijna, rustig maar.'

Petitjean minderde voor alle zekerheid vaart.

De drukste winkelstraat van Brugge was even doods als een afgelegen buitenwijk en zonder het licht van de halogeenspots lag de koopwaar in de etalages er hulpeloos bij.

'Daar heb je hem,' zei Versavel, 'daar naast die schoenwinkel.' Hij wees naar het vergulde uithangbord waarop in zwierige, gotische letters het monogram van de firma stond geschilderd. Meestal bergen juweliers hun collectie 's nachts op in een kluis, of ze nemen hun kostbaarste stukken mee naar huis. Maar dit was nu niet het geschikte moment om zijn jonge collega met dergelijke details lastig te vallen.

'Het kan toch geen kwaad, he brigadier, dat ik even een kijkje neem,' vroeg Petitjean vol vuur.

'Helemaal niet, neem gerust je tijd.'

Petitjean parkeerde de Transit nogal slordig tegenover de juwelierswinkel en wipte fluks uit de wagen. Versavel maakte van de gelegenheid gebruik om even zijn ogen te sluiten. Mensen die vaak nachtdiensten draaien weten dat het kan: even wegzakken in een verkwikkend slaapje dat niet langer dan een paar minuten hoeft te duren. Versavel droomde zelfs, een flits van nog geen twintig seconden. Hij werd bruusk wakker toen Petitjean het portier met een harde smak dichtsloeg. De jonge agent schudde hem ruw bij de schouder.

'Brigadier, brigadier,' schreeuwde hij met overslaande stem.

Versavel gromde onvriendelijk. In zijn droom wou hij net een welgevormde Spanjaard aanspreken die hem via discreet oogcontact uitnodigde.

'Er ligt helemaal niets in de etalage, brigadier. De winkel is leeg,' hakkelde Petitjean.

Versavel beheerste zich. Op het nippertje weliswaar, maar hij beheerste zich. Natuurlijk was de winkel leeg. Hij wierp beroepshalve een blik op zijn polshorloge en wreef geeuwend over zijn snor. Het was twaalf minuten over zes.

'En er liggen glassplinters,' voegde Petitjean er gejaagd aan toe, toen hij bemerkte dat de brigadier geen aanstalten maakte om iets te ondernemen.

Versavel haalde diep adem.

'Jezus allemachtig,' kreunde hij. 'Waarom heb ik mijn grote mond niet gehouden?'

Petitjean hoorde wat hij zei, maar besefte niet wat Versavel bedoelde.

'Wat gaan we nu doen, brigadier?'

Versavel viste de zaklantaarn onder zijn stoel vandaan en stapte uit. Hij huiverde. Zelfs in de zomer voelt de dageraad kil aan. Petitjean rende als een manke haas naar de overkant. Hij maakte met beide handen een koker en tuurde opgewonden door het veiligheidsglas van de vitrine. Versavel liet de krachtige lichtbundel van de zaklantaarn door de winkelruimte schijnen. Het duurde nauwelijks vijf seconden voor hij de gepaste conclusie had getrokken. De etalage was inderdaad leeg. De vitrinekasten in de winkel waren ook leeg en er lag een hoop slordig bijeengeveegde glasscherven in de hoek. Wat hem echter het meest verontrustte waren de twee paar witte, katoenen handschoenen onder een van de tafels.

'Ik denk dat we pech hebben vriend,' zei hij sarcastisch.

Petitjean staarde hem wezenloos aan. Een scheut adrenaline deed hem opeens lichtjes beven.

'Je bedoelt toch niet dat...'

'Ik vrees het wel en uitgerekend nu nog,' bitste Versavel. 'Jij met je stomme probleem ook.'

Petitjean kon zijn oren niet geloven. Zijn sympathie voor Versavel smolt als een ijsblokje in een glas lauwe cola. Collega's hadden hem nochtans gewaarschuwd: neem nooit een brigadier in vertrouwen, als puntje bij paaltje komt laat hij je vallen als een baksteen. Versavel had hem dus de hele nacht voor de gek gehouden. De brigadier gaf geen moer om zijn situatie.

‘Blijf hier staan,’ commandeerde Versavel nors. Van slapen zou in de komende uren geen sprake meer zijn.

‘Oké, brigadier.’ Petitjean vatte post voor de vitrine en staarde boos voor zich uit.

Versavel beende gelaten naar de combi en riep de officier van de wacht op. Het duurde bijna een halve minuut voor de oproep werd beantwoord. Bart De Keyzer had net vier uur gepit op een opvouwbaar veldbed en klonk als een verkouden kraai.

‘ONA 3421 hier, ik luister.’

‘Versavel hier.’ Hij roffelde nerveus de Radetzkymars op het dashboard.

‘Goeiemorgen, brigadier, welk nieuws?’ De Keyzer probeerde zo wakker mogelijk te klinken.

‘Betreft een vermoedelijke diefstal bij Degroof,’ zei Versavel koel. ‘In de Steenstraat,’ voegde hij eraan toe. Want dat zou De Keyzer hem toch vragen. Zelfs als iemand ‘stadhuis’ doorgaf vroeg hij het adres.

‘Met braak?’ klonk het na een poosje.

‘Negatief.’

Versavel had een gloeiende hekel aan De Keyzer. Hij was de jongste officier van het korps en iedereen wist dat hij daar via politieke sluipwegen was gedropt. Zijn vader was immers vice-admiraal bij de Belgische zeemacht en dit was het beste wat hij voor zoonlief had kunnen arrangeren.

‘Ben je zeker dat het om diefstal gaat?’

‘Negatief, maar de hele winkel is uitgemest. Er liggen glasscherven en handschoenen,’ antwoordde Versavel laconiek. Voor zover hij wist kon niemand met De Keyzer opschieten. De man was dom en arrogant en zijn huid was dikker dan het rubber van een vooroorlogs condoom.

‘Wens je soms versterking, brigadier?’

‘In ’s hemelsnaam,’ vloekte Versavel zachtjes. ‘Als ik jou was zou ik de substituut met wachtdienst opbellen en de eigenaar van de winkel. Degroof, weet je wel,’ snauwde hij.

De Keyzer reageerde niet op de botte uitval van de brigadier. Hij kende Versavel en wist dat die er niet voor terugschrok de incompetentie van een onervaren officier in zijn PV geraffineerd te laten doorschemeren.

'Natuurlijk doe ik dat,' riposteerde hij licht verontwaardigd. 'En ik zorg ervoor dat je zo gauw mogelijk wordt afgelost.'

'Ja, doe dat maar.'

Versavel grijnsde.

Het duurde een eeuwigheid voor Hannelore Martens het gerinkel van de telefoon hoorde. Ze had gisteren tot laat in de nacht tv zitten kijken. Ze was pas twee weken geleden als substituut aangesteld en het was haar eerste wachtdienst.

Als er iets gebeurt is het altijd in de nacht van zaterdag op zondag, had een oudere collega haar gewaarschuwd.

Hannelore Martens sloeg haastig haar peignoir om, stak het licht aan en holde naar beneden. Haar toestel stond voor het raam in de woonkamer. Ze hoopte dat er niets met haar vader was gebeurd.

'Hallo met Martens.'

Noch zij, noch De Keyzer had er enig vermoeden van dat men een substituut voor een ordinaire diefstal niet uit zijn bed belt. Iedereen in het korps wist nochtans dat Versavel niet vies was van een practical joke.

'Wachtdoend officier De Keyzer, mevrouw,' zei hij in zijn fraaiste Nederlands. 'Excuseer dat ik u stoor, maar de zaak is nogal ernstig.'

Hannelore Martens luisterde met kloppend hart naar het omstandige verslag van Bart De Keyzer. De man beschikte over een irriterend talent: hij had tien keer meer woorden nodig dan Versavel om uit te leggen wat er aan de hand was. Toen hij was uitgepraat, wist ze eigenlijk niet goed wat haar te doen stond. De naam Degroof deed in haar achterhoofd een belletje rinkelen. Zou ze de procureur inlichten?

'Zijn er slachtoffers?' vroeg ze voor alle zekerheid.

'Negatief, mevrouw. Er is zelfs geen spoor van de daders.'

De mannelijke collega's hadden haar verzekerd dat ze door de praktijk en alleen door de praktijk het klappen van de zweep zou leren. Maar wat moest ze doen? Móest ze wel iets doen? Misschien moest ze alleen het proces-verbaal afwachten. Maar als dat de normale procedure was, waarom belde de politie haar dan?

Laat nooit aan ondergeschikten merken dat je twijfelt en wees kordaat onder alle omstandigheden, hadden dezelfde collega's haar op het hart gedrukt. Ze hoorde De Keyzer ademen aan de andere kant van de lijn. Ze kon niet vermoeden dat hij net als zoveel domme, hooghartige mensen een haast blind ontzag voor zijn meerderen koesterde.

'Ik kom zelf poolshoogte nemen,' zei ze ten slotte zelfverzekerd. 'Ik ben nu toch wakker.'

'In orde, mevrouw. Wilt u misschien dat ik ondertussen de eigenaar verwittig?'

'Ja, graag. Zeg hem dat ik over een kwartier ter plaatse ben.'

'Oké, mevrouw. Ik verwittig mijn mensen dat u de zaak persoonlijk in handen neemt.'

Nog voor ze 'dank u' kon zeggen, haakte De Keyzer in.

Substituut Martens trilde van opwinding. Ze trok haar peignoir uit en liep naar de badkamer. Die bevond zich achterin de keuken en bestond uit niet meer dan een krappe douchecel en een ouderwetse wastafel.

Haar overbuurman, een gepensioneerde postmeester, dronk rustig zijn eerste kop koffie. Hij was altijd vroeg uit de veren.

Dat hij het sierlijke silhouet van juffrouw Martens gedurende een paar seconden in al zijn glorie mocht aanschouwen was louter toeval. Andere dagen keek hij nooit naar de overkant.

Het duurde haast nog langer dan een eeuwigheid voor Ghislain Degroof de telefoon opnam. Maar De Keyzer liet het signaal bijna vijf minuten overgaan. Als de substituut niet onderweg was geweest, had hij zijn poging wellicht vroeger gestaakt.

'Degroof,' klonk het bot. Zijn benen voelden als lood en zijn stem was schor van het overmatig roken.

'Politie, mijnheer Degroof. Wachtdoend officier De Keyzer hier. Ik vrees dat ik slecht nieuws voor u heb.'

De Keyzer pauzeerde even om het gewicht van die mededeling goed te laten doordringen.

'Ik krijg net bericht van de nachtpatrouille dat uw winkel in de Steenstraat vermoedelijk is beroofd,' zei hij op ambtelijke toon.

Degroof verslikte zich in zijn eigen speeksel en wendde even zijn mond van de hoorn af voor een flinke hoestbui.

'Mijnheer Degroof, bent u daar nog?' vroeg De Keyzer na een paar seconden.

'Natuurlijk ben ik hier nog,' kuchte Degroof. 'Wat bedoel je in godsnaam met "vermoedelijk"?'

'De brigadier van dienst meldt mij dat de vitrine leeg is, alsook de toonkasten in de winkel. Hij vraagt zich af of dat normaal is. Er liggen eveneens glasscherven en handschoenen.'

'Natuurlijk is dat niet normaal,' schreeuwde Degroof schor. De Keyzer hield de hoorn een eindje van zijn oor.

'Nochtans heeft men geen sporen van inbraak aangetroffen,' ging hij behoedzaam verder. De Keyzer kende de familie Degroof, of beter: zijn vader kende de familie Degroof. Ze waren rijk en heel machtig. Daarom vond hij het niet vreemd dat Versavel hem had gevraagd de substituut in te lichten. Met dat soort volk kon een mens niet voorzichtig genoeg zijn.

'De substituut is onderweg,' voegde hij er met een zekere trots aan toe.

Het hoofd van Degroof tolde als een op drift geslagen carrousel. Hij ging zitten en probeerde de schade te schatten. Gelukkig was hij voor het volle pond verzekerd. Zijn hoofd draaide alleen maar omdat hij nog niet helemaal nuchter was.

'Goed,' zei hij. 'Ik kom eraan.'

'Uitstekend, mijnheer. Ik doe ondertussen het nodige.'

2

Ghislain Degroof en Hannelore Martens arriveerden bijna gelijktijdig. Zij parkeerde net haar marineblauwe Twingo achter de politiecombi toen Degroof kwam aanrijden in een gitzwarte Maserati.

Versavel noteerde hun aankomst. Het was vijf over zeven.

Hannelore Martens droeg een wit T-shirt en een lange, donkerbruine rok met hoge split aan de zijkant. Bij het uitstappen toonde ze twee welgevormde kuiten.

'Goeiemorgen, brigadier,' zei ze luchtig tegen Versavel.

'Mevrouw de substituut?' vroeg hij ongelovig. Hij had gehoord dat men magistraten tegenwoordig heel jong benoemt, maar zij zag er amper vijfentwintig uit.

'Hannelore Martens, aangenaam.'

Versavel tikte met wijs- en middelvinger tegen zijn pet. Ze kende tenminste de graden bij de politie. Dat was geen slecht teken. Ze drukte hem de hand toen het gegrom van de Maserati hen deed omkijken. Degroof parkeerde als een dronken cowboy.

'Degroof, I presume?' Haar spottende toon ontging Versavel niet.

'Wie anders,' zei hij met een knipoog.

'Laten we dan maar eerst kennis gaan maken met het slachtoffer,' zei ze vrolijk.

Versavel volgde haar op de voet. Hij begreep niet hoe zo'n vrouw bij het gerecht was beland. Als fotomodel had ze stukken meer kunnen verdienen.

Degroof junior was een lange, slanke man. Achter een dure designbril puilden twee ongelijke ogen. Zijn benige schouders staken als scherpe driehoeken door zijn jasje. Hij liep voorovergebogen en zag er tien jaar ouder uit dan hij in feite was.

'Substituut Martens,' stelde ze zich zelfverzekerd voor.

Degroof keek even verbaasd als Versavel.

'Ik ben zo vlug mogelijk gekomen,' zei ze.

'Dat is heel vriendelijk, mevrouw de substituut.'

Degroof gedroeg zich als een perfecte gentleman.

'Mijn naam is Degroof, Ghislain Degroof, propriëtaire van Degroof Diamonds and Jewelry.'

Versavel kreeg haast de slappe lach. Wie hadden ze anders verwacht: Sneeuwwitje?

'Wat is hier in 's hemelsnaam aan de hand?' vroeg Degroof met een uitdrukking van pijnlijke verontwaardiging.

'Dat kunnen we best aan de brigadier vragen,' zei Hannelore Martens. 'Hij heeft de feiten vastgesteld. Nietwaar, brigadier?'

Versavel vertelde in korte bewoordingen wat ze hadden geconstateerd, maar verzweeg wijselijk de ware reden waarom ze aan de juwelierszaak waren gestopt.

'Het is de gewoonte dat politiepatrouilles 's nachts af en toe een routinecontrole uitvoeren,' loog hij met een uitgestreken gezicht. Gelukkig stond Petitjean buiten gehoorafstand.

'We hebben geen sporen van inbraak kunnen ontdekken. Alles lijkt nog stevig op slot,' concludeerde Versavel voorzichtig. 'Ik stel voor dat mijnheer Degroof de deur voor ons openmaakt, dan komen we wellicht meer te weten.'

'Prima,' zei substituut Martens. 'Laten we geen tijd verliezen en binnen een kijkje gaan nemen.' Ze was duidelijk van plan de touwtjes in handen te houden.

Terwijl Degroof zijn sleutels bovenhaalde, monsterde Versavel de juwelier aandachtig. Hij droeg een verfomfaaid streepjespak, soepele mocassins zonder sokken en een afschuwelijke das. Zijn gelaatstrekken waren week, zijn baardgroei te verwaarlozen en onder zijn kikvorsogen hingen driedubbele wallen. Hij stonk naar sterke drank.

Terwijl hij het slot van het metalen rolluik openmaakte, wierp Hannelore Martens Versavel een blik van verstandhouding toe. Haar eerste indruk van Degroof verschilde niet veel van die van Versavel. Zijn kop stond haar absoluut niet aan.

'Blijf hier maar staan,' zei Versavel tegen Petitjean die aanstalten maakte om mee naar binnen te gaan. 'En laat niemand door zonder mijn toestemming.'

Petitjean gehoorzaamde met een korte hoofdknik.

Het rolluik ratelde soepel naar boven. Degroof deed de voordeur open, maakte licht en liep snel naar een ingebouwde kast die haast onzichtbaar tussen twee muurvitrines zat.

'Eerst het inbraakalarm uitschakelen,' mompelde hij.

Hannelore Martens bleef instinctief staan, maar Versavel gaf een teken dat ze gerust kon doorlopen.

'Er zit een vertragingsmechanisme op,' legde hij uit. 'Degroof beschikt over honderd seconden om het systeem uit te schakelen.'

Degroof drukte vier cijfers in op het kleine toetsenbord: 1905.

'Zo,' zei hij met een air alsof hij een uiterst gecompliceerde handeling had uitgevoerd, 'nu is alles veilig.'

Onnozelaar, dacht Versavel. 'Nu is alles veilig', wie zegt zoiets na een overval? Alles was inderdaad zéér veilig. Er lag niets meer.

'Mon Dieu,' jammerde Degroof toen hij om zich heen keek. 'Ils ont tout pris!'

'Bedoelt u dat u niets opbergt of mee naar huis neemt?' vroeg Versavel verbaasd.

'Met zo'n installatie hoeft dat niet meer, mijnheer de brigadier. Deze beveiliging heeft me anderhalf miljoen gekost.'

Verontwaardigd beende hij naar de andere kant van de winkel en verdween via een tussendeur in een smalle gang. Martens en Versavel volgden hem op de voet. Maar nog voor ze de deur bereikten hoorden ze hem opnieuw 'mon Dieu' roepen.

Versavel was het eerst in de gang. Rechts van hem zag hij twee deuren. Die waren dicht. Aan de linkerkant was er maar één deur en die stond halfopen. Versavel registreerde een scherpe, doordringende geur, die hij niet kon thuisbrengen. Hannelore Martens begon te hoesten.

Ze kwamen in een klein atelier. Degroof stond met de handen aan het hoofd naar de muursafe te staren. De deur van de safe bengelde, als een moderne sculptuur, aan één scharnier.

'Merkwaardig,' floot Versavel. Hij haalde zijn notitieboekje boven en maakte een paar aantekeningen. Net toen hij de juwelier een vraag wou stellen, rinkelde de telefoon in de winkel. Degroof bleef staan als de vrouw van Lot, in een dramatische pose met één hand voor zijn ogen. Versavel liep naar de winkel en nam de hoorn op.

'Hallo, brigadier Versavel hier. Met wie spreek ik?'

Het bleef enkele seconden stil aan de andere kant. De bewakingsagent van Securitas wist dat hij prijs had.

Telkens als het alarm wordt uitgeschakeld gaat er een signaal over een speciale telefoonlijn naar de alarmcentrale bijna honderd kilometer daarvandaan. Vannacht had de agent echter een paar uur geslapen. Dat deed hij anders nooit, maar hij had zijn zoontje een dagje Walibi beloofd. Zijn exvrouw hield immers geen rekening met de ploegendienst waarin hij werkte. Bezoekrecht op zondag was voor haar bezoekrecht op zondag en daar maakte ze nooit een uitzondering op.

'Freddy Dugardin van de alarmcentrale. Spreek ik met de politie?' vroeg hij in de ijdele hoop dat het antwoord negatief zou zijn.

'Inderdaad,' zei Versavel mat. Hij kon zich best voorstellen dat de man niet op zijn gemak was. Als het alarm vannacht was afgegaan, of zelfs maar uitgeschakeld, en hij had dat signaal om de een of andere reden niet gehoord, dan kon hij vanaf maandag gaan stempelen.

'Er is toch niets ernstigs aan de hand?' vroeg Dugardin haast wanhopig.

'De hele zaak is leeggeroofd, mijn beste man.' Terwijl Versavel dat zei schoot hem plots te binnen dat het alarm wel degelijk had aangestaan toen ze binnenkwamen. Degroof had het uitgeschakeld. Daarom belde de agent. Het was zondag en normaal werkte het systeem immers tot maandagochtend.

'Heeft iemand vannacht het alarm uitgeschakeld?' vroeg Versavel.

Ondertussen had hij zijn notitieboekje terug bovengehaald en hij hield zijn balpen in de aanslag.

'Ogenblikje,' zei Dugardin.

Koortsachtig tikte hij een paar toetsen in op het klavier dat voor hem op zijn bureau stond. Degroof Diamonds and Jewelry had code WV-BR-1423. Na een paar seconden verstrekte de computer hem de gevraagde gegevens. Dugardin wreef met zijn volle hand over zijn gezicht. Hij herademde.

'Brigadier,' zei hij hoorbaar opgelucht, 'tussen middernacht en nu is er bij ons niets gesignaleerd.'

'En daarvoor?'

'Momentje.'

Het duurde twee minuten voor Dugardin met het antwoord op de proppen kwam.

'Vrijdagavond heeft mijnheer Degroof zelf het alarm uitgeschakeld. Hij heeft mijn collega daar telefonisch van op de hoogte gebracht.'

'Tiens, vrijdagavond zeg je,' herhaalde Versavel. 'Blijf nog even aan de lijn. Mijnheer Degroof staat hier naast me.'

'Hebt u vrijdagavond het alarm uitgeschakeld?' informeerde Versavel. De substituut was erbij komen staan en luisterde aandachtig.

'Natuurlijk niet,' steigerde Degroof.

'Mijnheer Degroof beweert dat hij vrijdagavond het alarm niet heeft uitgeschakeld,' zei Versavel. Hij gebruikte met opzet 'beweert'. Hij was lang genoeg bij de politie om te weten dat men beter niemand op zijn woord gelooft.

'Negatief,' antwoordde Dugardin nu een stuk zelfverzekerder. 'Om 22.23 uur heeft hij opgebeld. Ik laat u de tape beluisteren, momentje.'

Versavel wachtte tot de band was teruggespoeld en tokkelde ondertussen een wals van Strauss op het tafelblad.

'Daar komt-ie,' zei Dugardin triomfantelijk. Na een paar zoem- en fluittonen hoorde Versavel de stem van Degroof. De man sprak zoals alle vooraanstaande Bruggelingen een soort gezuiverd Westvlaams, hier en daar doorspekt met Franse woorden.

'Allo, centrale. U spreekt met Ghislain Degroof. Excuseer voor het dérangement. Maar ik verwacht vanavond nog een belangrijke cliënt en ik heb daarom het inbraakalarm gecoupeerd.'

'Genoteerd, mijnheer Degroof. Kunt u mij ook zeggen hoelang die onderbreking ongeveer zal duren?'

'Oh, een uur, anderhalf uur. Gaat dat?'

'Dus voor middernacht is alles weer in orde?'

'Bien sûr, mon ami.'

'In orde en nog een goede avond verder, mijnheer Degroof.'

Degroof stond te trappelen van ongeduld en deed zenuwachtig teken dat hij de opname ook wou beluisteren.

'Kun je de band nog eens laten horen, vriend?' vroeg Versavel. 'Mijnheer Degroof wil zelf ook eens luisteren.'

'Met genoegen,' zei Dugardin.

Degroof rukte de hoorn uit Versavels hand. De brigadier deed een pasje opzij en borstelde nijdig door zijn snor. In de alarmcentrale drukte Dugardin op de startknop, leunde ontspannen achterover en stak een sigaret op.

Terwijl Degroof naar de opname luisterde verschoot hij van kleur. Hij werd lijkbleek.

'Maar dat is mijn stem niet,' zei hij ontdaan.

Hannelore Martens keek Versavel met nieuwsgierige ogen aan. Voor haar was dit pure ontspanning. Niemand had haar ooit verteld dat het veldwerk zo leuk kon zijn. Degroof stond sprakeloos met de hoorn bij zijn oor. Versavel nam die voorzichtig over. Degroof schudde het hoofd en liet zich in een stoel neerploffen.

'Dat was het dan?' vroeg Dugardin opgelucht.

'Vergeet het maar makker,' zei Versavel nogal autoritair. 'Als ik jou was, zou ik stante pede een uitgebreid rapport schrijven. Want je hoort nog van ons.'

'Natuurlijk, brigadier,' zei Dugardin, die blij was dat hij er zo goedkoop vanaf kwam.

'Ik geloof dat er hier vreemde dingen gebeuren,' zei substituut Martens toen Versavel de hoorn met een zucht neerlegde. De brigadier haalde de schouders op.

'Och, mevrouw, voor ons is dit dagelijkse kost.'

'Is dat zo?' reageerde ze lichtjes verontwaardigd.

'Maar de man liegt,' zei Degroof plotseling. 'Ik heb niemand opgebeld! Vrijdag waren we geïnviteerd op de bruiloft van een neef van Anne-Marie in Anvers. We zijn daar blijven overnachten. Daarom was de winkel het hele weekend gesloten. Ik heb honderd getuigen die dat kunnen bevestigen.'

'Kalm, mijnheer Degroof,' suste Versavel. 'Niemand beschuldigt u. U bent het slachtoffer, vergeet dat niet. We weten nu tenminste dat iemand de alarmcentrale heeft opgebeld in uw naam. Bovendien was de dader op de hoogte van uw doen en laten. Hij wist blijkbaar dat u in beslag werd genomen door familiale gebeurtenissen. En wat nog belangrijker is: hij wist hoe hij het inbraakalarm kon neutraliseren.'

De substituut knikte goedkeurend. De brigadier wist van wanten. Ze kreeg opeens een heel ander beeld van de politie. Haar collega's spraken meestal neerbuigend over de efficiëntie van de Brugse agenten.

Degroof zat wezenloos voor zich uit te staren en bette zijn voorhoofd met een zakdoek.

'Blijft u hier maar rustig zitten, mijnheer Degroof. Voor we uw verklaring noteren, neem ik eerst nog een kijkje in het atelier.'

'Stoort het dat ik met u meega?' vroeg Hannelore Martens, die absoluut geen zin had om met Degroof alleen te blijven.

'In geen geval. In het gezelschap van een substituut kan ik het me niet veroorloven fouten te maken,' grapte Versavel. Hij nam enig risico toen hij dat zei. Maar gelukkig beschikte ze over een gezond gevoel voor humor.

'Ik geloof niet dat daarvoor veel gevaar bestaat, brigadier.'

Haar reactie deed Versavel plezier.

Ze waren nog maar pas in het atelier of Degroof stopte zijn zakdoek weg, greep de hoorn van de telefoon en toetste zenuwachtig het nummer van zijn vader in. Het signaal ging drie keer over. Ludovic Degroof was geen langslaper. Iedere dag stond hij om halfzeven op.

'Allo papa, ici Ghislain.'

Ludovic Degroof luisterde naar het verwarde relaas van zijn zoon. Toen die was uitgepraat, instrueerde hij hem nauwkeurig.

'Je vais appeler le commissaire tout d'suite. Restez là. Je m'occupe de tout.'

Dat deed hij trouwens altijd.

'Het stinkt hier, vindt u niet,' zei Hannelore.

'Heb ik ook opgemerkt,' gromde Versavel.

Ze stonden in de werkplaats en Versavel onderzocht de muursafe. Het ding was vakkundig opgeblazen. Versavel wist waarover hij sprak. Tijdens zijn legerdienst had hij een korte stage gelopen bij de ontmijningsdienst.

'Steekt er nog iets in?' vroeg ze.

'Dat zal wel niet.' Maar voor alle zekerheid wierp hij toch een blik. 'Geen kruimel. Professionals vergeten niets.'

Hannelore was opnieuw beginnen hoesten. De bijtende geur wilde maar niet wegdrijven, ondanks de openstaande deur.

'Het lijkt wel een zuur,' kuchte ze. 'Ik herinner me van toen ik klein was dat mijn vader zijn soldeerbout in zoutzuur doopte en dat stonk precies zo.'

Versavel knikte. Hij kon haar moeilijk vertellen dat hij haar een toffe meid vond en dat sympathieke substituten even zeldzaam zijn als blanke hardlopers.

Het atelier was niet groot, hoogstens twaalf vierkante meter. Voor de muur tegenover de deur stond een werkbank. Daarop was een scharnierarm gemonteerd, voorzien van een sterke loep met ingebouwde verlichting. Naast een bankschroef lag een aantal precisie-instrumenten kriskras door elkaar. Er stond ook een compacte polijstmolen. Hier voerde men blijkbaar de kleine herstellingen uit.

Plotseling bemerkte Versavel het aquarium dat tussen de werkbank en de zijmuur op de grond stond. Het ding paste helemaal niet in het kader en hij begreep niet dat niemand dat eerder had opgemerkt. De glazen bak mat ongeveer dertig op vijftig centimeter en leek even hoog als breed. Hij was gevuld met een troebele vloeistof. Aan de oppervlakte dreef een vuil, zilverkleurig soort van schuim.

'Daar komt die stank dus vandaan,' snoof Versavel toen hij neerhurkte en zijn neus boven de bak hield. Hannelore kwam naast hem zitten. Hun knieën raakten elkaar.

'Jakkes, wat een vieze smurrie!' riep ze met opgetrokken neus.

'Ik denk dat we beter Degroof kunnen roepen,' zei Versavel.

Zij stak haar hand uit en hij hielp haar recht. Hannelore vond Versavel een mooie en beminnelijke man, een rustig type. Daar hield ze van. In haar studententijd viel ze ook altijd op oudere mannen.

'Mijnheer Degroof,' schreeuwde Versavel luid, 'kunt u even tot in het atelier komen?'

'Mon Dieu,' schetterde Degroof toen Versavel hem de bak aanwees. 'Koningswater, mon Dieu.'

Dat slaken van 'mon Dieu' begon op Versavels zenuwen te werken. Daarom vroeg hij ook niet meteen wat koningswater was.

Degroof rukte een lade onder de werkbank open en haalde er een paar rubberen handschoenen uit. Hij trok een van de handschoenen over zijn linkerhand en liet die voorzichtig in de troep zakken. Zijn ogen straalden ongerustheid uit, alsof hij bang was op de bodem van de bak iets verschrikkelijks te vinden. Op zijn voorhoofd zwol een bochtige ader, wat hem nog lelijker maakte. Vooral zijn ongelijke ogen vielen nu op. Hij stak zijn hand zo diep in de smurrie dat de stinkende vloeistof bijna in zijn handschoen sijpelde. Nadat hij gedurende een halve minuut in de bak had geroerd, trok hij zijn hand nijdig terug. Tussen duim en wijsvinger hield hij een flinterdunne strook geel metaal geklemd.

'Nom de Dieu,' sakkerde hij.

'En?' vroeg Versavel gespeeld onnozel. 'Hebt u iets gevonden, mijnheer?'

Degroof keek hem woedend aan en begon nu driftig te roeren. Het deerde hem blijkbaar niet dat de vloeistof bijna in zijn handschoen klotste. Versavel en Hannelore keken gebiologeerd toe. Na een paar minuten had hij een kleine hoop onherkenbaar verwrongen goud bovengehaald.

'Bedoelt u dat de dader niets heeft meegenomen?' vroeg Hannelore. Ze begon zich langzaam te realiseren wat er aan de hand was.

'Niemand getroost zich toch al die moeite om een winkel binnen te dringen en daarna de buit te vernietigen,' stelde Versavel nuchter.

‘Neen!’ krijste Degroof. ‘En wat denk je dan dat dit hier is?’

In zijn handpalm lagen een paar besmeurde edelstenen.

‘Barbares!’ tierde hij. Zonder zich om Versavel en Hannelore te bekommeren bleef hij als een bezetene in de bak woelen.

Versavel keek naar Hannelore en het viel hem voor het eerst op dat ze zich blijkbaar kostelijk amuseerde. Toen hoorde hij in de winkel iemand ‘hallo’ roepen. Terwijl Hannelore geamuseerd bleef toekijken hoe Degroof de restanten van exclusieve armbanden, ringen, halssnoeren en oorbellen opviste, ging Versavel in de winkel poolshoogte nemen.

‘Aah Versaveltjie, olles goet joene.’ De stem van agent Decoster schetterde als een stukgeblazen klaroen.

‘Sorry da me zo loate zin, vintjie. Mo je kent Dekezer toch eej. ’t Durt oltied meer dan een olveure eer dat dien t’joeten wakker is en ton deuret nog een eure vor dattie olles utgeleejt eejt.’

Jozef Vermeersch, zijn collega, schoot in de lach.

‘Jeed ons nateurlik ingepeperd damme ons een bitjie moeten inoekden. ’t Schient dat den Degroof ene van die protegeetjes is, je wit wel heej,’ tetterde Decoster.

Versavel legde een waarschuwende vinger tegen zijn lippen en deed teken naar achteren. Maar daar had Decoster geen boodschap aan. Samen met Vermeersch behoorde hij tot de onbeschoftste agenten van het korps. Als Versavel niet beter had geweten zou hij gezworen hebben dat De Keyzer die twee met opzet op zijn dak had gestuurd.

‘’t Is wad’heej met die protegeetjes,’ grinnikte Vermeersch. ‘Juste doarom zin we nog een ki langs Decostere gereejn vor een poar pônen angschoen* te gon ollen. Ze zeggen oltied dajje verzichtig moe zin met de chiqué. Da weejte gie toch ook eej Versaveltjie.’

* fluwelen handschoenen

Decoster produceerde een zenuwachtig gehinnik, waarvoor hij trouwens bekend stond. Versavel nam hem bij de schouder en bracht zijn lippen tot op tien centimeter van zijn linkeroor.

'*Sub-sti-tuut,*' spelde hij wanhopig naar de achterkamer wijzend. Akkoord, ze was nog groen achter de oren, maar een substituut blijft nog altijd een substituut. Decoster bevestigde met een vette knipoog dat hij de boodschap had begrepen en trakteerde Vermeersch op een stomp tussen de ribben.

'Aie, wa schilt'er nu were verdomme?'

Versavel deed teken dat hij moest zwijgen.

'Petitjeantje stoo vor de deure in slape te vollen,' zei Decoster ontwijkend, maar Vermeersch begreep nog altijd niet wat er aan de hand was. Het voornaamste was dat hij nu zijn mond hield.

'Gelukkig da zin toekomstige schoonvoodere nie passirt. Anders...'

'Doe me een plezier, Decoster. Begin niet over Petitjean. Hij heeft me al de hele nacht de oren van mijn kop gezaagd.'

'Aalk ip zin toer is nie teveele eej brigadier,' plaagde Decoster. 'Verlede moand ek'em twi keren ammen been gèt.'

Versavel verzweeg wijselijk dat hij zonder de amoureuze perikelen van Petitjean nu al lang onder dek had gelegen.

'Ik denk dat we hem beter naar huis sturen,' opperde Versavel. 'Straks loopt hij ons alleen maar voor de voeten. Geef jij hem een lift naar de Hauwerstraat,' zei hij tegen Vermeersch, 'dan kan Decoster mij hier assisteren met het proces-verbaal.'

'Ka de substituut je nie aalpen?' grapte Decoster. 'Die mannen zin toch gewend van d'erin te vliegen.'

'Substitu*te*,' verduidelijkte Versavel. 'En niet de eerste de beste als je het mij vraagt.'

'Dank u, brigadier.'

Drie paar ogen flitsten in de richting van substituut Martens die geruisloos was binnengekomen. Het bleef enkele seconden pijnlijk stil.

'Mijnheer Degroof denkt dat de dader zijn hele collectie juwelen in een bad met koningswater heeft opgelost,' zei ze ernstig. 'Het lijkt me beter dat iemand van jullie samen met mijnheer Degroof een inventaris van de geleden schade opmaakt. De brigadier kan ondertussen iemand van het NIC oproepen.'

Ze stonden erbij als betrapte schooljongens. Zelfs Versavel, die niet gauw in zijn mond was geblazen, stond sprakeloos. Voor Hannelore was dit het moment waarop ze zich lang had voorbereid. Eindelijk kon ze haar gezag laten gelden en plukte ze de vruchten van haar moeizaam behaald diploma.

'Natuurlijk, mevrouw,' zei Versavel. Mooie liedjes duren niet lang, dacht hij. Maar wie weet hoe hij zou reageren als hij substituut was. Het klasseverschil zou altijd blijven bestaan.

Op dat ogenblik kwam Degroof de winkel binnen.

'Ik zou graag een coup de fil passeren. Wilt u me excuseren?'

Degroof ging achter zijn bureau zitten. Hij zag er uitgeblust en verslagen uit. Hij had zijn jasje uitgetrokken. De manchet van zijn linkermouw was doordrenkt met het koningswater. Zijn ogen waren bloeddoorlopen en zijn dunne haar kleefde op zijn kalende schedel. Hij transpireerde hevig, maar daar had het miljoenenverlies niets mee te maken. Degroof was bang voor wat papa zou zeggen.

'Laten we even buiten gaan, mannen,' zei Hannelore diplomatisch. Het uitoefenen van gezag beviel haar met de minuut meer en meer. Degroof bedankte haar met een onopvallend knikje.

Buiten stak ze een sigaret op. Ze liet het pakje rondgaan. Alleen Decoster ging op haar aanbod in, want Versavel en Vermeersch waren fervente niet-rokers.

'Vreemde zaak,' zei Hannelore, toen ze de eerste trek diep inhaleerde. 'Ik vind dat wij magistraten meer ter plaatse zouden moeten komen.'

De drie mannen grijnsden uit beleefdheid.

'We hebben in ieder geval niet met een amateur te maken,' merkte Versavel op, toen zowel Decoster als Vermeersch stom bleef als een school haringen.

'Vooral het motief intrigeert me. De hele zaak lijkt compleet absurd. Vindt u dat ook niet, mevrouw?' vroeg hij.

Aan de overkant van de straat stond een groep breeduit lachende Japanners hen nieuwsgierig aan te gapen. De gids die de groep begeleidde, verzon ter plekke een verhaal. Gidsen verzinnen altijd ter plekke een verhaal als ze niet weten waarover het gaat.

Terstond legden de Japanners de voorgevel van Degroof Diamonds and Jewelry vast voor het nageslacht. De camera's en camcorders klikten en zoemden dat het een lieve lust was.

3

Bij Pieter Van In rinkelde de telefoon toen hij pas vijf minuten onder de douche stond. Hij vloekte binnensmonds, maar haastte zich geenszins. Hij nam rustig de tijd om het schuim onder zijn oksels af te spoelen. Daarna stampte hij zijn voeten symbolisch droog op het rubberen matje. Nog dampend ging hij voor de spiegel staan en schudde meewarig het hoofd. Het troebele beeld in de bewasemende spiegel kon men bezwaarlijk mooi noemen.

Met een zucht van berusting wikkelde hij zich in zijn oude, geruite badmantel.

Het was zondagmorgen, kwart over negen. De zon priemde voorzichtig door de verkleurde overgordijnen. Acht jaar kettingroken hadden ze een merkwaardig patina bezorgd. Als men de aanslag van nicotine tenminste zo kan omschrijven. De ivoorkleurige zoldering en het vale behang waren er niet beter aan toe. Ze waren wit geweest.

Van In sjokte naar beneden. Het obstinate gerinkel hield aan. De trap van blank beukehout verbond zijn slaapkamer met de salon op de gelijkvloerse verdieping. Daar stond het enige telefoontoestel. Van In haatte die dingen op de slaapkamer. Voor hij de hoorn opnam stak hij een sigaret op.

'Van In hier,' zei hij bits.

Hallo, Van In, u spreekt met De Kee, goeiemorgen.'

Niets klinkt ironischer dan je baas die je op zondag een goeiemorgen toewenst.

'Excuseer dat ik u zo vroeg stoor.'

De ironie van de hoofdcommissaris kende vandaag geen grenzen. Van In nam een nijdige trek van zijn sigaret. Hij wist dat er nattigheid op komst was.

'Ik ben net opgebeld door Ludovic Degroof. U kent hem toch?'

'Die ken ik,' antwoordde Van In gelaten. Iedereen kent Hitler toch ook, wou hij zeggen.

'Goed. Luister nu goed wat ik ga vertellen, Van In.' De Kee kon niet anders dan Van In verklappen dat Degroof hem uit zijn bed had gebeld. Het geval zat hem allesbehalve lekker.

'Een paar uur geleden constateerde een van onze nachtpatrouilles een inbraak bij zijn zoon, de juwelier uit de Steenstraat,' legde De Kee uit. 'U vraagt zich waarschijnlijk af waarom ik u lastig val met een ordinaire inbraak en dat op een zondagmorgen nog wel.'

Van In vroeg zich af waarom iemand De Kee lastig viel met een gewone inbraak op zondagmorgen.

'Maar de zaak is delicater,' vervolgde De Kee. 'Volgens een eerste vaststelling is er helemaal niets gestolen. De dader zou alle juwelen in een bak met koningswater hebben gedumpt. Ghislain Degroof, de juwelier, beweert dat het zuur zijn hele collectie heeft vernietigd.'

De Kee pauzeerde even.

De eerste sigaret, die anders zo lekker smaakte, prikkelde Van Ins keel en hij moest hoesten.

'Hallo, Van In?'

'Moment, commissaris,' rochelde Van In. Het werd hoog tijd dat hij ermee kapte.

De Kee liet een zekere geïrriteerdheid blijken.

'Indien Deleu niet op vakantie was geweest, had ik u natuurlijk niet lastig gevallen. Maar u begrijpt dat we in dergelijke omstandigheden best een geroutineerde rechercheur inzetten, vooral als we met iemand zoals Degroof te maken hebben.'

Deleu was de schoonzoon van De Kee. Van In had hem destijds ingewerkt bij de politie.

'Natuurlijk, commissaris,' zei hij bijna gedwee.

Deleu kreeg gewoontegetrouw de meest ophefmakende zaken toegeschoven. Als hij het onderzoek verknalde, en dat lukte hem altijd, mocht Van In opdraven om de brokstukken te lijmen. Deze keer kon De Kee niet anders dan een beroep doen op hem.

'Dus u kunt voor hem inspringen?'

'Als dat moet.'

De Kee slaakte een zucht van verlichting.

'Voortreffelijk, Van In,' zei hij opgewekt. 'Ik zou het bijzonder op prijs stellen als u zo vlug mogelijk naar het commissariaat kon komen. Dan kunnen we samen onmiddellijk aan de slag.'

Van In stond sprakeloos. Hij was ervan overtuigd dat De Kee vanuit zijn appartement belde. Degroof moest wel heel wat gewicht in de schaal kunnen leggen om De Kee op een zondagmorgen te laten opdraven.

'Ik ben daar over een half uur, mijnheer,' zei hij.

'Uitstekend, Van In. Ik wist dat ik op u kon rekenen.' Met een droge tik verbrak hij de verbinding.

Van In nam nijdig een trek van zijn sigaret. Hij had zich weer eens mooi laten inpakken. Aan de andere kant kon hij het extra-geld goed gebruiken. Zondaguren werden dubbel vergoed en hij was twee termijnen achter met de afbetaling van zijn hypotheek.

Van In staarde gedurende een volle minuut in de grote, moderne spiegel op de schoorsteenmantel. Hij verzette zich al lang niet meer tegen zijn bazige ijdelheid. De slordig geknoopte strik in zijn ceintuur was losgeraakt. De reflectie van een bolle buik met verzonken navel was niet bepaald opbeurend. Net als daarstraks in de badkamer trok hij een lelijk gezicht. Had hij zich daarvoor gedurende acht maanden de ziel uit het lijf getraind? Ze hadden het dus toch bij het rechte eind, die stomme damesbladen. Een man wordt wel degelijk kinds als hij de kaap van de veertig overschrijdt.

Hij doofde zijn sigaret in een bloempot waarin een schrale ficus wanhopig probeerde te overleven. Daarna liet hij de badmantel van zijn schouders glijden en ging in profiel voor de levensgrote spiegel staan. Hij monsterde zichzelf opnieuw met kritische blik. Als hij diep inademde en zijn billen opspande leek zijn buik vlak en hard. Van In genoot van de pose die hij twintig seconden volhield. Na dit ritueel beklom hij met bonkende tred de houten trap naar de slaapkamer. Hij moest wel, want zijn kleren lagen nog in de badkamer.

'Die Duvels toch,' sakkerde hij toen hij zich in zijn broek wurmde.

Opdat De Kee de indruk zou krijgen dat hij zich gehaast had, schoor Van In zich met opzet niet.

Van de Vette Vispoort, waar hij woonde, tot aan het politiebureau in de Hauwerstraat, was het amper tien minuten lopen. Van In had zijn wagen, een geblutste BMW, drie jaar geleden van de hand gedaan.

Want wie in Brugge niet over een garage beschikt, raakt zijn auto nergens meer kwijt.

'Goeiemorgen, commissaris Van In.'

Benny Lagrou, de agent die de receptie bemande, lachte zijn tandeloze mond bloot.

'Morgen, Benny. Is De Kee al lang op post?' vroeg Van In langs zijn neus weg.

Lagrou was een agent van de oude stempel. Hij was een drankorgel en een kletsmajoor. De Kee had hem vijf jaar geleden van straatdienst ontheven. Normaal zat hij op de dienst verloren voorwerpen, bij de collega's beter bekend als 'Siberië'.

'Heeft hij je geroepen in verband met die overval in de Steenstraat?' zei hij ontwijkend.

'Is hij hier al lang?' herhaalde Van In zijn vraag.

Lagrou keek schuw om zich heen en gaf Van In een teken dat hij dichter moest komen.

'Hij is een half uur geleden binnengestoven,' fluisterde Lagrou op samenzweerderige toon. 'En ik denk dat hij niet te welgezind is.'

'Is hij dat ooit,' zei Van In.

Lagrou liet opnieuw zijn tandvlees zien.

Van In duwde de tussendeur open en liep de trap op naar de derde verdieping. Hij kwam niemand tegen. Iedereen nam de lift tegenwoordig.

Hoofdcommissaris De Kee, een gewezen kapper die zich had opgewerkt tot licentiaat in de Criminologie, reageerde haast simultaan met het bescheiden klopje op de deur.

'Binnen.'

De hoofdcommissaris zat achter zijn bureau. Hij was klein van stuk, net als de meeste dictators. Voor de gelegenheid had hij zich in zijn uniform gehesen. Dat gebeurde uiterst zelden. Meestal droeg hij dure maatpakken. Vera, zijn bijzit, waakte angstvallig over zijn look.

'Ga zitten, Van In,' zei De Kee toonloos. Hij observeerde hem door ontspiegelde glazen in een achttien-karaats gouden montuur. Het zat hem niet lekker dat zijn schoonzoon afwezig was. Hij hield Van In liever in de luwte.

'Sigaret?'

'Graag,' zei Van In.

De Kee schoof hem een pakje Players toe, taksvrij uiteraard. Van In stak er rustig een op. De Kee streek een paar keer na elkaar door zijn uitdunnende haar. Een kind kon aanvoelen dat hij onder druk stond. Hij zag dat Van In daarop lette en trok zijn hand abrupt terug.

'Ik zou willen dat u de leiding neemt van dit onderzoek, Van In. En het is van het allergrootste belang dat u discreet handelt. Daarmee bedoel ik dat u de familie Degroof zo weinig mogelijk lastig valt en dat eventuele verhoren niet op het bureau plaatsvinden. Ben ik duidelijk?'

'Natuurlijk, mijnheer.'

Van In wist dat De Kee heel wat te danken had aan Ludovic Degroof. Driekwart van alle plaatselijke politici trouwens ook.

'Het is ook niet per se noodzakelijk dat de dader of daders worden opgepakt.'

De Kee had duidelijk moeite met deze laatste woorden. Van In schrok zich haast een ongeluk.

'En waarom niet als ik vragen mag?'

De Kee nam zijn dure bril van zijn neus en wreef met duim en wijsvinger zijn ooghoeken schoon. Van In stelde precies díe vragen die bij Deleu nooit zouden opkomen. Maar hij had weinig keus. Iemand moest toch een onderzoek instellen.

'Beste Pieter,' zei hij op zalvende toon. 'Mijnheer Ludovic Degroof heeft een hekel aan dat soort van publiciteit. Als je de daders vindt, oké. Vind je ze niet, geen probleem. Degroof vraagt ons een degelijk proces-verbaal op te maken, de schade officieel te laten constateren en er verder niet al te veel aandacht aan te besteden.'

Het feit dat De Kee hem opeens ging tutoyeren, maakte Van In bijzonder achterdochtig. De hoofdcommissaris bediende zich steevast van de ouderwetse beleefdheidsvorm.

'Met andere woorden: hij heeft ons nodig om zijn verlies van de verzekeringsmaatschappij te recupereren,' zei Van In nogal scherp.

De Kee wuifde die opmerking met een achteloos gebaar weg.

'Hoelang ben je nu al bij de politie, Pieter?' vroeg hij terwijl hij Van In geamuseerd aankeek. 'Achttien jaar, negentien jaar?'

'Negentien,' zei Van In.

'Bijna twintig, Pieter,' verbeterde De Kee. De sluwe vos beschikte over een grondige dossierkennis en die etaleerde hij graag. 'Ik veronderstel dat je gedurende die tijd een heleboel hebt meegemaakt.'

Van In knikte. Hij had dit verhaal al een paar keer moeten aanhoren. Meestal ging het dan om een politieke affaire.

'Je weet ondertussen hoe de wereld in elkaar steekt en dat het soms beter is te zwijgen dan in de stront te roeren.'

De Kee begon weer door zijn haar te strijken. Vera had het pas gisteren met een duur produkt gekleurd. Daar dokte hij gewillig voor af, net als voor de Clio en het appartement in Zeebrugge.

'Ik begrijp best wat u bedoelt, commissaris.' Van In voelde zich als een kleuter. Maar in zijn geval was de juf een klein, arrogant mannetje.

'Dat hoop ik, Pieter.' Hij zette zijn bril op en keek Van In strak aan. De Kee fixeerde graag mensen. Hij dacht dat hij daardoor gezag uitstraalde.

'Afgesproken?'

Van In bevochtigde zijn lippen.

'Heb ik enige keus?' vroeg hij.

De Kee schudde het hoofd.

'Neen, die heb je niet, Pieter.'

Even dacht Van In met weemoed aan zijn jeugd, die onvergetelijke jaren zestig, waarin hij nog geen gedwongen compromissen hoefde te sluiten. Nu ging hij gebukt onder alimentatie en een veel te zware hypotheek.

De Kee stond op en liet zijn blik over het Beursplein dwalen. Hij had in ieder geval gedaan wat van hem werd gevraagd. Als Van In het onderzoek verknalde, was die meteen de perfecte zondebok. Bij nader inzien was het zo slecht nog niet dat Deleu met vakantie was. De Kee beschikte over een zesde zintuig voor het ontwijken van netelige affaires.

'Zullen we dan maar eens een kijkje ter plaatse gaan nemen?' stelde hij voor. Hij raadpleegde de grote klok boven de deur. Het was vijf voor tien. 'Je collega zal gelukkig zijn dat hij wordt afgelost.'

Van In duwde zijn half opgerookte sigaret uit en ging naar

de deur. De Kee nam de hoorn van de huistelefoon en toetste het nummer van de kantine.

'Hallo, Gerard. We vertrekken onmiddellijk.'

De Kee produceerde een schraal, nasaal stemgeluid, iets in de aard van een traag draaiende mixer.

Gerard Vandenbrande was de privé-chauffeur van De Kee. De hoofdcommissaris had die functie zelf gecreëerd de dag nadat het college van burgemeester en schepenen hem voor het leven had benoemd.

Gerard groette De Kee en Van In op de reglementaire manier en hield plichtsgetrouw het portier van de zwarte Ford Scorpio open. De Scorpio was net geen twee jaar oud. Dat was niets bijzonders: De Kee had om de vier jaar recht op een nieuwe dienstwagen. Wél opmerkelijk was de nummerplaat van de Scorpio: DKB-101. 'De Kee Brugge', gevolgd door het nationale noodnummer van de politie. De ijdelheid van de man kende geen grenzen.

'Alles goed met de kleine?' vroeg Van In toen hij instapte.

Kaat, de vrouw van Gerard, was zes maanden geleden bevallen van een mongooltje. De Kee wist dat ook, maar had toch de moeite niet genomen zijn eigen wagen uit de garage te halen. Indien hij dat wel had gedaan, had Gerard niet hals over kop zijn schoonouders moeten optrommelen om voor het kind te zorgen. Kaat was immers verpleegster en draaide twee weekends per maand.

Gerard trok heel discreet de schouders op en nam met een trieste blik plaats achter het stuur. De Kee knikte en Gerard duwde zachtjes op het gaspedaal.

Op het Zand spoot de bronzen fontein krachtige stralen tegen een hemel van turkoois. Het water kletterde met een rustgevende regelmaat in het bekken. Het grote plein lag er nog verlaten bij, ontvankelijk voor iedere argeloze agorafobielijder.

Gerard reed in een gezapig tempo de Zuidzandstraat in.

In het verlengde van de Zuidzandstraat lag de Steenstraat, het Mekka voor de verwende Brugse consument. Degroof had zijn zaak ondergebracht in een onopvallend pand, maar zijn juwelencollectie was exclusief en bijgevolg peperduur. Dat wist iedereen. Degroof junior ontwierp die zelf, beweerde men. Maar Van In wist uit betrouwbare bron dat Degroof een paar jonge ontwerpers in dienst had die hem hun inspiratie en hun vakmanschap voor een aalmoes verpatsten.

Pal voor de deur van de winkel stond nu ook een Volkswagen combi met tollend zwaailicht. Decoster en Vermeersch waren niet vies van een beetje show.

'Wie leidt het onderzoek?' vroeg Van In toen ze uitstapten.

'Guido Versavel,' zei De Kee. 'Hij heeft pas nachtdienst gehad. Maar je kent Versavel. Hij weet van geen ophouden,' voegde hij er bijna spottend aan toe.

'Versavel is een prima politieman,' zei Van In vastberaden. De Kee wierp hem een verwonderde blik toe, maar reageerde niet. Hij had Degroof in het oog gekregen, die hem vanuit de deuropening tegemoet liep.

'Bonjour, mon cher commissaire.'

De Kee stapte met een gedistingeerde glimlach om zijn dunne lippen op Ghislain Degroof toe. Beide mannen begroetten elkaar uitgebreid op het trottoir voor de winkel. Schouderklopjes en een aantal onverstaanbare Franse woorden vergezelden het eindeloze handjesschudden. Degroof gedroeg zich in tegenstelling tot een uur geleden bijzonder relaxed.

Van In werd op slag gedegradeerd tot een nutteloos aanhangsel van het establishment.

Gelukkig verscheen Versavel in de deuropening. De brigadier knikte goedkeurend en wenkte Van In met een sloom gebaar. Hij was bijzonder gelukkig dat Van In het onderzoek van hem overnam, want met Vermeersch en Decoster viel er geen land te bezeilen.

'Hoi, je ziet er vermoeid uit, kerel.'

'Dat zou jij ook zijn als je de hele nacht voor kindermeid had moeten spelen!'

Van In trok zijn wenkbrauwen op.

'Petitjean,' verduidelijkte Versavel.

'Is die arme drommel nog altijd niet getrouwd?' glimlachte Van In. Er was niemand binnen het korps die de amoureuze kruistocht van de jonge agent niet kende.

'Vermeersch en Decoster zijn wat foto's aan het nemen in het atelier,' zei Versavel. 'De substituut houdt een oogje in het zeil.'

'De substituut!' kreunde Van In. 'Straks halen ze er nog de minister van Binnenlandse Zaken bij. Geen publiciteit, Benson im Himmel!'

'Wat bazel je daar allemaal?' vroeg Versavel.

'Doet er niet toe. Vertel jij liever eens wat er hier allemaal gaande is.'

Versavel bracht hem in enkele woorden op de hoogte van de situatie. Hij biechtte eveneens op dat hij een grapje had uitgehaald met De Keyzer, de officier met wachtdienst. 'Ik kan aannemen dat hij erin getrapt is, maar wie had kunnen dromen dat zíj er zou inlopen?'

'Ze is even dom als de meeste andere magistraten zeker,' zei Van In minachtend.

'Of ze dom is weet ik niet,' monkelde Versavel. 'Ze is in ieder geval mooi...'

'Dat zien we straks wel,' zei Van In. 'Maar zeg eens brigadier, vanwaar die plotselinge interesse voor het andere geslacht?'

Van In en Versavel kenden elkaar al heel lang. Versavel was in de loop van de jaren immuun geworden voor Van Ins toespelingen.

'Ik heb Leo opgebeld. Hij kan ieder ogenblik arriveren,' zei Versavel, de speldeprik van Van In negerend. Leo Vanmaele werkte als laborant bij het Nationaal Instituut voor

Criminalistiek, kortweg NIC. Hij was tevens de boezemvriend van Pieter Van In.

'Fijn,' zei Van In.

'Kom, laten we naar binnen gaan,' stelde Versavel voor. Hij begon stilaan doodmoe te worden.

Van Ins voeten zakten een halve centimeter in het muisgrijze kamerbreed tapijt, waarin in witte letters het monogram van Degroof Diamonds and Jewelry was geweven.

'Tussen kunst en kitsch,' mompelde hij.

'Vind je dit dan niet mooi?' vroeg Versavel verwonderd. Van In schudde kordaat het hoofd.

Hij bekeek de winkel aandachtig. Het was een smalle ruimte, hoogstens drieëneenhalve meter breed en zes meter diep, schatte hij. De muren, waarin een achttal namaak-gotische nissen waren uitgespaard, had men bekleed met oude, met de hand gereinigde bakstenen. In de nissen zaten glazen deuren, waarachter de juwelen werden uitgestald. Maar op deze zondagmorgen waren de nissen leeg, op de blauwe fluwelen onderleggers na.

Tegen de zoldering hingen een paar kristallen luchters. Er stonden ook twee tafels waaraan Degroof zijn klanten ontving. Van In kon de stijl van de tafels niet thuisbrengen. Het was een mengeling van alle Lodewijks, met veel bladgoud en Corduaans leer. Bij iedere tafel stonden drie stoelen in dezelfde ondefinieerbare stijl. De zittingen waren van pluche.

Van In stak een sigaret op.

'Misschien kan ik je beter eerst aan onze substituut voorstellen,' zei Versavel voorzichtigheidshalve.

'Moet dat?' gromde Van In. 'Je weet toch dat ik niet graag met vrouwen samenwerk. Eerst strikken ze je, daarna spelen ze de baas en voor je het beseft zijn ze met je geld weg.'

Versavel wist wat Van In had meegemaakt maar toch zei hij: 'Ik denk dat je mijn raad deze keer beter opvolgt. Als je haar ziet, ben je verloren.'

Maar hij hoefde hem niet verder te overtuigen. Hannelore Martens had stemmen gehoord in de winkel en kwam zelf een kijkje nemen. Versavel hield Van In scherp in de gaten. Hij sperde zijn ogen wijd open, net zoals Versavel had voorspeld.

'Mevrouw Martens, mag ik u adjunct-commissaris Van In voorstellen? Hij neemt het onderzoek van mij over.'

De substituut nam geen aanstoot aan zijn starende blik.

'Aangenaam met u kennis te maken, commissaris Van In. Ik ben zeer nieuwsgierig naar uw mening, want voor mij raakt die affaire kant noch wal.'

'Ik ben pas aangekomen,' zei Van In verveeld. 'Brigadier Versavel gaf net een briefing toen u binnenkwam.'

Hij voelde het zweet op zijn voorhoofd wellen. Het duurde meestal een tijdje voor hij met een vreemde vrouw normaal kon converseren. Hij ondervond alle moeite van de wereld om niet te gaan stotteren. Dat gevoel van onbehagen tegenover vrouwen sleepte hij al mee van toen hij nog een puber was. Nu was hij te oud om er nog tegen te vechten. Straks zou alles wel beter gaan, troostte hij zich.

'Misschien kunnen we hier overleg plegen?' Ze wees naar een van de tafels. Zonder zijn antwoord af te wachten trok ze een stoel van onder de tafel vandaan en ging zitten. Ze kruiste zwierig haar benen.

Versavel kreeg in de gaten dat Van In het moeilijk had en schoot zijn collega te hulp.

'De hoofdcommissaris is hier ook, mevrouw. Hij staat buiten met de eigenaar te praten. Wilt u dat ik hem even roep?'

Ze leek een paar seconden uit het veld geslagen. Het is immers een ongeschreven wet dat iemand van het parket alleen met de hoogste officier besprekingen voert.

'Nee, dank u, brigadier. Ik ga zelf wel naar hem toe. We zien mekaar straks wel.'

'Oef,' zuchtte Van In toen ze de deur uit was. 'Je had me mogen verwittigen, man. Bedankt hoor!'

'Dat heb ik ook geprobeerd,' grinnikte Versavel. 'Maar je wou niet luisteren. Trouwens, weet je nog hoe je me vorig jaar een halve nacht aan die jonge Duitser hebt vastgeketend? We zaten verdorie met de dijen tegen elkaar en ik moest me maar beheersen. Dat heb je toen met opzet gedaan. Kan ik er wat aan doen dat ze mooi is?'

Van In haalde diep adem. De bonkende brok zenuwen in zijn maag kwam langzaam tot bedaren.

'Oké, dat is dan een-een. De volgende keer dat we samen een adonis oppakken mag jij hem in zijn blote kont fouilleren, Versaveltje.'

Ze schoten allebei tegelijk in de lach.

4

Om kwart over elf banjerde Leo Vanmaele binnen, met in zijn zog de mooie Hannelore.

'Mijnheer de hoofdcommissaris en mijnheer Degroof gebruiken samen een kop koffie op het terras van café Craenenburg,' zei ze nog voor Leo een woord kon uitbrengen. 'Mijnheer Vanmaele is van de gerechtelijke politie; hij werkt voor het technisch lab,' voegde ze er op schoolmeestertoon aan toe.

'Goeiemorgen, mijnheer Vanmaele,' zei Van In met een knipoog.

Ze hadden gisteren tot een gat in de nacht Duvels zitten hijsen, maar dat hoefde zij niet te weten.

Vanmaele had zijn wagen, een knalgele Audi 100, met twee wielen op het trottoir voor het uitstalraam geparkeerd. Hij had zijn auto geel laten spuiten na een weddenschap met Van In. Als iemand ooit een andere gele Audi 100 met Belgische nummerplaat kon opsporen, moest Van In gedurende een vol jaar alle Duvels betalen die ze samen soldaat maakten. Als Van In de weddenschap verloor zou hem dat beduidend meer kosten dan wat Vanmaele voor de spuitbeurt had betaald.

'Lang geleden dat we nog eens mochten samenwerken.'

'Inderdaad, commissaris,' zei Leo Vanmaele flegmatiek. 'En wat is er deze keer aan de hand?'

'Een onbekende heeft de hele collectie van Degroof in een bak met koningswater opgelost.' Van In zette een pas achteruit en wees in de richting van Hannelore en Versavel. ‘Veel meer weet ik ook niet, want ik ben hier nog maar pas.’

Hannelore vond de aanpak van Van In nogal aan de slappe kant. In plaats van iets te doen zei hij alleen ‘Ik weet van niets, ik ben hier nog maar pas’. Zouden de collega’s op de rechtbank dan toch gelijk krijgen als ze beweerden dat de Brugse politie enkel uitblonk in het wegslepen van fout geparkeerde wagens?

‘Mijnheer Degroof is bezig, of liever wás bezig, met het opmaken van een inventaris van alle hier bewaarde juwelen,’ zei ze met een deskundig air. De informatie die ze verstrekte was op dat moment totaal irrelevant. Ze zag hoe Van In meewarig het hoofd schudde en zweeg.

‘Mag ik die bak met koningswater eens bekijken?’ vroeg Vanmaele. ‘En de safe natuurlijk. Opengebrand of opgeblazen?’

Niemand had hem iets over een safe verteld, maar dat hoefde niet. Vanmaele was een man met veel ervaring.

‘Opgeblazen,’ zei Versavel. ‘Ik vermoed dat hij semtex heeft gebruikt en een waterkussen om de knal te dempen. Er hangen nog wat restanten plasticfolie aan de muur.’

Hannelore wist absoluut niet wat semtex was, maar vertikte het om daarover uitleg te vragen.

‘En niemand heeft de klap gehoord?’ Leo keek naar Van In.

‘Vermoedelijk niet. Hier woont toch geen kat. De arme drommels die in de Steenstraat een winkeltje uitbaten hebben hun stulpje buiten de stad,’ zei hij schamper. ‘Maar we trekken dat natuurlijk na.’

‘Voorbijgangers dan?’

‘Misschien,’ knikte Van In. De hele operatie had zich voor middernacht afgespeeld en er kuierde altijd wel iemand door de Steenstraat. Van In hield echter wijselijk zijn mond. De Kee had discretie geëist. Getuigen vinden was nu de minste van zijn zorgen.

'Jullie kunnen toch een bericht laten omroepen via een vrije radio, of de plaatselijke televisiezender contacteren,' merkte Hannelore op. Ze begon zich te ergeren aan het feit dat de dienstdoende commissaris geen initiatieven nam. Versavel en Vanmaele dachten precies hetzelfde.

'Dat zouden we inderdaad kunnen doen,' zei Van In zonder veel enthousiasme. 'Maar laten we eerst hier nog eens rondkijken. Mijnheer Vanmaele kan alvast beginnen met een staal te nemen van het koningswater en de bak op vingerafdrukken te onderzoeken.'

De immer goedlachse Vanmaele trok een lelijk gezicht. Dit was niet de Van In die hij gewoon was.

'Inderdaad, commissaris,' zei hij met de nadruk op dat laatste woord. 'Ik haal even mijn koffertje.'

'En vraag Vermeersch dat hij je naar het bureau voert, Guido,' zei Van In tegen Versavel. 'Ik kan me voorstellen dat je je hondsmoe voelt, maar ik vrees dat de paperassenmolen niet kan wachten. Ik heb je PV vandaag nog nodig.'

Versavel knikte. Van In deed vreemd. Maar hij kende hem goed genoeg om te weten dat hij voor die houding een valabele reden moest hebben.

Toen Versavel de deur uit was en Vanmaele in het atelier druk zocht naar eventuele sporen, ging Van In achter een van de tafels zitten. Hannelore observeerde hem met een uitdrukking van stijgende verwondering.

Na een paar seconden woog de stilte als een loden dekbed. Dat stilzwijgen irriteerde hem nog meer dan zijn verlegenheid.

'Is er nog iets van uw dienst, mevrouw?' vroeg hij ten slotte in de hoop dat ze eindelijk zou opstappen. Een druppel koud zweet sijpelde vanuit zijn nek over zijn ruggegraat.

'Ik vind deze zaak buitengewoon intrigerend,' antwoordde ze totaal naast de kwestie. 'Hebt u er bezwaar tegen dat ik er even kom bijzitten? Ik ben nog nooit bij een politie-onderzoek aanwezig geweest en wie me nodig heeft weet me wel te vinden. Ik heb het nummer van Degroof op mijn antwoordapparaat ingesproken. Ze kunnen me dus altijd bereiken,' voegde ze er trots aan toe.

Benson im Himmel, dacht Van In. Benson im Himmel, sta me bij.

Dat zei hij vaak als hij in de puree zat.

Ze trok een van de stoelen dichterbij en ging tegenover hem zitten.

'Hebt u zoiets al meegemaakt?'

Van In schudde het hoofd. Hij keek haar even recht in het gezicht, maar sloeg zijn ogen onmiddellijk neer.

'Het oplossen van juwelen in een bad met zuur is nogal onalledaags, wellicht het werk van een onevenwichtig karakter. En er is niets lastiger dan het vatten van een gek,' zei hij bewust troosteloos.

'Bijster optimistisch bent u niet?'

'Als we geen duidelijke sporen of betrouwbare getuigen vinden, vrees ik dat er inderdaad niet veel reden tot optimisme is, mevrouw.'

'Maar dat weten we toch niet voor er via radio of televisie een oproep is gelanceerd? Dat bent u toch van plan hoop ik?'

Van In stond voor een dilemma. Hij kon haar moeilijk vertellen wat De Kee hem had toevertrouwd. Men hield de vuile was liever binnen het korps. Confidenties doen aan een magistraat betekende verraad plegen. En alhoewel zijn verhouding met De Kee niet erg hartelijk was, dacht hij er niet aan de substituut in vertrouwen te nemen.

Als ze echter bleef doorzeuren over die oproep via de vrije radio, moest hij daaraan gevolg geven. Hannelore Martens was weliswaar zo groen als een biljartlaken, ze was ook koppig en vasthoudend. Hij zocht bijgevolg wanhopig naar een smoes om haar over te halen van dit plan af te zien.

'Het lijkt me beter dat we eerst het resultaat van het onderzoek afwachten.'

Plotseling voelde hij de warmte van haar knieën onder de tafel, zo dicht zaten ze bij elkaar.

'Nonsens,' lachte ze. 'De media snakken naar dat soort smeuïge berichten. En vergeet niet dat hun medewerking vaak heel nuttige informatie oplevert. In Nederland worden heel wat zaken met behulp van de media opgelost. Brugge is toch geen boerengat meer zeker.'

'Dat moet ik toch eerst met mijn superieuren overleggen,' zei Van In strak.

'Goed, commissaris. Maar ik wens dat u me op de hoogte houdt. Afgesproken?' Ze griste een bruine envelop weg die op de rand van de tafel lag en krabbelde er haastig een paar woorden op.

'Hier hebt u mijn telefoonnummer en adres.'

Van In nam de envelop van haar aan. Het was een gewone envelop zonder postzegel of opdruk, waarvan Hannelore de achterkant had gebruikt. Hij las vluchtig het telefoonnummer en het adres, dat in krachtige blokletters was geschreven. Net toen hij de envelop in zijn binnenzak wou stoppen, viel zijn oog op drie woorden die op de voorkant stonden.

Voor jou ellendeling.

Van In betastte de envelop. Net als iedereen had hij gedacht dat ze daar door Degroof of een van zijn medewerkers was achtergelaten. Hij trok de klep open en haalde er een klein, vierkant stukje papier uit.

'Wat doet u nu?' vroeg ze verbaasd. Toen ze Van In met opgetrokken wenkbrauwen naar het papiertje zag staren, stond ze op en kwam naast hem staan. Ze boog zich voorover en Van In keek schichtig opzij. Ze droeg een luchtig bh-tje. Een kanten niemendalletje. Hij wendde het hoofd af. Benson im Himmel, dacht hij.

'Wat betekent dat? Waarom maakt u die envelop eigenlijk open?'

'Omdat er "Voor jou ellendeling" op staat. Ik kan me niet

voorstellen dat mijnheer Degroof regelmatig dit soort van post ontvangt,' zei hij geprikkeld.

Van In draaide het velletje papier in alle richtingen. Hij kon er geen touw aan vastknopen.

'Denkt u dat de dader dit hier heeft achtergelaten?' Ze was nog wat dichter bij hem komen staan. Haar decolleté gaapte ongegeneerd. Van In keek wijselijk de andere kant op. Hij probeerde zich te concentreren op de vijfentwintig letters op het stukje papier dat hij tussen duim en wijsvinger hield. Maar verder dan de letters tellen kwam hij niet.

'Ik vraag me af of Degroof hier raad mee weet,' zei Van In bedachtzaam. 'Juweliers werken soms met codes. Ik begrijp er in ieder geval geen snars van.'

'En u zei net dat u uit de tekst op de envelop kon opmaken dat het iets met de zaak te maken heeft.'

'Dat heb ik niet gezegd,' snoof hij. 'Ik heb gezegd dat ik me niet kan voorstellen dat Degroof post ontvangt waar "Voor jou ellendeling" op staat.'

'U neemt dus aan dat dit briefje van de dader afkomstig is,' hield ze koppig vol.

'Zou gerust kunnen.'

'Zou gerust kunnen,' herhaalde ze. 'Van wie zou het anders afkomstig zijn? Mag ik even, commissaris?'

Ze trok het papiertje van tussen zijn vingers en bestudeerde het gedurende enkele seconden.

'Ik veronderstel dat mijnheer Degroof niet in het Latijn correspondeert,' zei ze venijnig.

Die verdomde intellectuelen, vloekte Van In binnensmonds.

'Ik ken anders ook niet veel misdadigers die hun boodschap in het Latijn opstellen,' repliceerde hij sarcastisch. Het grote onbehagen liet hem niet los. De naïeve zelfverzekerdheid die ze tentoonspreidde bezorgde hem kippevel.

'Inderdaad, commissaris, u hebt gelijk. Misdadigers laten geen bericht in het Latijn achter,' lachte ze sportief.

Ook dat nog, verzuchtte Van In. Ze kan tegen haar verlies en ze heeft gevoel voor humor! Hij beleefde in gedachten opnieuw het vluchtige kniecontact. Had ze dit met opzet gedaan of wou ze hem gewoon plagen? Misschien voelde ze wel aan dat hij niet erg op zijn gemak was. Van In maakte zich geen illusies, maar een warme, tintelende stroom trok door zijn lichaam.

Ze liep om het bureau heen, pakte haar stoel en kwam naast hem zitten. Ze legde het papiertje voor hen op de tafel.

'"Rotas" betekent "wielen",' zei ze nadenkend. Het woord stond bovenaan het vierkant:

R O T A S
O P E R A
T E N E T
A R E P O
S A T O R

Toeval of niet, Hannelore zat weer heel dicht tegen hem aan. Ze geurde naar Lux toiletzeep en rond haar neus zaten een paar sproetjes. Was ze eigenlijk wel substituut? Van In schudde het hoofd.

'Wat betekent "rotas" dan wel volgens u?' reageerde ze prompt.

Van In schrok. In gedachten was hij afgedwaald naar de kommerloze momenten die hij met Sonja had doorgebracht.

'Sorry, ik dacht even aan iets anders.' Hij wou een sigaret opsteken, maar bedacht zich. Voor sommige antirokers was een sigaret voldoende om antipathie op te wekken en dat risico wou hij niet lopen.

'Het lijkt op een raadsel, een soort cryptogram. Vindt u ook niet, commissaris?' Ze wisselde van stemming als een opgedraaide puber. De voorbije minuten was ze van een bedillerige tante veranderd in een schalks schoolmeisje.

'Als dat zo is, hebben we met een *weirdo* of met een wereldverbeteraar te maken. Of een combinatie van beide,' zuchtte Van In. Hij was De Kee plotseling dankbaar. Hij zou de zaak heel snel afhandelen.

'Of met iemand die te veel Amerikaanse pulp heeft gezien op tv,' vulde ze niet onverstandig aan.

'Benson im Himmel,' kreunde Van In. 'Doe me dat niet aan.'

'Wát zegt u?' Hannelore keek hem met opengesperde ogen aan. Haar bovenlip trilde en het leek alsof ze ieder ogenblik in de lach kon schieten. Van In veronderstelde dat hij nu bloosde.

'Een typische politie-uitdrukking,' zei hij luchtig.

'Maak dat de baas wijs.'

Van In begreep dat het geen zin had haar iets op de mouw te spelden. Ze zou toch blijven aandringen.

'U hebt gelijk, mevrouw. Het wordt tijd dat ik die dwaze kreet eens afleer.'

'Vodden, commissaris, vodden. Dat zei ik vroeger altijd als ik in de problemen zat.'

'Dat meent u niet.'

'Echt waar, stamt nog van mijn studententijd,' vertelde ze gretig. 'Toen ik mijn eerste mondeling aflegde aan de unief had ik een jeans aangetrokken, een splinternieuwe nog wel. En weet je wat de prof zei toen ik binnenkwam?'

'Nee,' zei Van In onschuldig.

'"Van vodden neem ik geen examen af. Kom maar terug in september." En ik mocht opstappen. Tranen met tuiten heb ik geweend!'

'Dat meen je niet.' Hij realiseerde zich amper dat hun gesprek nu even onwezenlijk was als de anekdote die ze net had verteld. Ze zaten midden in een onderzoek! Benson im Himmel, wou hij weer zeggen. Hij was blij dat er niemand anders in de winkel was.

'En waar komt jouw kreet vandaan?' Ze gaf hem met haar elleboog een por in de ribben.

Had Leo staan luistervinken of niet, zijn timing was in ieder geval perfect. Hij hijgde een beetje van het gehurkt zitten. Zijn mouwen waren opgestroopt en zijn kleine oogjes flitsten beurtelings naar Van In en substituut Martens.

Hannelore trok haar gezicht in een ernstige plooi. Voor haar was dit alles nieuw en ze amuseerde zich kostelijk. De wijze raadgevingen van haar collega's was ze al lang vergeten. Gezag afdwingen was prettig voor een poosje, maar volhouden, nee, dat was aan haar niet besteed. Niet te verwonderen dat ze op de rechtbank allemaal met een zuur gezicht rondliepen.

'En, iets gevonden?' informeerde Van In.

'No prints,' verklaarde Leo gelaten. 'En aan de handschoenen hebben we ook niet veel, courant model, overal te koop. Tenzij een microscopisch onderzoek iets aan het licht brengt.'

'En het koningswater?' Hannelore draaide haar hoofd in zijn richting.

'Wat bedoelt u, mevrouw?'

'Valt dat niet na te trekken? Volgens mij zit er een liter of veertig van dat spul in die bak. Dat is een behoorlijke hoeveelheid en ik heb dat goedje nog nooit in de rekken van de supermarkt gezien.'

'U denkt dat iemand die dergelijke hoeveelheden koopt ergens geregistreerd wordt of zo? Was dat maar waar! Nee, koningswater, of aqua regia zoals het door de beroeps wordt genoemd, is niet bijzonder zeldzaam of exotisch zoals de naam misschien laat vermoeden. Koningswater is gewoon een mengsel van een deel salpeterzuur en drie delen zoutzuur. Twee onschuldige componenten die je bij iedere drogist kan kopen zonder enige argwaan te wekken. Juweliers gebruiken het om goud te scheiden van de andere metalen in een legering.'

Leo pakte op zijn beurt een stoel en ging recht tegenover Hannelore en Van In zitten. Hij zette zijn bril af en stak van wal. Leo was zijn carrière immers als leraar begonnen. Hij hield van lesgeven maar de leerlingen van diverse scholen hadden daar anders over beslist.

'Zuiver goud van vierentwintig karaat is nogal week en bijgevolg onbruikbaar,' doceerde hij. Zijn bolle appelwangen waren doorregen met couperose. 'Wat wij kennen als achttien karaat of veertien karaat is een legering van goud en koper, zilver, nikkel of palladium. Hoe meer koper bijvoorbeeld hoe geler het goud is. Het zogenaamde "wit goud" is een legering van goud en palladium of nikkel. Achttien karaat betekent dat de legering 75 percent goud bevat.'

'Welwel,' zei Hannelore, 'een mens kan toch altijd nog wat bijleren!'

Leo bedankte haar met een brede glimlach. Blijkbaar was iedereen weg van de mooie Hannelore.

'Bij het verwerken van oud goud, "schroot" noemen ze het, dienen de componenten te worden gescheiden. Nu is een van de prettige eigenschappen van goud dat het door geen enkel zuur wordt aangetast. Het procédé is dus kinderlijk eenvoudig. Men maakt een cocktail van twee sterke zuren en dumpt het "schroot" erin. Op die manier kan de juwelier het zuivere goud netjes recupereren.'

Leo Vanmaele zette zijn bril weer op als teken dat zijn uiteenzetting gedaan was. Door de dikke glazen keek hij naar het stel tortelduiven voor hem. Want voor Leo was de situatie glashelder: tussen die twee was iets aan het opbloeien. Hij begreep alleen niet hoe een vrouw als Hannelore voor iemand als Van In kon vallen. Zijn vriend was eenenveertig, rookte als een negentiende-eeuwse schoorsteen en zoop als een landrover in veldversnelling.

'Dus kan Degroof niet klagen,' concludeerde Hannelore. 'Het goud blijft bruikbaar.'

'Inderdaad, mevrouw de substituut,' zei Leo iets te nadrukkelijk, alsof hij het standenverschil extra wilde beklemtonen. 'Maar negentig percent van de kostprijs van een exclusief juweel zit in het ontwerp en de arbeidsuren. De dader of daders hebben een enorme schade aangericht, want wanneer ze alles gewoon hadden meegepakt zou de verzekering Degroof tot de laatste frank hebben terugbetaald.'

'Een wraakactie dus,' zei Van In bedachtzaam.

'Gepleegd door een klassiek geschoolde gek.' Hannelore zwaaide met het briefje.

Leo, die nog niet wist waarover ze het had, besteedde geen aandacht aan haar opmerking.

'Je mag wel spreken van een perfect voorbereide wraakactie,' zei hij. 'Absoluut geen klus van amateurs. Semtex, het goedje waarmee de brandkast werd opgeblazen, is geen artikel dat je zomaar bij de bakker koopt. Bovendien duurt de hele procedure van het oplossen in koningswater meer dan vierentwintig uur, zodat de daders óók moeten geweten hebben dat de winkel zaterdag gesloten was.'

'En vergeet het inbraakalarm niet. De dader kende de code en de procedure die de bewakingsfirma volgt,' zei Van In.

Hannelore viste een pakje sigaretten op uit de brede heupzak van haar ruim zittende rok.

'Rookt u, commissaris?'

Van In kon zijn oren haast niet geloven. 'Graag,' zei hij.' Leo weigerde het aanbod met een kordaat handgebaar.

Terwijl Van In gretig een eerste trek nam zei Hannelore onverwacht: 'Vreemd dat iemand die de code van het inbraakalarm kent, niet achter de combinatie van de safe kan komen.'

Leo keek naar Van In met een blik van mooi-en-verstandig-wie-had-dat-verwacht.

'Mijn complimenten, mevrouw. Vroeger zei mijn schoolmeester altijd: een goed punt en een bank vooruit, jongen.'

'Waarom hebben wíj daar niet aan gedacht,' zei Van In.

'Omdat vrouwen nu eenmaal scherpzinniger zijn dan mannen, commissaris,' pochte ze glunderend. 'En dan hebben we nog niets over het Latijnse raadsel gezegd, nietwaar, commissaris.'

Ze schoof het papiertje over de tafel naar Leo.

'Als ik mij niet vergis hebt u toch Latijn gestudeerd, mijn beste Vanmaele.' Van In wist niet waarom ze doorgingen met de komedie en elkaar niet gewoon met de voornaam aanspraken. Maar Leo leek het spel niet erg te vinden.

'Daar hebt u gelijk in, commissaris Van In,' monkelde hij. Ondertussen duwde hij zijn bril omhoog en onderwierp het stukje papier aan een grondig onderzoek.

'Als het om een wraakactie zou gaan,' zei Hannelore, 'dan lijkt het me logisch dat de dader of daders in de onmiddellijke omgeving van de familie Degroof dienen te worden gezocht. Wraak is een heel persoonlijke aangelegenheid. Meestal is vergelding een motief dat bij passionele delicten meer voorkomt dan bijvoorbeeld bij een roofoverval, als je dit tenminste een roofoverval kan noemen.'

Ze keek Van In afwachtend aan.

'Ik zal morgen proberen een profiel van de dader op te stellen,' zei hij. Hij vond het vervelend dat hij niet vrijuit kon spreken. 'Wellicht kunnen de mannen van het CBO* ons een handje toesteken. Maar persoonlijk denk ik niet dat we met een gek te maken hebben.'

'En zoëven zei u zelf dat...'

'Dat was zoëven, mevrouw.'

'Goed, iedereen mag zijn mening herzien. Maar waarom denkt u dat? Intuïtie?'

'Inderdaad,' glimlachte Van In, 'mánnelijke intuïtie in dit geval.'

Die was raak, dacht Leo. Hij had meegeluisterd, terwijl hij probeerde de Latijnse woorden te ontcijferen. De betekenis van 'rotas', 'opera' en 'tenet' lag voor de hand. En dat 'arepo' en 'sator' het omgekeerde waren van 'opera' en 'rotas'

* Centraal Bureau Opsporing

was hem ook onmiddellijk opgevallen. Maar uit de rest raakte hij niet wijs.

'Geen klein bier, Van In,' zei hij en zette zijn bril af ten teken dat hij zijn pogingen staakte. 'Het is allemaal zolang geleden. Ik vrees dat we een filoloog zullen moeten raadplegen. En wie zegt dat een vertaling ons verder helpt? Hebt u erop gelet dat "rotas" en "opera" ook achterstevoren geschreven worden en dat zowel verticaal als horizontaal?'

'Dus u vermoedt eveneens dat het om een soort raadsel gaat?' Van In boog zich voorover en nam het papiertje van Leo aan.

'Maar er moet toch een bedoeling achter steken. Misdadigers laten toch zomaar geen boodschap achter?' Ze streek met beide handen het haar achter de oren.

'Tenzij in Amerikaanse pulp,' zei Van In met uitgestreken gezicht. 'Daar is alles mogelijk.'

'Komaan, heren. U hoeft me niet de hele tijd voor de gek te houden,' zei ze verontwaardigd.

'Er zit niets anders op dan de resultaten van het onderzoek af te wachten. Wees nu eens eerlijk, mevrouw. Veel meer kunnen we nu niet doen.'

'U vergeet de oproep via de vrije radio,' zei ze nijdig. Hannelore Martens beschikte werkelijk over een wisselend temperament.

Daar is ze weer, zuchtte Van In. Natuurlijk had ze gelijk. Iemand moest dit hebben gezien of gehoord.

'Wees maar gerust, mevrouw. Ik ben er zeker van dat de hoofdcommissaris met uw voorstel zal instemmen. Maar op dit ogenblik denk ik dat ik me nuttiger kan maken in de Hauwerstraat. Daar wacht me een boel papierwerk en daar kan ik brigadier Versavel niet alleen voor laten opdraaien.'

'Goed dan, commissaris, maar ik zal de zaak op de voet volgen.'

'Mijnheer Vanmaele blijft hier waarschijnlijk nog een poos.'

Leo knikte.

'Dan ga ik maar. A propos, volgens Versavel heeft Degroof de sleutels van de winkel aan agent Decoster overhandigd. Ik zal hem zeggen dat hij hier blijft tot u klaar bent, zodat hij de boel kan afsluiten.'

'Okido,' zei Vanmaele. 'Dan kom ik morgen terug met een bestelwagen en een paar mannen om de bak met goudsmurrie naar het lab over te brengen. Dan kunnen we precies uitmaken hoeveel goud er werd opgelost. Daar zal Degroof wel het meest in geïnteresseerd zijn, denk ik.'

'Dat is dan afgesproken.' Van In stond op.

'Ik veronderstel dat we elkaar nog wel eens zullen ontmoeten,' zei hij tegen Hannelore.

'Dat hoop ik van harte, commissaris. Het was me een genoegen met u kennis te maken,' zei ze poeslief. Van In zou de vrouwen nooit begrijpen. Ze drukte hem de hand en hield die even stevig vast. 'En vergeet de vrije radio niet,' knipoogde ze. 'Ik ben er zeker van dat u met een oproep resultaat zult bereiken en bovendien sta ik erop dat het gebeurt,' voegde ze er streng aan toe. 'Als ze het morgenvroeg niet uitzenden, bel ik zelf, ambtshalve uiteraard.'

Buiten hadden Decoster en Vermeersch de grootste moeite om de nieuwsgierigen op een afstand te houden. De straat krioelde van de toeristen en iedereen wilde weten wat er gebeurd was.

Een magere jongeman stond geamuseerd toe te kijken terwijl naast hem een kaal mannetje voortdurend foto's van het gebeuren nam. Hij was een plaatselijke verslaggever en ging nooit op stap zonder zijn camera. Van een van de agenten die de menigte op afstand hield had hij voor duizend frank het verhaal gekocht.

Van In wrong zich zo onopvallend mogelijk naar buiten. De hitte van de zomerzon kronkelde als een vurige slang tussen de gevelrijen. Het zou bloedheet worden vandaag. Geen zuchtje wind beroerde de vlaggen. Die hingen er voor morgen, voor het feest van de Vlaamse Gemeenschap. Van In probeerde tempo te maken, wat hem nauwelijks lukte. Toeristen vertragen het voetgangersverkeer hopeloos. Bovendien gaan ze voor niemand uit de weg.

Hij liep langs de gevels, met de muren als natuurlijke dekking. Zijn gedachten bleven bij Hannelore Martens hangen als een vlinder bij een bloemperk. Van In was kwaad op zichzelf. Hij had zich onnozel gedragen.

Een beetje onnozel maar, corrigeerde hij. Zíj gedroeg zich trouwens ook niet als een magistraat.

Versavel zat in kamer 204 met zijn rug naar het venster te zwoegen achter een ouderwetse, mechanische schrijfmachine.

'Nog altijd niet moe?' vroeg Van In toen hij binnenkwam. De brigadier keek nauwelijks op van zijn werk. Zijn grove vingers bleven ongenadig op de aftandse Brother inbeuken.

'Nog vijf minuten,' kreunde hij.

Van In liet zich neerploffen achter Versavels bureau en stak een sigaret op. Hij negeerde de borden 'verboden te roken', die waren uitsluitend voor het publiek bedoeld.

'En heb je een afspraakje versierd?' vroeg Versavel droog.

'Benson im Himmel. Jij ook al. Leo zat ook de hele tijd knipoogjes te geven. Waarom zou ik? Dat mens wil alleen maar opvallen. Beginners doen altijd een beetje vreemd.'

'Ze zat je toch voortdurend aan te staren,' zei Versavel onverstoord. 'Ik zou maar oppassen als ik jou was, kerel.'

Het bleef even stil, op het geratel van de schrijfmachine na. Van In wist niet goed waarom hij opspeelde. Als het van hem zou afhangen nam hij haar vanavond mee uit.

'Zo, dat staat er weer eens netjes op,' zei Versavel opgelucht. Hij draaide een dicht betikt vel papier uit de machine en legde het behoedzaam op het stapeltje dat hij eerder had afgewerkt. 'Die zondaguren heb ik dubbel en dik verdiend. Aan jou de eer.' Hij stond op en rekte zich uitgebreid uit.

'Zie ik je morgen?' vroeg Van In. 'Keetje heeft me de zaak persoonlijk toevertrouwd en ik zou het prettig vinden als je me wou assisteren.'

'Prima,' antwoordde Versavel.

Hij liet merken dat hij zich vereerd voelde door het aanbod van de commissaris. Hij mocht dan maar brigadier zijn, in het verleden had hij meermaals bewezen dat hij zijn mannetje kon staan. Van In was een van de weinige officieren die dat apprecieerde.

'Er zijn wel een paar problemen, Guido,' zei Van In nu op vertrouwelijke toon. 'Keetje staat onder druk van de ouwe Degroof. Hij eist absolute discretie en geen publiciteit.'

Versavel fronste de wenkbrauwen, maar zei niets.

'Dan doen we het discreet, nietwaar.'

'Aan de andere kant eist onze mooie juffrouw dat we via de vrije radio een oproep lanceren, zodat eventuele getuigen zich kunnen melden.'

'Ach zo,' knikte Versavel. 'Dat wordt dan een tikkeltje ingewikkelder.' Hij stelde geen vragen over het waarom, maar accepteerde de absurditeit van de situatie zoals dat van een geroutineerd politieman mag worden verwacht.

'Daarom zou ik het op prijs stellen dat jij morgen de telefoon opneemt als iemand daarover mocht bellen. Ik zal vragen dat ze de oproep uitsluitend tussen zeven en negen uur uitzenden. Dan is De Kee hier nog niet en laat ons hopen dat Degroof niet naar de vrije radio luistert. Vanaf het ogenblik dat er zich een getuige meldt, zijn we gedekt. We nemen de verklaringen op, stoppen die in het dossier en versturen de bundel naar juffrouw Martens. Op die manier is iedereen tevreden.'

'Dat hoop ik voor jou,' zei Versavel sceptisch.

'Maak je geen zorgen, Guido. Ik heb al grotere catastrofen overleefd.'

'Tot morgen dan. Ik zorg dat ik hier even voor zeven uur ben.'

'Bedankt, Guido, en maak nu als de bliksem dat je naar huis bent.'

'Werk ze, commissaris.'

Versavel sloeg de deur met een harde klap achter zich dicht en beende fluitend door de gang.

Voor Van In het eerste vel in de machine draaide, rookte hij nog een sigaret. Hij haatte de waanzinnige papierwinkel die hem de rest van de dag zou kosten.

Het roken van een sigaret was niet meer dan een nutteloos vertragingsmanoeuvre.

5

Guido Versavel plette het plastic koffiebekertje in zijn linkerhand en keilde het met een goed gemikte worp in de prullenmand. Het was kwart over zeven. Hij zag er monter en uitgerust uit. Negen uur slaap en een warm bad hadden de vermoeidheid van gisteren geneutraliseerd.

Hij had een kleine, draagbare radio meegebracht en die stond afgestemd op radio Contact, een populaire lokale zender. De telefonist had opdracht gekregen alle inkomende gesprekken in verband met de zaak Degroof rechtstreeks door te verbinden naar kamer 204.

Ondertussen nam Versavel het lijvige PV waaraan hij gisteren zo lang had gezwoegd nog eens door. Niet veel collega's wisten dat hij in zijn vrije tijd wat probeerde te schrijven. Twee van zijn verhalen had hij onder een pseudoniem gepubliceerd en vorig jaar had hij een roman afgemaakt. Zijn liefde voor het schrijven was de reden waarom hij altijd veel zorg besteedde aan de stijl en de vorm van zijn PV's. Dat de meeste werden geseponeerd kon hem niet schelen. Versavel maakte er een erezaak van zijn moedertaal correct en vlot te beheersen.

Om kwart over acht kwam de eerste tip binnen.

Een man die zich kenbaar maakte als Armand Ghyoot beweerde dat hij gisteren omstreeks halfelf twee Marokkanen had zien rondscharrelen in de Steenstraat.

'En een van die choco's zeulde met een zware sporttas,' voegde hij er grinnikend aan toe.

Versavel dankte de man, verzekerde hem dat alles werd genoteerd en legde de hoorn neer. Daar hadden ze dus niets aan. Tien seconden later zoemde de telefoon opnieuw en dat zou zo nog een poosje doorgaan.

In het volgende anderhalf uur verwerkte hij dertien oproepen. Drie ervan gingen over Marokkanen, een over een neger en nog twee over Turken. Een oude mevrouw verwarde Degroof Diamonds met Deloof Maaimachines in Zedelgem. Ze had gisteravond een vrachtwagen de parking van het bedrijf zien oprijden en gerinkel van glas gehoord. Later bleek dat in dat bedrijf wel degelijk was ingebroken.

Versavel kreeg ook twee grappenmakers aan de lijn. Een van hen werd onmiddellijk opgespoord, omdat hij zo dom was geweest zijn eigen toestel te gebruiken. Er waren blijkbaar nog altijd burgers die niet wisten dat hun telefoonnummer op een display verschijnt als ze de politie bellen.

Versavel weerhield vier interessante oproepen waarvan hij kort verslag maakte ter attentie van adjunct-commissaris Van In.

Vrijdag om halftien laat mijnheer Dupon gewoontegetrouw zijn hond uit. Hij woont in de Dweerstraat nummer 14. Mijnheer Dupon volgt iedere avond dezelfde route. Via het Zilverpand wandelt hij door de Geldmuntstraat en de St.-Amandstraat naar de Markt. Daar drinkt hij meestal een geuze van het vat op het terras van café Craenenburg. Omstreeks elf uur stapt hij op, steekt de Markt over en slentert naar de Burg, het historisch hart van de stad. Daar laat hij zijn hond, een vierjarige golden retriever, gedurende een kwartier vrij rondlopen. Ondertussen verpoost mijnheer Dupon wat op een van de banken onder de bomen. Hij bewondert zoals bijna iedere avond de verlichting van het stadhuis en de H.-Bloedbasiliek, een schouwspel dat hij nooit beu wordt.

Daarna keert hij via de Steenstraat naar huis terug. Op

een paar voorbijrazende auto's na is hij niemand tegengekomen. Daarom herinnert hij zich beide mannen bij de voordeur van de juwelier Degroof zo goed. De jongste van de twee, Dupon schat hem vijfentwintig, houdt de deur open voor een oudere man. Ze hebben niets bij. Mijnheer Dupon blijft even staan, zogezegd omdat zijn hond een plas moet maken. Beide mannen dragen een donker pak en een grijze das. De oudste, een man van een jaar of vijfenzestig, heeft lang grijs haar. Terwijl de jongeman in een donkere Mercedes stationcar stapt, sluit de andere de deur af en trekt het rolluik naar beneden. Mijnheer Dupon loopt nietsvermoedend door.

Vanmorgen, toen hij naar het nieuws luisterde, legde hij meteen een verband met de vreemde overval.

De tweede bruikbare tip kwam van een Nederlands echtpaar dat in Brugge hun vijfentwintigjarig huwelijksjubileum was komen vieren.

Op vrijdag 8 juli komen ze met de wagen van Almelo naar Brugge. Hun vier kinderen hebben hun een romantisch weekend cadeau gedaan. Ze logeren in hotel Die Swaene, volgens sommige gidsen het meest sfeervolle hotel van de Benelux.

Na een vijf-gangendiner in De Visscherie, een exclusief restaurant aan de Vismarkt, maken Judith en Stan Cornuit, zo heet het paar, nog een ommetje. Ze zakken via de Burg en de Breydelstraat af naar de Markt. In de Breydelstraat vergapen ze zich aan de etalage van Quijo, een van de grootste concurrenten van Degroof. De jonge juwelier zit boven in zijn atelier en legt de laatste hand aan een spoedbestelling. Daarom brandt er nog licht in de etalage. Stan heeft in het grootste geheim vierduizend gulden gespaard en die wil hij spenderen aan een armband voor zijn lieve Judith.

Na een minuut of vijf – Stan heeft ondertussen een prachtig juweel gezien – slenteren ze als een jong, verliefd stel over de Markt, richting Steenstraat. Stan heeft daar immers vanmorgen in het voorbijrijden nog een juwelierszaak opgemerkt. Het verwondert hen niet dat ook daar licht brandt. In de zaak zijn twee mannen nog druk bezig. Ze halen juwelen uit de vitrinekasten en transporteren die naar achteren.

Ze dragen katoenen handschoenen en gaan uiterst omzichtig te werk. De jongste van de twee steekt zelfs heel vriendelijk zijn hand op terwijl Stan en Judith met hun neus tegen het uitstalraam staan gedrukt. De oudste komt aangezeuld met bezem en blik en veegt wat glasscherven op een hoop. De jongeman helpt zijn oudere collega omdat het bijeenvegen op het dikke tapijt moeilijk wil lukken. De Nederlanders koesteren absoluut geen argwaan.

Je moet maar lef hebben, dacht Versavel. Maar toen hij wat dieper over de brutale werkwijze nadacht, leek precies die aanpak de meest onopvallende. Hij wist uit ervaring dat er na halfelf niet veel beweging meer was in de Steenstraat. Dat hadden de insluipers waarschijnlijk heel zorgvuldig nagetrokken. De etalageverlichting van de meeste winkels wordt immers om tien uur automatisch uitgeschakeld. De tijd van ongebreideld elektriciteit verspillen is definitief voorbij. Zuinig omspringen met energie staat heden ten dage heel chic. Het is bovendien goedkoop en milieuvriendelijk, en daar houden de klanten van.

Zelfs een politiepatrouille had waarschijnlijk geen onraad geroken. Indien ze beide mannen bezig hadden gezien, zouden ze ongetwijfeld hetzelfde hebben gedacht als de Cornuits. Middenstanders werken vaak tot laat in de nacht.

Omdat de Cornuits de mannen minutenlang hebben gadegeslagen, waren ze in staat een gedetailleerde persoonsbeschrijving te geven. Versavel hechtte aan hun verklaring het meeste belang en maakte een afspraak met het echtpaar voor een meer indringend gesprek in de loop van de namiddag. Hij stelde halfdrie voor omdat hij hoopte dat Van In dan terug zou zijn.

De twee andere nuttige informanten hadden tussen elf uur en middernacht een doffe knal gehoord. De ene beschreef de explosie als een schot van een jachtgeweer. De tweede, een oude vrouw die om de hoek in de Kleine St.-Amandstraat een armoedige flat betrekt, was uit haar eerste slaap gerukt door een harde droge klap die zij aan de defecte knalpot van een voorbijrijdende auto toeschreef.

Versavel wist dat Van In tevreden zou zijn. Ze beschikten over vier bruikbare getuigenissen en dat was meer dan voldoende om substituut Martens zoet te houden. Bovendien was De Kee vanmorgen niet komen opdagen.

Van In had hem gisteravond nog opgebeld om te zeggen dat hij om negen uur een afspraak had gemaakt met Ghislain Degroof voor een standaardverhoor. Hij had beloofd zo vroeg mogelijk binnen te wippen om poolshoogte te nemen. Als alles gesmeerd liep konden ze het onderzoek voor woensdag afronden, de hele zwik uittikken en het dossier overmaken aan het parket.

Tenminste, dat dacht Versavel.

Van In had die nacht bijzonder slecht geslapen. De zaak Degroof hield hem meer bezig dan hem lief was. Brugge was op het gebied van de misdaad een doods, provinciaal nest gebleven. Dat was een troostvolle gedachte voor de burger, maar bijzonder frustrerend voor een politieman. Echt spectaculaire of spannende misdaden kwamen nauwelijks voor.

Van In had zich opgewerkt tot adjunct-commissaris en hoofd van de Bijzondere Recherche en in al die jaren had hij gehunkerd naar een buitengewone zaak. Toen die er nooit kwam, was zijn enthousiasme weggedeemsterd. De routine en het kleinzielige gekonkel hingen hem al lang de keel uit.

Hoe langer hij erover nadacht, hoe sterker de overtuiging groeide dat het voorval bij Degroof wel eens de zaak zou kunnen zijn waarop hij al die jaren had gewacht.

Het feit dat De Kee onder druk de affaire in de doofpot wou stoppen, zat hem niet lekker. De Kee was misschien wel een snob, maar beslist geen zwakkeling. Van In was er zeker van dat de oude Degroof zwaar geschut had moeten bovenhalen om de hoofdcommissaris tot een dergelijke beslissing te bewegen.

En waarvoor? Tenslotte was de zóón van Degroof het slachtoffer. Wat gisteren was voorgevallen kon onmogelijk voldoende doorwegen om de pressie van de oude Degroof te verklaren. Daar moest meer achtersteken.

En dat wou hij koste wat kost ophelderen, al was het maar om de mooie Hannelore te imponeren.

Na de dagelijkse routine voor de spiegel waarbij hij zijn uitgezakte buikspieren opspande en een lang vervlogen beeld probeerde op te roepen, zocht hij zijn mooiste pak.

Van de drie dassen die hij rijk was, knoopte hij de fleurigste om. Valentijn 1984, herinnerde hij zich somber. Sonja en hij dineerden toen voor het laatst samen bij kaarslicht. Zij had gereserveerd in De Zevende Hemel, een intiem restaurant aan het Walplein met een zeer toepasselijke naam, want die avond voelde hij zich ook zo.

Het restaurant ging een paar maanden later op de fles, net als hun huwelijk trouwens. Sonja kreeg het meubilair en het beetje spaargeld waarover ze nog beschikten. Van In leende twee miljoen om haar schadeloos te stellen voor het huis. Voor die lening dokte hij vierentwintigduizend frank per maand, bovenop de hypothecaire aflossing. In totaal betaalde hij bijna vijfendertigduizend frank per maand om het huis te kunnen behouden. Maar dat had hij ervoor over.

Het was zijn droomhuis. Als kind had hij er talloze keren gespeeld. Toen woonde er nog een oude juffrouw, die bijna iedere woensdag pannekoeken voor hem bakte. Hij was heel vroeg verliefd geworden op het huis aan het einde van de Vette Vispoort, op de oude voutekamer waar hij uren lezend doorbracht, de massieve eiken tafel voor het raam, de wenteltrap naar de tuin langs de Reie, de donkere, gewelfde kelder vol spinrag, de krakende houten vloer op de eerste verdieping. De tastbare vredigheid van het huis, gemengd met het door groene ruiten gefilterd zonlicht, was hem altijd bijgebleven.

Als hij groot was, zou hij hier komen wonen, nam hij zich voor.

In 1978, Sonja en hij waren toen vier jaar getrouwd, stelde men het huis te koop. Van In aanvaardde de exorbitant hoge prijs. Sonja was net zoals hij razend enthousiast. In hun jeugdige naïviteit sloten ze een heel dure lening af. Ze werkten dag en nacht om hun droom te kunnen betalen. Sonja kookte in een exclusief Brugs restaurant en verdiende behoorlijk meer dan hij als beginnend politieman. Ze zwoegde zich te pletter.

Toen in 1984 het zwaarste achter de rug leek, spatte hun huwelijk uit elkaar.

De lange avonden alleen hadden Van In eenzaam gemaakt. Hij was gevallen voor de charmes van een jonge collega met wie hij een korte, onstuimige verhouding had. Ze was negentien en leek onverzadigbaar, tot ze besefte dat Van In niet veel voor haar carrière kon doen. Hij was toen pas bevorderd tot inspecteur. Zij dumpte hem als een stuk vuil en precies een dag later kwam Sonja erachter.

Van In kwam nooit te weten wie hem erin had geluisd. Hun huwelijk had mooi kunnen zijn, maar daarvoor was het nu te laat. Van zelfbeklag werd niemand beter.

In zijn donkere pak leek hij slanker en die vaststelling maakte hem een stuk vrolijker. Zoals gewoonlijk liep hij het eind van de Vette Vispoort naar het commissariaat aan het Beursplein.

Vandaag kon je zien waar de echte Vlamingen woonden. Hier en daar wapperde een leeuwevlag. Vlaanderen vierde feest, maar een betaalde feestdag kon er niet af.

Van In stapte gezwind het commissariaat binnen en informeerde aan de balie welke wagens er vandaag vrij waren. Agent Cardon, een pokdalige slungel, overhandigde hem de sleutels van de Golf waar Van In gewoonlijk mee reed.

'Bedankt, Robert,' zei Van In.

'Tot uw dienst, commissaris,' antwoordde Cardon.

Even dacht Van In eraan om naar boven te hollen maar hij bedacht zich toen hij op de grote klok in de gang zag dat het bijna kwart voor negen was. Radio Contact zond het bericht om het half uur uit. Dat had hij vanmorgen gecontroleerd en hij wist zeker dat Versavel op post was. Als er nieuws was, hoorde hij dat vanmiddag wel.

Via de Smedenstraat reed hij naar de Gistelsesteenweg. Degroof woonde in Varsenare, een kleine gemeente tussen Brugge en Jabbeke.

Van In kende de Grote Thems, de villawijk waar Degroof zijn domicilie had. Wie daar resideerde mocht zich een respectabel lid van de samenleving noemen. Het stikt er van de artsen, makelaars, kapitaalkrachtige middenstanders, bankdirecteuren en renteniers. In deze buurt stelt men een adellijke titel bijzonder op prijs, alhoewel ook Rotary- en Kiwanisadepten, ridders van de Orde van Malta en supernumerarii van Opus Dei op heel wat aanzien mogen rekenen.

Het kostte Van In tien volle minuten om het huisnummer van Degroof te lokaliseren, want het stratenplan van de Grote Thems tart iedere logica, alsof men de bekakte bewoners de indruk wil geven dat ze elk in een aparte straat wonen. Na een paar rondjes kwam hij eindelijk terecht.

Degroof huisde in een pseudo-fermette, de typische biotoop van de rijkelui die in de jaren zeventig hadden gebouwd. Terug naar de natuur was toen de leuze en iedereen die het zich kon permitteren, liet op peperdure grond buiten de stad zijn eigen bucolisch paleisje optrekken.

Degroof vormde daar geen uitzondering op. Hij had kosten noch moeite gespaard om deze megalomane kopie van een eenvoudig boerderijtje te realiseren. Twee architecten hadden er elke bijna een half miljoen aan verdiend. Het resultaat was navenant: een gedrocht van dure, ambachtelijke baksteen met drie garages, compleet met eiken poorten en blinden. Midden in het gemillimeterd gazon was een niervormige vijver uitgegraven, waarin twee zwanen sierlijk hun obligate rondjes zwommen. Afgericht waarschijnlijk, dacht Van In sarcastisch.

Hij hobbelde over de gekasseide oprijlaan en parkeerde de politiewagen voor een van de garages. Nog voor hij kon aanbellen, maakte een jongeman van een jaar of twintig de voordeur open. Hij droeg een smetteloze, zwarte smoking met een vlinderdasje. Zijn kledij verraadde duidelijk de plaats die hij in dit huis bekleedde. Zijn donkerbruine huidkleur, bolle lippen en mysterieuze zwarte ogen lieten geen twijfel bestaan over zijn afkomst. In dit soort van milieus, dat was genoegzaam bekend, was niemand vies van goedkoop, overzees huispersoneel.

'Adjunct-commissaris Van In,' stelde hij zich een tikkeltje autoritair voor. 'Ik heb een afspraak met mijnheer Degroof.'

De Indiër produceerde een ondefinieerbare glimlach. Zijn hagelwitte tanden maakten Van In jaloers.

'Moment please, sir,' zei de butler in bijna accentloos Engels. Hij liet hem voor de deur staan.

Van In kreeg het warm in zijn pak. De boord van zijn overhemd knelde en zijn das zat te strak. Ondanks het vroege uur was het reeds behoorlijk warm. Nochtans had men gisteren op de BRTN regen voorspeld.

Binnen de minuut was de Indiër terug.

'Mister Degroof can see you now,' zei hij bijna onderdanig. Hij boog als een knipmes en gaf Van In een teken dat hij binnen mocht komen.

De hal was een stuk groter dan de slaapkamer van Van In. Op de vloer lagen dure Tibetaanse tapijten. Van In herkende die omdat hij er zelf al lang van droomde. Hij was gek op de bruine en okerkleurige tinten en de eenvoudige geometrische motieven. Daar hield echter iedere overeenkomst tussen zijn smaak en die van Degroof op.

Tegen de muren hingen een heleboel schilderijen in zwaar vergulde lijsten, meestal rurale genrestukjes van onbekende negentiende-eeuwse 'meesters'. Aan het plafond, dat kunstmatig gestut werd door gerecupereerde eiken balken, vielen de kristallen luchters totaal uit de toon.

De Indiase bediende leidde hem via een dubbele deur naar de salon. Die had een oppervlakte van minstens zestig vierkante meter. En ook daar zwaaide koning kitsch de scepter: een leren bankstel in country-stijl, Chinees porselein in repro-antieke vitrines, een luipaardvel voor een met Delftse tegels bezette open haard, nóg meer kristallen luchters, medaillon-behang, Val Saint-Lambert, brons- en koperbeslag. Van In werd er misselijk van.

In de linkermuur zaten grote, glazen schuifdeuren die uitkwamen op een terras annex tuin. Ghislain Degroof kwam hem met een brede glimlach tegemoet.

'Commissaire Van In!' Hij begroette hem met uitgestoken handen. 'Wat aangenaam om u weder te zien,' zei hij in het koeterwaals dat hij reserveerde voor de gewone man. Van In drukte zijn droge, gladde hand.

'Ik wilde u gisteren niet meer lastig vallen, mijnheer Degroof. Maar u begrijpt dat ik verplicht ben u nog een paar vragen te stellen. Voor het dossier,' voegde hij er met een vleugje ironie aan toe.

'Mais bien sûr, ik sta ge'eel tot uw dienst.'

Degroof was gekleed in een losse, beige pantalon van uitstekende snit, een wit overhemd met openstaande kraag en een paar walnootkleurige docksides zonder sokken. Hij zag er ontspannen uit en tien jaar jonger dan gisteren.

'Wilt u miskien plaatsnemen op het terras, commissaire?'

'Graag,' zei Van In.

De Indiër stond vlak achter hem en hielp hem uit zijn jasje. Gelukkig hing er nergens een spiegel, want zonder jasje was hij zijn camouflage kwijt.

Het terras was even groot als de salon. Een pergola en een klaterende fontein zorgden voor een verfrissende koelte. In de zon moest het nu aardig heet zijn. De ovale tafel van geïmpregneerd mahoniehout was nog gedekt voor het ontbijt. In een zilveren ijsemmer leunde een bewasemde fles champagne. Hij ving een glimp op van een paar zonnebedden die door de imposante tafel bijna geheel aan het oog onttrokken waren.

Van In schrok niet weinig toen hij plotseling het hoofd van een vrouw boven de tafel zag uitsteken.

'Is er bezoek, Guy?' klonk het verwonderd. Ze ging staan en nam Van In met een verveelde blik op.

'Mag ik u mijn vrouw Anne-Marie voorstellen, commissaire?'

Van In stond als versteend en hoorde nauwelijks wat Degroof wauwelde. Anne-Marie droeg slechts een minuscuul bikinislipje en kwam ongegeneerd op hem toe. Van In kon een paar seconden zijn ogen niet van haar afhouden. Trouwens, hij kon ook moeilijk anders, ze stond nu op minder dan een meter van hem af. Ze had het lichaam van een meisje van twintig, goedgevormde spieren, een strakke, gebruinde huid, scherpe kaaklijn, een rechte neus en grote, grijze ogen.

'Mijn vrouw was vroeger mannequin,' zei Degroof met de nadruk op 'vroeger'. Het leek even of haar ogen opflakkerden.

Van In kreeg het koud en warm toen ze hem de hand drukte. Ze stond zo dicht dat haar borsten bijna langs zijn overhemd streken.

'Ik kom in verband met dat geval van gisteren,' zei hij onnozel.

Anne-Marie zag dat Van In de kluts kwijt was en dat scheen haar te amuseren.

'Je had me toch kunnen vertellen dat we vanmorgen bezoek kregen, Guy,' zei ze verwijtend.

'Maar chérie, dat heb ik je toch gisteren geannonceerd.'

Hij scheen het helemaal niet erg te vinden dat zijn vrouw bijna naakt bij Van In stond. Erger nog: het leek of hij de smakeloze show zelf in scène had gezet.

'Miskien kunnen we aan de tafel plaatsnemen, commissaire,' zei hij eindelijk na een paar oncomfortabele ogenblikken.

'Zoals u verkiest.' Van In probeerde de andere kant op te kijken.

'Koffie?'

Anne-Marie draaide zich om en liep nadrukkelijk heupwiegend naar haar zonnebed.

'Of prefereert de commissaire een glas champagne?'

Ze was uit het zicht verdwenen en Van In slaakte een zucht van verlichting.

'Waarom ook niet,' zei hij dankbaar. Het zweet stroomde in beekjes langs zijn rug en daarvoor was niet alleen de zon verantwoordelijk.

'Ook een glas, ma chère?' Degroof wendde zich spottend tot zijn vrouw. Ze lag op haar zij met haar gezicht in de richting van de tafel.

De Indiër legde een kraakhelder servet om de hals van de fles champagne en schonk drie glazen in. Hij bediende Anne-Marie eerst, dan Van In en Degroof. Daarna trok hij zich discreet terug.

'Santé, commissaire.' Degroof zette zijn lippen aan het glas en nam een zuinig slokje.

'Gezondheid.' Van In volgde het krenterige voorbeeld van zijn gastheer. Champagne diende nu eenmaal niet om de dorst te lessen.

'U komt ons toch niet vertellen dat u de zaak al hebt opgelost, commissaris,' teemde Anne-Marie. Hij wist niet goed hoe hij moest reageren. 'Of is dit misschien een van die zaken die zichzelf oplossen? Létterlijk dan.'

Van In lachte uit beleefdheid, maar in zijn binnenste broeide wrevel. Hij zat hier duidelijk voor aap en dat maakte hem chagrijnig.

'Kom, kom chérie, laat de commissaire toch zijn werk doen,' suste Degroof. Ze snoof met haar neus en draaide zich op haar andere zijde. Van In profiteerde van die gelegenheid om te gaan zitten. Hij koos een stoel aan de overkant van de tafel, veilig met zijn rug naar haar.

'Mijn vrouw heeft een sens de l'humour een beetje speciaal,' zei Degroof op een toon van oude-gabbers-onder-mekaar.

Hij liet zich in een stoel zakken en strekte zijn benen lui onder de tafel. Het glas champagne liet hij ongemoeid. Van In lapte de etiquette aan zijn laars en nam zelf een fikse teug.

'Maar nu ter zake, commissaire,' zei Degroof toen Van In met een gebaar van spijt zijn glas op de tafel plaatste. 'Vuur uw vragen maar op mij af. Ik ben benieuwd.'

Van In schraapte zijn keel en haalde zijn notitieboekje boven.

Eigenlijk had hij nog niet beslist hoe hij Degroof zou aanpakken, omdat hij met zekerheid wist dat ieder woord via de oude Degroof naar De Kee zou worden overgeseind.

'Ik geloof dat we hier voor een bijzonder bizarre misdaad staan,' begon hij vrij neutraal. 'Indien de dader of daders alles hadden meegenomen, dan lag het motief voor de hand. Bovendien zouden ze de buit hebben moeten verhandelen, een delicaat punt, omdat de juwelen nogal exclusief waren en bijgevolg moeilijk in hun totaliteit te verkopen. Slechts een handvol tophelers komt voor zo'n transactie in aanmerking.'

'Dat mag u zeggen,' knikte Degroof enthousiast.

'Ik veronderstel dat de waarde van de juwelen in de miljoenen loopt.'

De accountant van Degroof was op dit moment met een inventaris bezig. Gisteren had niemand daar immers iets van terecht gebracht.

'Tussen twintig en vijfentwintig miljoen, commissaire. In de kluis bevond zich de collectie voor een expositie in Anvers.'

Van In noteerde dit nieuwe gegeven en ging verder.

'Volgens mijn bescheiden mening kan het motief voor zo'n zinloze daad bijna alleen wraak of jaloersheid zijn, mijnheer Degroof. Tenzij we met een gek te maken hebben.'

Degroof boog zich voorover, plantte zijn ellebogen stevig op de tafel en wreef bedachtzaam over zijn kin.

'Wie weet, commissaire,' zei hij met enig leedvermaak in zijn stem.

'Hebt u vijanden, mijnheer Degroof?'

'De vijand? Anne-Marie,' riep hij. 'Hebben wij de vijand?'

Van In profiteerde van die vraag om in haar richting te kijken. Hij kon het niet laten. Maar ze draaide zich niet om.

'Iedereen heeft vijanden,' zei ze kortaf en sloeg verveeld een pagina om van het weekblad dat ze aan het lezen was.

'Bien sûr, maar de vijand die zoiets doet. Daar geloof ik niet in, commissaire.'

'Een jaloerse concurrent dan?' probeerde Van In. 'Denk eens goed na, mijnheer Degroof. Misschien een kwestie uit het verleden. Bent u vroeger ooit het slachtoffer geworden van chantage? Bent u benaderd door de mafia? Heeft iemand u onlangs tegen betaling bescherming aangeboden?'

'Mais non, Van In,' steigerde Degroof. 'Hier in Brugge! Ik zou niemand kennen die... d'ailleurs, waarom zouden ze dan niets meegenomen hebben?'

De schichtige aarzeling in zijn ogen was Van In niet ontgaan. Bovendien had hij hem plotseling kortweg bij zijn naam genoemd.

Van In vervloekte zichzelf omdat hij de vragen na elkaar had afgevuurd. Nu kon hij onmogelijk nog uitmaken over welke vraag Degroof zich opwond. Het had geen zin die te herhalen. Een spontane reactie krijg je maar één keer.

'De daders kenden nochtans de code van uw inbraakalarm. Ze beschikten over de sleutel en waren op de hoogte van uw gewoonte om 's avonds af en toe nog klanten te ontvangen,' flapte hij er in één keer uit. 'De bewaker van Securitas meende zelfs uw stem te herkennen.' Dat laatste was een pure gok.

'Ik heb u toch gezegd dat ik die avond niet heb getelefoneerd. Dat heb ik trouwens ook aan commissaire De Kee verklaard,' zei hij korzelig.

Hola, oppassen, dacht Van In. Hij begint warm te lopen.

'Maar u ontving toch regelmatig klanten buiten de openingsuren. De bewakers van de firma Securitas waren met de hele procedure vertrouwd. U verwittigde hen telkens op voorhand. Als ik me niet vergis, zijn ze verplicht u iedere keer op te bellen als het alarm op abnormale tijdstippen in of uit wordt geschakeld. Dat gebeurde gisteren trouwens ook.'

'Natuurlijk, commissaire. Maar ik heb hen vrijdagavond niet opgebeld,' zei Degroof zeemzoet. Hij had zichzelf nu weer helemaal onder controle. 'En wat heeft dat er in 's hemelsnaam mee te maken?'

'Dat bewijst dat de daders uw zaak al een hele tijd in het oog hielden en hoogstwaarschijnlijk getipt werden door iemand uit uw omgeving,' zei Van In kordaat. Hij mocht absoluut niet laten merken dat hij zelf wist dat hij aan het lullen was. 'Ik veronderstel dat u niet als enige over de code beschikt?'

'Mon Dieu, mon Dieu,' sakkerde Degroof. 'Wie wordt hier beschuldigd?'

'Benson im Himmel,' mompelde Van In.

'Wat zegt u?'

'Niets, mijnheer Degroof, helemaal niets. Een lapsus, meer niet.'

Terwijl Degroof ongetwijfeld probeerde uit te vissen wat 'lapsus' betekende, ging Van In verder. 'Ik heb deze gegevens alleen maar nodig voor mijn dossier. Anders stuurt de substituut des konings het terug en kunnen we het gesprek overdoen.'

'Bon,' zei Degroof die begreep wat hij bedoelde. Hij ging weer languit in zijn stoel zitten. 'Mijn vader kent de code, mijn zaakvoerder en Idris,' verklaarde hij met een zekere nonchalance.

'Idris?' Van In fronste zijn voorhoofd.

'De huisbediende,' verduidelijkte Degroof met tegenzin.

Waarom Idris, wou Van In vragen maar in plaats daarvan vroeg hij: 'Wie is uw zaakvoerder?'

Degroof nam een slok champagne.

'Georges hoeft u niet te verdenken. Vergeet dat maar. Ik ken Georges Hoornaert al jaren. Bovendien is hij met vakantie op de Fidji-eilanden.'

Van In noteerde de namen en plaatste een vraagteken achter 'Idris'.

'Tevreden, commissaire?'

Degroof glimlachte breed en ook hij beschikte over twee rijen hagelwitte tanden. Alleen waren de zijne van porselein en had zijn tandarts van het ereloon een Peugeot 204 gekocht voor zijn dochter die in Leuven studeerde.

'Nog even een detail, mijnheer Degroof. Waren die personen ook op de hoogte van de combinatie van de safe?'

Degroof hield zijn emoties deze keer goed onder controle.

'Nee, alleen papa en ik kennen de combinaison.'

'Zo, zo,' floot Van In. 'En hoelang is uw winkel al elektronisch beveiligd?'

Degroof tuitte zijn dunne, bloedeloze lippen.

'Zeven jaar,' antwoordde hij na een paar seconden. 'De verzekeringsmaatschappijen exigeren dat tegenwoordig.'

'En de code van het inbraakalarm is gedurende die tijd nooit veranderd?'

'Om het jaar, commissaire. Comme précaution, n'est-ce pas?' zei hij iets te snel.

'Ik neem aan dat de safe een tijdje vroeger werd geïnstalleerd en dat die combinatie nooit werd veranderd?'

'Precies,' zei Degroof met duidelijk hoorbare bewondering.

Van In peuterde in zijn neus. Dat deed hij regelmatig als hij tevreden was. Blijkbaar had Degroof hem een beetje onderschat.

'A propos, mijnheer Degroof. Weet u soms of uw verzekeringspolis dit soort risico's dekt? Verlies en diefstal lijken me normaal, maar het oplossen van juwelen in koningswater is geen courant risico neem ik aan.'

'Inderdaad,' zei Degroof. 'Voor die risque ben ik niet gedekt. Maar nu vraagt u zich waarschijnlijk af waarom ik er zo ontspannen bij zit, n'est-ce pas?'

Van In knikte. Degroof anticipeerde netjes zijn volgende vraag.

'Wel, dat zal ik u even uit de doeken doen,' zei hij fier. 'Toen men mij gisteren op de hoogte bracht van de overval, heb ik papa opgebeld. Tenminste, toen dachten we nog dat het om een overval ging. Ik was furieus, maar niet hopeloos. Papa legde me uit dat alles piekfijn verzekerd is. Maar toen ik in de winkel constateerde dat er niets gestolen was en alles in de koningswater lag, ja toen ben ik heel nerveus geworden.'

'En toen hebt u uw vader nog eens opgebeld vanuit de winkel,' zei Van In.

'Ja, hoe kunt u dat raden, commissaire? Ik heb papa opgebeld en... U moet weten, papa vindt voor alles een solution.'

'Daarna heeft uw vader de hoofdcommissaris opgebeld,' gokte Van In opnieuw.

'Precies. Met mijnheer De Kee als getuige en een officiële analyse van de laboratoire judiciaire is er geen enkel probleem om het verlies voor honderd percent van mijn belastink af te trekken,' glunderde Degroof junior. 'Zoals u weet is de expert mijnheer Vanmael' belast met deze operatie. In de loop van de voormiddag wordt alles overgebracht naar de laboratoire in Gent.'

'Ik ben bijzonder verheugd dat te vernemen,' zei Van In droog. Als Degroof geen enkel verlies leed, zou de zaak nog vlugger geklasseerd worden.

'Nog een glas champagne, commissaire?'

Van In raadpleegde zijn polshorloge. Het was kwart over tien.

'Waarom ook niet,' accepteerde hij gretig. 'Een mens krijgt niet iedere dag Krug aangeboden.'

Hij bleef bij Degroof tot de fles leeg was en toen hij opstond om afscheid te nemen, bubbelde er overmoed achter zijn voorhoofd. Met zelfverzekerde tred liep hij op Anne-Marie toe.

'Het was me bijzonder aangenaam met u te hebben kennisgemaakt, mevrouw,' zei hij met nauwelijks verholen dubbele tong.

En ja, nu draaide ze zich om. Steunend op een elleboog richtte ze zich half op. Van In nam zich voor dit beeld voor eeuwig in zijn netvlies te prenten. Ze reikte hem de hand en even dacht hij eraan om die galant te kussen. Hun ogen ontmoetten elkaar. Gedurende een fractie van een seconde maakte de verveling plaats voor koele vastberadenheid.

'Veel succes, commissaris, en wie weet tot nog eens,' zei ze op enigszins samenzweerderige toon.

Degroof wenste Van In op zijn beurt veel geluk en vergezelde hem tot in de salon, waar Idris zich over de gast ontfermde.

Indien Van In nuchter was geweest, had hij zeker aangevoeld dat ze hem kwijt wilden. De Indische bediende liet daar evenwel niets van merken en begeleidde hem stoïcijns tot aan de voordeur.

'Have a nice day, sir,' zei hij met een glimlach vol weemoed en zachtjes sloot hij de deur achter Van In.

Van achter het raam volgde Idris de wegrijdende Golf tot die volledig uit het zicht was verdwenen.

6

In de wagen stak Van In haastig een sigaret op. Tijdens de korte rit van Varsenare naar Brugge, probeerde hij de gebeurtenissen te ordenen.

In de eerste plaats maakte hij een soort van psychologisch profiel van het echtpaar Degroof, voor zover hij nog in staat was helder te denken na vijf glazen champagne.

Ghislain Degroof was een zwakkeling en een leeghoofd. Het was evident dat zijn vader de touwtjes stevig in handen hield en de zaak van zoonlief runde. Het was ook de oude Degroof die de affaire in de doofpot wilde stoppen. Negatieve publiciteit? Nonsens! Een overval betekende meestal een hoop goedkope reclame.

Ghislain Degroof was duidelijk geschrokken toen hij had gevraagd of hij in het verleden geen vijanden had gemaakt. Hij of zijn vader natuurlijk. Tenminste, Van In dácht dat Degroof had gereageerd op dat gedeelte van zijn vraag. Het was volkomen plausibel dat de daders niet de zoon maar de vader wilden treffen. De oude Degroof moest in zijn carrière zeker tientallen vijanden hebben gemaakt.

Bij nader inzien leek de champagne zijn denkvermogen toch meer goed dan kwaad te doen.

En wat viel er te zeggen over Anne-Marie, de wulpse echtgenote? Waarschijnlijk had zij hem voor het geld getrouwd. Had zij misschien een minnaar die Degroof een poets wilde bakken?

En waarom kende de huisbediende de code van het inbraakalarm?

Als hij zich aan de feiten hield, waren er maar vier verdachten: Ghislain Degroof, Ludovic Degroof, Georges Hoornaert en Idris. Alleen die vier kenden de code van het inbraakalarm. Maar niemand beschikte over een aannemelijk motief. Bovendien had Hoornaert een waterdicht alibi.

Het zag er allemaal zo mager uit. Waar moest hij beginnen in een zaak zonder verdachten en zonder motief?

Er bleven twee denkpistes over. Ofwel was iemand anders achter de code gekomen zonder dat Degroof daarvan op de hoogte was, ofwel hadden de daders het systeem gekraakt. Die laatste mogelijkheid leek hem de meest onwaarschijnlijke. En dan was er nog het briefje met de Latijnse tekst waardoor de hele zaak een studentikoze allure kreeg.

Hij stak zenuwachtig een sigaret op. Wellicht had Versavel straks meer nieuws.

Voor de Smedenpoort stond een lange file. Van In schoof ongeduldig aan. Het was kwart voor twaalf en hij wist dat Versavel stipt om twaalf uur naar huis ging. Alhoewel ze geen duidelijke afspraak hadden gemaakt, wilde Van In hem per se zo vlug mogelijk spreken. Sakkeren had geen zin, de file zat muurvast.

Hij begreep dat veel mensen er de pest in hadden Brugge met de wagen binnen te rijden. Ging er tijdens de zomer wel een dag voorbij zonder dat het verkeer in de binnenstad werd lamgelegd voor een of ander evenement? Gisteren nog had men de stad tot een stuk in de namiddag afgesloten voor de traditionele 11 juli-marathon. De aankomst was op de Burg, maar daarvoor legde men bijna alle autoverkeer stil.

Wat zou er vandaag te beleven vallen? De zesenveertigste verjaardag van harmonie De Poldergalm, of de historische evocatie van het bezoek van de achterneef van Jan van Eyck aan het atelier van zijn grootoom?

Omdat er voortdurend tegenliggers aanschoven, kon hij niet naar de andere rijstrook uitwijken. Daarom besloot hij

Versavel op te roepen via de radio. Dat deed hij met tegenzin. Iedereen luisterde dan mee en daar had hij een hekel aan.

'ONA 3446 roept ONA 3421.' De verbinding kraakte en piepte en het duurde een halve minuut voor iemand zijn oproep beantwoordde.

'Hier ONA 3421, brigadier Saelens. Ga uw gang.'

'Goedemiddag, Robert. Van In hier. Zeg, Robert, kun je voor mij als de vliegende bliksem naar 204 lopen en kijken of Versavel daar nog zit?'

'Geen probleem, adjunct-commissaris,' antwoordde Saelens gedienstig.

Brigadier Saelens was een van de weinigen die hem adjunct-commissaris noemde. De meesten hielden het gewoon op 'commissaris'. Het was korter en adjunct-commissarissen hielden ervan op die manier te worden aangesproken. Zoals in alle politiekorpsen betekende een graad winst een graad winst, zelfs al was dat niet officieel.

'Vraag dat hij op me wacht. Ik sta hier in een luizige file voor de Smedenpoort.'

'Tot uw dienst, adjunct-commissaris. Is dat alles?'

'Misschien kan je proberen de agent beet te pakken die hier het verkeer regelt? Anders sta ik hier nog een eeuwigheid.'

'In orde. Ik doe onmiddellijk het nodige.'

'Dank je, Robert.'

'Zonder dank,' kraakte het door de luidspreker.

Twee minuten later kwam er eindelijk beweging in de file. Saelens verdiende straks een pluim. Van In gaf zenuwachtig gas en scheurde de hoek om.

Versavel stond hem op te wachten op de binnenplaats van het politiebureau.

Vanop een afstand zag hij er niet ouder dan veertig uit. In tegenstelling tot Van In die sedert de scheiding op junkfood en Duvels leefde, verzorgde en trainde Versavel zijn lichaam. Er werd zelfs gefluisterd dat hij zijn uniform en overhemden door een naaister liet aanpassen, zodat ze hem als gegoten zaten.

'Brandt het ergens?' vroeg Versavel schalks toen Van In uitstapte.

De brigadier grijnsde breed. Van In werd haast ziek van al die volmaakte gebitten. Volgend jaar zou hij zijn ivoor koste wat kost laten restaureren. Dan kon hij het zich tenminste ook permitteren om in het openbaar te lachen.

'Vraagtekens, jong, grote vraagtekens,' mopperde Van In. 'Heb jij vooruitgang geboekt?'

'Drie ooggetuigen en twee omwonenden die een explosie hebben gehoord,' verklaarde Versavel zo fier als een pauw. 'En Keetje weet van niets. Hij is zelfs niet komen opdagen, vanmorgen.'

'Typisch Keetje,' smaalde Van In. 'Hij is zeker Vlaamse Leeuw aan het spelen met Vera. Des te beter, dan heeft hij niet naar de radio geluisterd.'

'Leo heeft opgebeld.'

'En?'

'Hij wil je vanavond absoluut spreken. Om halfzes in de Estaminet. Ik mocht je dat absoluut niet vergeten door te geven.'

'Heeft hij niet gezegd waarover?'

'Negatief. Trouwens ik had het razend druk met de tipgevers.'

Van In keek op zijn polshorloge. Op de binnenplaats liepen nu een heleboel agenten rond. De meesten gingen thuis lunchen.

'Trek in een malse steak, Guido? Ik trakteer. Dan kun je me alles in het lang en het breed vertellen.'

'Geen probleem,' zei Versavel. 'Waar gaan we naartoe?'

'Wat dacht je van de zigeuner aan de Garenmarkt?' stelde Van In voor. De brigadier keek hem vragend aan.

'De Oude Zwaan, of De Drie Zwanen. Hoe heet dat spel weer?'

'Ah, je bedoelt bij Huguette,' knikte Versavel.

'Ja, daar staan geen magnetrons en ze schilt frieten van echte aardappelen. We kunnen toch niet alle dagen pizza's en hamburgers vreten.'

Van In wilde weer in de Golf stappen, maar Versavel pakte hem bij de arm.

'Toch niet met dit weer,' zei hij afkeurend.

Als aperitief nam Van In een Duvel en Versavel een Perrier. Ondertussen kisten in de keuken twee steaks van elk 350 gram in donkere, echte boter.

'Met dat Nederlands echtpaar hebben we geluk,' zei Versavel. 'Ze hebben de daders gedurende een paar minuten kunnen bekijken. Ik heb een afspraak met hen gemaakt in hun hotel. Ze logeren in Die Swaene.'

'Van de ene zwaan naar de andere,' grapte Van In. 'Hoe laat verwachten ze ons?'

'Halfdrie.'

'Prachtig, dan hoeven we ons helemaal niet op te jagen,' zei Van In tevreden.

Door de ambachtelijke manier waarop Huguette kookte duurde het even voor de frieten en de béarnaisesaus klaar waren. De steaks hield ze in afwachting warm in de hete oven van het fornuis. Van In slurpte van zijn tweede Duvel toen het dampende vlees werd geserveerd. Beide mannen staakten de conversatie en begonnen met smaak te eten. Van In had een hekel aan mensen die een lekkere maaltijd lieten verpieteren door hun geklets. Vooral Amerikanen waren daar onbetwiste meesters in. Die konden er uren over doen om een kippebout naar binnen te werken.

Van In bediende zich royaal van de béarnaise die in een grote sauskom was opgediend. Hij sopte zijn frieten en genoot van iedere hap. De steak was perfect gebakken: met een donkere korst en sappig rood vanbinnen. Door de intense hitte van het gasfornuis bleef het vlees warm tot de laatste hap.

Van In was iets vroeger klaar dan Versavel en stak gulzig een sigaret op. Alhoewel de brigadier een rabiate niet-roker was, maakte hij geen bezwaar, een uitzonderlijk gedrag in een wereld van opgefokte nicotinehaters.

'Vind je niet dat ze enorme risico's hebben genomen?' vroeg Van In plotseling. 'Vooral als je weet dat ze hun stunt minutieus hebben voorbereid.'

'Misschien zijn ze wel minder professioneel dan we aannemen,' repliceerde Versavel terwijl hij het laatste stuk van zijn steak met krachtige kaakbewegingen fijnmaalde.

'Of ze konden niet anders. Ze moesten wel redelijk vroeg opereren.'

Versavel plaatste zijn mes en vork keurig op het lege bord.

'Hoe bedoel je?' vroeg hij belangstellend.

'Wel, de daders beschikten over de code en de sleutels en ze wisten dat Degroof soms na sluitingstijd klanten ontving.'

'Maar nooit na middernacht,' beaamde Versavel.

'Precies. Ze moesten hun slag redelijk vroeg slaan anders had men in de centrale van Securitas zeker onraad geroken.'

'En door open en bloot te werken liepen ze misschien niet zo'n groot risico. Dat dacht ik gisteren ook meteen,' zei Versavel. 'Zelfs als ze gezien werden, dreigde er weinig gevaar. Je kent de Bruggelingen en je weet hoe graag ze met de politie samenwerken.'

'Het zijn niet alleen de Bruggelingen,' zuchtte Van In.

'Daar heb je gelijk in. Als er geen televisiecamera's in de buurt zijn steekt niemand nog een poot uit. In de States kunnen ze daarover meepraten.'

Van In knikte. Hij kende dat soort van programma's.

'De mensen zijn compleet onverschillig geworden. Wees maar gerust dat onze vrienden daar rekening mee hielden.' Hij deed teken met zijn glas dat hij nog een Duvel wenste.

'Misschien komt er iets boven water als we een beetje in het verleden van de oude Degroof gaan grasduinen?'

'En Keetje dan? Ik dacht dat we pro forma bezig waren?'

'De Kee kan mijn voeten kussen. Trouwens wat kan hij mij verbieden? Dat ik mijn werk doe? Over twee jaar gaat hij met pensioen en in oktober zijn er gemeenteraadsverkiezingen. Denk je dat de burgemeester mij op het matje zal roepen omdat ik mijn plicht doe? Nee, dat durven die schijtluizen niet,' fulmineerde Van In. 'En zeker niet voor de verkiezingen.'

De combinatie van de champagne en de Duvels had een merkwaardige uitwerking op zijn assertiviteit. Zelfs Versavel had hem zelden zo meegemaakt.

'Misschien zit er wel politiek achter,' zei hij voorzichtig.

'Wat je daar zegt, brigadier. Waarom hebben we die mogelijkheid niet eerder overwogen? Politieke vetes worden altijd op een absurde wijze uitgevochten.'

Daniel Verhaeghe wachtte zenuwachtig zijn beurt af voor het loket in het station van Brugge.

Twee Franse meiden, compleet met rugzak en kampeerspullen, hielden een geanimeerd betoog voor de loketbediende. De man aanhoorde hen stoïcijns kalm en wees lusteloos in de richting van de informatiebalie. Gelukkig had Daniel nog een halfuur voor de trein vertrok. Toen de Françaises eindelijk zonder ticket afdropen, kwam er schot in de rij.

'Luik, eerste klas,' zei Daniel zo gewoon mogelijk.

'Retour?'

'Nee, enkel.'

Hij betaalde met een biljet van tweeduizend frank en slenterde door de stationshal. Voor alle zekerheid controleerde hij nog eens de dienstregeling. De clergyman zat hem niet lekker en de Romeinse boord werkte op zijn zenuwen. Om de paar seconden stak hij de top van zijn duim tussen de boord en de zijkant van zijn hals om het pijnlijk knellen wat te verzachten. Plotseling hield hij halt en haalde een klein flesje uit zijn broekzak. Hij schroefde de dop met de druppelteller los, zette zijn bril af en mikte geroutineerd drie druppels in elk oog. Daarna borg hij het flesje zorgvuldig weg en slenterde verder. Hij liet zich meedrijven met de stroom haastige reizigers die volgepakt naar de wachtende treinen beenden.

Ondanks het oponthoud aan het loket, dat in werkelijkheid niet langer dan tien minuten had geduurd, moest hij nog ruim een kwartier wachten voor de internationale trein Oostende-Köln het station binnendenderde. Daniel hoefde niet ver te lopen. De NMBS is immers zeer attent: de wagons eerste klas zijn zo gerangeerd dat ze precies in het midden van het perron stilstaan.

Laurent was vrijdagnacht nog naar Namen teruggereden. Maar Daniel had erop gestaan tot vandaag in Brugge te blijven. Hij wilde alles meemaken van het begin tot het einde. Tenslotte had Laurent de operatie voor *hem* opgezet.

Toen de trein met twee snokjes aanzette, vergewiste hij zich ervan dat hij alleen was in het coupé. Daarna wachtte hij nog vijf volle minuten voor hij de zakflacon bovenhaalde en gulzig een paar teugen J&B binnenslokte. De whisky was lauw en veroorzaakte heel snel een lichte euforie. En hoewel Laurent hem uitdrukkelijk op het hart had gedrukt niet in het openbaar te roken, stak hij toch een sigaret op. Hij genoot van de prikkelende lucht in zijn longen en voor één keer was hij blij dat Laurent niet in de buurt was.

'Let toch op, jongen. Je weet wat drank en sigaretten bij jou kunnen aanrichten,' hoorde hij hem haast boos van bezorgdheid zeggen.

Maar Daniel Verhaeghe lapte de raad van zijn mentor vierkant aan zijn laars. Van roken en drinken zou *hij* in ieder geval niet doodgaan, dacht hij bitter. Hij had die opkikker nodig om de adrenaline in zijn bloed te breidelen.

Daniel probeerde recht voor zich uit te kijken, want het

voorbijzoevende landschap en de zonovergoten weilanden deden zijn ogen pijn. De boord knelde verschrikkelijk, maar die durfde hij niet los te maken. Hij moest wennen aan het vervelende ding. Het was uiterst belangrijk dat hij de komedie zo overtuigend mogelijk speelde. Daniel probeerde stil te zitten en concentreerde zich op een reclameboodschap naast de schuifdeur.

Vrijdagavond hadden ze het plan in werking gesteld. De eerste fase was vlekkeloos verlopen, mijmerde hij. Een keer was het bijna verkeerd gegaan toen een ouder paar hen eindeloos lang door de vitrine had gadegeslagen.

'Gewoon voortdoen,' had Laurent gefluisterd. 'Gedraag je zo kalm mogelijk. Als ze zien dat je onzeker bent, worden ze achterdochtig. Denk aan het einddoel, jongen. Onze opdracht is heilig en niemand kan ons nog stoppen.'

En Laurent had gelijk. Laurent kreeg bijna altijd gelijk.

Het prachtigste moment was dat waarop Laurent hem de knop van de detonator had laten indrukken. De klap van de explosie had niet luider geklonken dan de knal van een champagnekurk. De zak met water voor de deur van de kluis had de schok gedempt, precies zoals Laurent had voorspeld. Daniels hart begon opnieuw te bonzen toen hij zichzelf de juwelen in de bak met koningswater zag deponeren.

En dat was nog maar het begin, monkelde hij. Ze zouden de klootzak ten gronde richten en mét hem het gebroed dat hij koesterde.

Daniel was fier. Hij was fier en blij dat zijn korte leven niet zinloos zou zijn.

Ik wil alles meemaken, herhaalde hij nog eens bij zichzelf.

Ik wil maandag de kop van Ghislain zien als hij ontdekt wat er gebeurd is, had hij gezegd. Daarom boekte hij vrijdagmiddag een kamer in het Holiday Inn op de Burg in Brugge. Het was een idee van Laurent om daar te logeren.

'De politie zoekt geen misdadigers in een luxehotel,' had hij lachend gezegd. Maar hij had er toch op aangedrongen dat Daniel de priesterkleren zou aantrekken. 'Voor alle zekerheid,' had hij eraan toegevoegd.

Vanmorgen had Daniel vanaf halfnegen door de Steenstraat gepatrouilleerd. Degroof was niet komen opdagen. Om kwart voor tien begon Daniel zich ongerust te maken. Net toen hij naar het hotel wilde terugkeren om Laurent te bellen, stopte een lichtblauwe bestelwagen voor Degroof Diamonds and Jewelry. Twee mannen in overalls, vergezeld van een kleine, dikke kerel, gingen de winkel binnen. De werklui sleurden twee vaten met deksels naar binnen en toen begreep Daniel dat hun werk vroeger was ontdekt dan gepland. Hij haastte zich naar het hotel, rende naar zijn kamer en liet een dubbele whisky aanrukken. Toen belde hij Laurent.

'Rustig maar, jongen.' De diepe, warme stem van Laurent werkte kalmerend. 'Alles is goed verlopen. De politie heeft de zaak zondagmorgen toevallig ontdekt. *Zij* heeft me echter vanmorgen gecontacteerd. We zijn in ons opzet geslaagd. Alles is naar de vaantjes.'

Daniel was in snikken uitgebarsten. Een hele tijd had hij tranen van geluk gehuild. Laurent had geen enkele poging gedaan om tussen te komen, de jongen moest zijn emoties kwijt. Hij was geduldig aan de lijn gebleven tot de huilbui over was.

'We gaan gewoon door. Ga je eerst wat opfrissen, trek de kleren aan die we meegebracht hebben en neem de trein van 14.07 uur. Ik wacht op je in het station van Luik.'

En Laurent was op de afgesproken plaats. Daniel zag zijn kale hoofd blinken in de wriemelende massa die zich door de zwiepende klapdeuren wurmde. Hij stak de plastic zak omhoog en zwaaide ermee in de lucht. Er biggelden tranen over de gebruinde wangen van Laurent De Bock toen hij de jongen omhelsde.

'Je ziet er patent uit als priester,' zei hij lachend, terwijl hij met een haastig gebaar zijn ogen droogwreef.

'Vind je?' vroeg Daniel. Hij was in de wolken dat hij weer bij Laurent was en draaide zich als een mannequin om zijn as.

Laurent keek schichtig om zich heen. Ze konden beter niet te veel opvallen.

'Kom, jongen. De wagen staat hier recht tegenover op een parkeerplaats voor taxi's en in deze omstandigheden kunnen we een bon missen als kiespijn.'

Terwijl ze naar de Mercedes liepen, passeerden ze een grote vuilnisbak. Daniel duwde de klep open en dumpte de plastic zak tussen een hoop verwrongen bierblikjes en stinkende etensresten. De inhoud van die tas zou de persoonsbeschrijving die het echtpaar Cornuit had verschaft, zo goed als waardeloos maken. Want naast het pak dat Daniel tot vanmorgen had gedragen, staken er een witte pruik en een valse ringbaard in.

Laurent hield het portier open voor zijn pupil. Toen hij bemerkte dat Daniel met zijn ogen knipperde zei hij quasi streng: 'Vergeet je druppeltjes niet, jongen.'

Daniel deed wat hem gevraagd werd en stak daarna een sigaret op. Deze keer liet Laurent hem begaan. De komende dagen zou hij immers extra hard op zijn tanden moeten bijten.

Tijdens de rit door het centrum van Luik zeiden ze niet veel. Daniel hield zijn ogen halfgesloten. Hij had last van het flitsend verkeer en de verblindende zonnestralen.

Toen ze buiten de stad waren, haalde Laurent een dikke, bruine envelop en een zonnebril uit het handschoenenkastje.

'De brieven zitten hierin,' zei hij. 'Ik hoop dat ze er veel plezier aan beleeft.'

'Ja,' grijnsde Daniel voldaan. 'Wat verlang ik naar morgen.'

7

Stipt om kwart over twee rekende Van In af in het restaurant. Tot zijn verbazing waren ze de laatste eters.

Huguette stak een versgetapte pint omhoog en dronk die in één teug halfleeg. Van In trakteerde haar altijd voor hij weg ging. Het was zijn manier om haar te bedanken voor de fijne keuken.

'Gezondheid en tot ziens, heren,' riep ze hen na.

Met hun jasjes over hun schouder, slenterden beide politiemannen in de richting van de Rozenhoedkaai. Het was bloedheet geworden en alleen toeristen waagden zich buiten. De autochtonen lagen in Blankenberge of Zeebrugge aan het strand, of zochten in hun tuin de schaduw op.

Versavel bewonderde de intieme architectuur van zijn geboortestad, terwijl Van In in een naburige kruidenierswinkel een pakje sigaretten kocht. Hoewel ze op amper twee minuten lopen van de Groene Rei waren, stak Van In er toch nog een op. Versavel had het al lang opgegeven om daarop te reageren.

Hotel Die Swaene heeft als visitekaartje een subtiele combinatie van fijn linnen, nostalgisch bloemetjesbehang, gedempt licht en tientallen kleine attenties. Men zorgt er voor vers fruit op de kamers, een fris boeket bloemen in een artdecovaas, geurige toiletzeep, gewatteerd wc-papier en luchtige donsdekbedden.

De vrouw van de zaakvoerder, een elegant geklede blondine van een jaar of veertig, stond achter de balie. Toen ze hen zag binnenkomen, schoof ze discreet haar glas sherry achter een kaartenbak.

'Adjunct-commissaris Van In en brigadier Versavel,' stelde Van In zichzelf en zijn collega voor. 'We hadden een afspraak met de familie Cornuit. Ik veronderstel dat men u daarvan op de hoogte heeft gebracht,' vervolgde hij formeel.

'Ja, natuurlijk,' zei ze. 'Ik laat hun even weten dat u eraan komt.'

Gelukkig was er niemand anders in de lobby. Ze nam de hoorn van de binnenhuistelefoon op en toetste het kamernummer in.

'Mijnheer Cornuit,' zei ze met een geforceerd Hollands accent. 'De heren van de politie zijn hier. Kan ik ze naar boven sturen?'

Van In kon de Nederlander door de hoorn horen bulderen. De man leek razend enthousiast. De zaakvoerster keek schichtig om zich heen en gaf hun een teken dat ze haar konden volgen. Ze hoopte dat hun bezoek eenmalig was. Want er zijn drie dingen waar een goed hotel niet tegen kan: een lijk, een voedselvergiftiging en politie over de vloer.

De Cornuits betrokken een van de ruimere kamers op de eerste verdieping. Stan Cornuit maakte de deur open toen de zaakvoerster discreet aanklopte. Hij droeg een mosgroen joggingpak en was een schoolvoorbeeld van de gemiddelde Nederlander. Hij was groot, fors gebouwd en goed verzorgd. Stan Cornuit leek minstens tien jaar jonger dan zijn 55 jaar.

Versavel viel vooral voor zijn snor. Die zag er bijna zo weelderig uit als de zijne.

'Pieter Van In en Guido Versavel van de Brugse politie.' Hij articuleerde zo goed mogelijk.

Cornuit deed een stap achteruit en nodigde hen met een weids gebaar naar binnen.

'Kom toch binnen, heren.' Hij had een heldere, warme stem. 'Wat vreemd hè, dat wij daar net in de buurt waren. Ik zei nog tegen Judith: hé schat, wat doen die lui daar?

Thuis hadden we natuurlijk onmiddellijk aangifte gedaan, maar in Belgenland hoef je van niets te schrikken.'

Zijn bulderende lach galmde door de gang. De zaakvoerster glimlachte uit gewoonte en trok zich daarna vliegensvlug terug. Zij had in ieder geval haar plicht gedaan.

Van In en Versavel gingen op uitnodiging van Stan Cornuit bij het raam zitten. Iedere kamer beschikte immers over een knusse zithoek.

'Borreltje, heren?'

Zonder hun antwoord af te wachten, vloog hij naar de koelkast en haalde een fles Bokma boven.

'Goedkoper dan in Nederland,' bazuinde hij fier.

Het was de eerste keer dat Van In jenever dronk uit een kartonnen beker.

Ze namen alle drie een slokje. In tegenlicht zag Versavel dat Cornuit zichzelf een heel royale portie had ingeschonken, minstens het dubbele van hetgeen hij hun had gegeven.

Net toen Van In het woord wilde nemen, kwam Judith vanuit de aanpalende badkamer binnengestoven.

'Hallo, hallo,' riep ze met schelle stem.

Ze was gekleed in een met zilverdraad doorregen kimono. Judith was acht jaar jonger dan Stan en leek zo weggeplukt uit een zo-slank-als-je-dochter-commercial.

'Spannend hè,' zei ze schoolmeisjesachtig. 'Komen we voor één keer naar België en dan maken we zoiets mee. De kinderen worden dol als we hun straks ons avontuur vertellen. Gisteren in bed zei ik nog tegen Stan...'

'Judith, lieverd. De heren van de politie zijn hier heus niet om naar onze slaapkamerverhalen te luisteren.'

'Ach, natuurlijk niet. Laat ik jullie maar niet in de weg lopen,' zei ze geprikkeld. Met een air van gekortwiekte nijd ging ze naast Versavel zitten. Dat de kimono tot ver boven haar knieën openwaaierde, leek haar niet in het minst te deren.

Daar gaan we weer, dacht Van In opgelaten. Over haar

schouder heen focuste hij op de twee etsen die achter haar aan de muur hingen.

Toen Stan eindelijk op zijn plaats zat, stak hij van wal. Versavel notuleerde.

Tegen kwart voor vijf waren de Cornuits uitgeraasd. Versavel had vijf vellen volgekrabbeld.

De jongste van de twee daders was groter dan 1.90 meter. Daar waren ze het roerend over eens. Hij was vermoedelijk 25 jaar, slank met blond, halflang haar en een volle ringbaard. Hij droeg een bril met dikke glazen.

'Bodems van jampotten,' herhaalde Judith tot vervelens toe.

Beide mannen droegen een donkergrijs pak, wit overhemd, hemelsblauwe das en zwarte schoenen.

'Mephisto's,' benadrukte Judith met klem. 'En hij deed druppels in zijn ogen. Vast en zeker een medicijn.'

Hij zág er ook een beetje ziekelijk uit vond ze.

Zijn oudere kompaan leek als twee druppels water op Einstein. Ook daarover waren ze het roerend eens. De oude man was zeker zeventig en liep wat voorovergebogen. Hij mat hoogstens 1.70 meter en onder zijn waterige herte-ogen had hij diepe wallen.

'Iemand die veel in de buitenlucht is,' zei ze. 'Sjonge, wat had die man een prachtige teint!'

Het peil van de jeneverfles was flink gezakt toen ze afscheid van elkaar namen. De Cornuits waren in de wolken toen Van In hen voorstelde hun vakantie in Brugge op kosten van het stadsbestuur met een paar dagen te verlengen. Dan zouden ze morgen een tekenaar sturen om een compositiefoto te maken. Op die manier hielden ze ondanks de overlast nog een dagje over.

'Op kosten van het stadsbestuur, hè,' merkte Versavel schamper op toen ze weer buiten stonden. 'Keetje zal tevreden zijn.'

Van In trok onverschillig zijn schouders op.
'Het dossier moet toch compleet zijn. Anders denken ze nog dat we er met onze pet naar gegooid hebben.'
'Zou juffrouw Martens onze Van In op de vingers durven tikken?'
Versavel trok net op tijd weg om een venijnige elleboogstoot te ontwijken.
'Ga jij die Dupon maar aan de tand voelen en de twee buurtbewoners die de explosie hebben gehoord. Ik wil hun verklaringen tegen morgenvroeg op mij bureau, Versaveltje,' siste Van In. 'Dan zet ik nu het onderzoek verder in de Estaminet.'
'Tot uw orders, commissaris.'
'Loop naar de pomp, Versavel.'
'En jij naar de bierpomp! Ik zie je morgen,' zwaaide Versavel.
'Acht uur precies en geen seconde later.'
'Dat zien we morgen wel,' lachte Versavel. 'Succes met je onderzoek.'
Hij maakte zich snel uit de voeten. Voorbij de Vismarkt sloeg hij linksaf, waar hij werd opgeslokt door een horde toeristen die zich door de smalle Blinde Ezelstraat wrong.

Om de invloed van de Duvels en de Bokma te neutraliseren, bestelde Van In op het terras van de Estaminet een portie spaghetti. In Brugge was er waarschijnlijk geen enkele kroegvlieg die nog nooit spaghetti had gegeten in de Estaminet.
Net toen Van In zijn kom leeg had, scheurde een knalgele Audi vanuit de Minderbroederstraat het Astridpark op. Leo Vanmaele was vijf minuten te vroeg op de afspraak en dat was Van In niet van hem gewoon.
'Hoi.'
Vanmaele leek sprekend op een blozende kabouter: een sferisch bovenlijf op een stel korte, vinnige pootjes.
'Een Duvel?' vroeg Van In. Hij stak gereed twee vingers

in de vorm van een V omhoog. De kroegbaas wist wat dat betekende.

'Eindelijk,' zuchtte Leo. 'Ik voel mijn benen niet meer.'

'Ik mag dan ook vermoeden dat je inspanningen iets hebben opgeleverd,' informeerde Van In hoopvol.

Vanmaele pulkte ongegeneerd aan zijn neus.

'De grappenmakers hebben zo goed als geen sporen achtergelaten,' zei hij sip. 'Geen vingerafdrukken, geen haartje, geen afgescheurde vingernagel. Twee van mijn medewerkers hebben het pand met de fijne kam doorzocht. De meest relevante ontdekking was een potje vaseline in het belendend kamertje.'

'Belendend kamertje?'

'Ben je daar dan niet binnen geweest?'

Van In schudde het hoofd.

'Aan de overkant van het atelier houdt mijnheer Degroof er een wuft salonnetje op na,' grinnikte Leo.

'Ach, zo zit dat,' fluisterde Van In. 'Nu begrijp ik waarom mijnheer af en toe nog laat "klanten" ontvangt. Misschien moeten we wel in die richting zoeken.'

'Een jaloerse oude minnaar van in de zeventig en zijn kleinzoon,' lachte Vanmaele.

'Je hebt gelijk, Leo. Ga maar door met je verslag.'

'Experts van het NIC zijn bezig met de ontsteking van de springlading, of met wat daar nog van overblijft. Maar ik vrees dat de oorsprong van de semtex niet te achterhalen valt. Het goedje wordt met containers via Zeebrugge naar Noord-Ierland gesmokkeld. Iedereen die een halve connectie heeft met het milieu kan het gemakkelijk bemachtigen. En een Mercedes stationcar zonder enige aanwijzing over de nummerplaat is even moeilijk op te sporen als een scherpe foto van de koning.'

Van In glimlachte met de onnozele vergelijking.

'Je wilt me toch niet wijsmaken dat je me naar hier hebt laten komen om een potje te "duvelen",' zei hij verwijtend.

Vanmaele wreef het schuim van zijn lippen en schudde driftig neen.

'Ik wilde je spreken over dat briefje met die Latijnse woordjes. Een vriend van mij vermoedt dat het iets te maken heeft met een of ander esoterisch genootschap: de Rozenkruisers bijvoorbeeld, of de vrijmetselaars. In elk geval iets van die strekking.'

'Wist die vriend ook wat het betekent?'

'Negatief,' zei Vanmaele. 'Maar hij kent wel iemand die het zou moeten weten.'

'Wie dan?' vroeg Van In ongeduldig.

'De conciërge van de H.-Bloedkapel.'

Van In staarde Vanmaele ongelovig aan.

'De conciërge van de H.-Bloedkapel,' herhaalde hij wezenloos.

'Ja,' knikte Leo. 'Volgens mijn vriend beschikt dat mannetje over een encyclopedische kennis van alles wat maar enigszins met magie, alchimie of esoterie te maken heeft.'

'Tiens, nu je van alchimie spreekt,' mompelde Van In. 'Probeerden die kerels niet lood in goud te veranderen?'

'Zoiets ja,' zei Leo, terwijl hij twee vingers in de lucht stak. 'Ik heb een afspraak met de man geregeld. Hij verwacht ons om zeven uur. Billen heet ie. Over de telefoon klonk hij in ieder geval enthousiast.'

Toen ze om tien voor zeven afrekenden, was het terras aardig volgelopen. De bluesmuziek werd een tikkeltje luider gezet.

Van In en Leo sloegen rechtsaf en slenterden via de Jozef Suvéestraat en de Vismarkt naar de Burg.

Daar staat in de zuid-westhoek een merkwaardig heiligdom.

Het is een dubbelkapel waar sedert het begin van de dertiende eeuw een relikwie van het bloed van Christus wordt bewaard. De H.-Bloedkapel wordt jaarlijks door een kleine twee miljoen toeristen bezocht. Bijna niemand weet echter dat achter de kapel een negentiende-eeuws herenhuis staat, verscholen achter de hoge muren van de kerk. De voordeur die toegang geeft tot dat huis bevindt zich onder het portiek van de 'Steeghere', het monumentale trappenhuis dat naar de bovenkapel leidt.

Het duurde even voor iemand op het gerinkel van de ouderwetse bel reageerde. Toen Van In opnieuw wilde aanbellen hoorden ze sloffende stappen in de gang. De zware deur sleepte en het kostte de jongeman flink wat moeite om ze open te krijgen. Hij droeg shorts en een veelkleurig T-shirt.

'Goedenavond, wij zijn van de politie. Is uw vader thuis?' vroeg Van In. Leo merkte dat de jongeman heel summier glimlachte.

'Ik ben Frans Billen,' zei hij geamuseerd. 'Kom er maar in.'

Conciërges zien er niet meer uit zoals ze er uit horen te zien, dacht Leo toen ze naar binnen gingen. Ze volgden Billen door een kale, gewelfde gang. Daarna sloegen ze linksaf en kwamen via een trap in een andere gang.

'Ik geloof dat we hier in een doolhof zijn beland,' merkte Van In luchtig op.

'Ja, dat denkt iedereen die hier voor de eerste keer komt,' zei Billen, op een toon alsof niemand hier ooit nog een tweede keer langskwam. Hij maakte een van de vele deuren op de gang open en knipte het licht aan.

De kamer was ruim en smaakvol gemeubileerd. Er stond een muisgrijs leren bankstel van royale afmetingen dat minstens een half jaarloon had gekost. De muren waren met zandgeel structuurpapier behangen, waarmee een indrukwekkende kapiteelkast perfect harmonieerde. De kamer werd echter gedomineerd door een enorme boekenkast. Tegen de schoorsteenmantel hing een ingelijste, oude affiche van de H.-Bloedprocessie en op kleine bijzettafels tierden diverse soorten van kamerplanten.

'Doen jullie maar zoals thuis, dan zorg ik ondertussen voor een wijntje,' zei Billen uitnodigend. Ze hoorden hem weer door de gangen sloffen.

'Eigenaardige kerel,' zei Van In toen ze alleen waren. 'Leeft bijzonder luxueus voor een conciërge. Vind je niet?'

'Helemaal niet.' Leo liet zijn hand over het gladde leer glijden. 'Weet je dat het beroep van conciërge in de States zeer gegeerd is? Officieel verdienen ze haast niets, dat is waar. Maar wie een goed stekje treft en zijn hersens gebruikt, raapt fooien bij de vleet. Ik dénk dat Billen deze plek zorgvuldig heeft uitgekozen.'

'Misschien heb je wel gelijk,' zuchtte Van In. 'Het zijn blijkbaar de dwazen die bij de politie werken.'

Leo stond bij de boekenkast en inspecteerde vol afgunst de inhoud.

'Men zegt altijd dat je iemand kan leren kennen aan de boeken die hij leest. Maar met deze bibliotheek is niet veel aan te vangen. Die Billen schijnt zich voor alles te interesseren.'

Het gerinkel van glazen verraadde dat hun gastheer op komst was. Van In en Leo namen haastig plaats op de bank. Buiten in de tuin kwetterden mussen, merels en lijsters. De schuine zonnestralen verleenden de kamer een gouden gloed en een heel aparte sfeer.

'Zo, hier ben ik,' zei Billen.

Hij plaatste drie ranke wijnglazen op de marmeren salontafel en ontkurkte handig een bestofte fles bourgogne. Leo identificeerde de wijn aan de vorm van de fles. Van In, die wat dichter zat, las het millésime: 1986.

Billen liet de scharlakenrode wijn in de glazen klotsen, waardoor de bourgogne de nodige zuurstof kreeg.

'De heren lusten toch een glas rode wijn?' vroeg hij, alsof hij zich plotseling realiseerde dat er misschien mensen bestonden die deze voortreffelijke Chambolle-Musigny níet zouden lusten.

'U hoeft voor ons geen moeite te doen,' zei Leo. 'Wat echter niet wegneemt dat zowel ik als mijn collega een goede bourgogne weet te waarderen,' voegde hij er onmiddellijk aan toe.

Billen knikte goedkeurend. Bezoekers die van wijn hielden, waren bij hem altijd welkom.

'Ik hoorde van Hendrik dat jullie me iets wilden vragen in verband met een Latijns raadsel,' zei hij rustig terwijl hij hun elk een glas aanreikte. Billen sprak traag en met een vervelende neusstem, maar je kon onmogelijk horen dat hij een Westvlaming was.

Van In diepte vanuit zijn binnenzak een kopie van het raadsel op. Billen nam het papier aan, bekeek het vluchtig en ging zitten.

'Mag ik vragen waar jullie dat vandaan hebben?'

Leo keek afwachtend naar Van In. Het was niet de gewoonte dat de politie informatie over een nog lopende zaak aan een buitenstaander verschafte. Maar Van In besloot er geen doekjes om te winden en vertelde in een paar zinnen waarover het ging.

'Intrigerend,' zei Billen. Op zijn voorhoofd verschenen twee diepe verticale groeven. 'Ik denk dat jullie bij mij aan het juiste adres zijn.'

Het klonk blasé, maar zo bedoelde hij het niet. Frans Billen was een heel bescheiden man.

'Weet u dan wat het betekent?' vroeg Van In hoopvol.

'Min of meer, de vertaling is een kwestie van interpretatie. Maar ik weet in ieder geval wat het is,' zei hij bedachtzaam. 'Dit, mijne heren, is immers het vierkant van de tempeliers, hun credo in een notedop. De originele tekst staat gegrift in een pilaar in Ethiopië, meer bepaald in Axium. Volgens de overlevering zou Christus tegen die pilaar hebben geleund.'

Leo trok grote ogen en Van In wreef ongelovig over zijn kin.

De tempeliers, dacht hij. Ze hadden dus toch te maken met een stel geschifte fanaten.

Billen registreerde hun verbazing.

'Over de tempeliers wordt heel wat nonsens verteld. Om mijn interpretatie van de tekst beter te begrijpen, lijkt het mij nuttig daar eerst wat dieper op in te gaan.'

Van In en Leo knikten simultaan. Ze wisten beiden evenveel van de tempeliers af als een oude pastoor van moderne wiskunde.

'Ik zal proberen de geschiedenis van de orde te schetsen en vandaaruit de tekst te verklaren. Maar ik stel voor dat we beginnen met het proeven van de wijn, want mijn verhaal kan wel een tijdje in beslag nemen.'

Billen gaf het voorbeeld en zette het glas aan zijn lippen. Leo, die een echte bierdrinker was, knipperde met de ogen. Dit was ontegensprekelijk een godendrank.

Billen wachtte tot ze hun glazen hadden neergezet en stak van wal.

'Uit de geschiedenisboekjes weten we dat Filips de Schone de tempeliers heeft laten arresteren en dat de toenmalige paus Clemens v hem daarin met tegenzin steunde. Het proces dat op die massale aanhoudingen volgde, ligt aan de basis van de mythe en de roddels die gedurende de volgende eeuwen over de tempeliers zijn verspreid. Filips was afgunstig op hun macht en rijkdom en verzon daarom een aantal groteske beschuldigingen. De Heilige Inquisitie zorgde voor de bekentenissen. Zo beweerde men dat de ridders van de tempel het kruis bespuwden en vertrapten, elkaar op de aars zoenden, zich overgaven aan sodomie en de duivel aanbaden.

Het zou te ver voeren om aan de hand van processtukken aan te tonen dat slechts een handvol tempeliers daadwerkelijk bekende. Zelfs de zwaarste tortuur kreeg hen niet klein. Zij die wel bezweken, herriepen achteraf meestal de afgedwongen bekentenis. Helaas heeft de versie van Filips de Schone het gehaald op de waarheid.'

Van In en Leo luisterden aandachtig, want Billen sprak vol vuur.

'En de waarheid klinkt heel anders. Toen Hugues de Payns samen met acht andere edellieden de orde in het begin van de twaalfde eeuw oprichtte was hun enige doel: de wegen naar de heilige plaatsen vrij te houden van rovers en heidenen en op die manier de pelgrims te beschermen. Ze waren in de eerste plaats monniken. Later kreeg Hugues de Payns de steun van St.-Bernardus en in 1128 ontving de orde een officiële status.

In korte tijd vergaarden de tempeliers, die slechts aan de paus verantwoording schuldig waren, een gigantisch fortuin. Ze genoten veel aanzien en werden machtig, misschien wel te machtig. De toelatingsvoorwaarden waren streng, het leven hard en de discipline onverbiddelijk. Gedurende de bijna twee eeuwen die ze in het Heilig Land vertoefden, kweten de tempeliers zich uitstekend van hun taak. Hun permanente aanwezigheid op zich was reeds merkwaardig, zeker als men weet dat de orde op het hoogtepunt van haar bloei maar een paar duizend ridders telde.

De Moorse overmacht was echter groot en na verloop van tijd bleef hen niet veel keus: het was onderhandelen of ten onder gaan.

Uiteraard waren ze genoodzaakt hun vredesbesprekingen in het grootste geheim te voeren. De Kerk verbood hun immers compromissen te sluiten met ongelovigen. Ook het thuisfront zou hun manier van handelen niet begrijpen en stellig veroordelen. En daarin lag het grote verschil tussen het geloof van de tempeliers en dat van de officiële Kerk. De tempeliers waren vooral praktisch ingestelde mannen en voor hun tijd heel ruimdenkend. Ze hadden de leer van de Kerk al lang ontschorst op zoek naar de kern van het geloof, *le noyau* zoals zij het noemden. Ze hadden hun geloof ontdaan van alle franje en absurde regels waarmee de vorige generaties pausen en bisschoppen de boodschap van Christus hadden belast.

De Christus in wie zij vurig geloofden sprak van liefde, broederlijkheid, verdraagzaamheid en vergeving. Dat sprak de soldaat-monniken meer aan dan het ratjetoe dat de opvolgers van Petrus ervan hadden gebrouwen. Ze kozen resoluut voor de meest evangelische oplossing en probeerden zo goed en zo kwaad mogelijk in vrede samen te leven met de moslims, tenminste met die moslims die in de Koran dezelfde boodschap hadden gevonden. Hun grootste verdienste was wellicht dat de tempeliers begrepen dat iedereen dezelfde God aanbidt en dat het de mensen zijn die tweedracht zaaien, waar eenheid voor de hand ligt.

De godsvrede bleek een tijd goed te functioneren. Er ontstond een vruchtbare uitwisseling van ideeën en kennis tussen het Oosten en het Westen. Zo introduceerden de tempeliers de windmolen, de algebra, vreemde gewassen, exotische vruchten en geavanceerde medische technieken in het Avondland.

Alles verliep prima tot de orde door ondeskundig beleid, hoogmoed en luxe innerlijk verscheurd raakte. De tempeliers verloren het Heilig Land en keerden doelloos naar Europa terug. Daar probeerden ze zich te herbronnen in de hoop Jeruzalem ooit nog eens te heroveren. In die tijd hadden ze zelfs de Franse schatkist onder hun hoede. De Temple in Parijs fungeerde zowaar als een soort nationale bank. Deze uitzonderlijke machtspositie wekte de afgunst op van de Franse koning. Filips de Schone, le Roi Fraudeur, was het beu de tempeliers steeds weer om nieuwe leningen te moeten smeken. Hij kon moeilijk kroppen dat de grootmeester van de orde in bepaalde kringen meer aanzien genoot dan hij. Daarom bracht hij de tempeliers in diskrediet.'

Billen staakte zijn monoloog en nam een slok van de Musigny.

'Historici zouden me voor minder tot de brandstapel veroordelen,' grinnikte hij. 'En misschien hebben ze wel gelijk. Er zijn een hoop dingen die ik niet kan bewijzen.'

Hij merkte dat Van In en Leo droog stonden en vulde haastig de glazen bij.

'Ik vind uw uiteenzetting bijzonder boeiend, mijnheer Billen,' zei Van In en dat meende hij. Nog voor hij 'maar' aan dat compliment kon toevoegen, anticipeerde Billen.

'Dank je, maar nu weet je nog altijd niet veel over de tekst en daarvoor zijn jullie natuurlijk gekomen.

Je moet weten dat de tempeliers bijna geen documenten hebben achtergelaten. We kennen hun regel, waarvan trouwens een exemplaar in Brugge wordt bewaard, de processtukken, de inventarislijsten en dit hier.'

Billen wapperde met het stukje papier.

'Zoals ik al zei vond men deze inscriptie in Ethiopië, in een tot kerk omgebouwde moskee. Wat de tempeliers daar uitvoerden is niet helemaal duidelijk. De laatste tijd brengt men hun aanwezigheid daar in verband met de queeste naar de Ark van het Verbond, maar dat is een ander verhaal. Het lijkt me beter dat we ons alleen op de tekst concentreren.'

Hij stond op, liep naar de boekenkast en haalde een bloc-note en een viltstift uit een van de laden. Hij scheurde een vel papier af en schreef daarop het raadsel in grote blokletters over.

R O T A S
O P E R A
T E N E T
A P E R O
S A T O R

'Ziezo.'

Hij gaf het vel papier aan Van In.

'Valt er je nu iets speciaals op?' Leo schoof wat dichterbij.

'Een kruis,' zei Van In aarzelend, alsof hij bang was zich tegenover de conciërge belachelijk te maken. Billen had immers de letters die het kruis vormden vetjes getekend. Een kind had het gemerkt.

'Zeer zeker een kruis. En als je de T in TENET platlegt, ontstaat er zelfs een heus tempelierskruis.'

'En betekent dat iets?' vroeg Leo nieuwsgierig.

'Wacht maar,' grijnsde Billen. 'Er is nog meer. Als we een beetje puzzelen ontstaat er tweemaal het woord PATER NOSTER en houden we de letters A en O over.'

'Merkwaardig,' zei Leo bewonderend. Van In trok verbaasd zijn wenkbrauwen op. Niet omdat hij onder de indruk was. Hij begreep er gewoon de ballen van.

Billen merkte die verbazing.

'Een ogenblik,' zei hij. 'Straks wordt alles duidelijk.'

Hij krabbelde haastig een paar woorden op het papier en gaf het aan Van In.

A PATER NOSTER O, las Van In.

'God is het begin en het einde, de alfa en de omega. Bijzonder inventief van onze tempeliers, vind je niet?'

Omdat Leo noch Van In reageerde, ging Billen enthousiast door.

'Zoals ik zoëven zei, zochten de tempeliers naar de kern van het geloof en die kern vonden ze in het gebed dat Jezus Christus aan zijn apostelen leerde. Onze Vader, Pater Noster, snap je?'

Leo knikte, terwijl Van In een slokje nam van de voortreffelijke wijn.

'Het onzevader is een compleet gebed. In die woorden ligt alles vervat en meer hadden de tempeliers niet nodig. Maar ondanks de eenvoud van die woorden slaagt de zwakke mens er niet in ze in zich op te nemen. Met de kerngedachte van het evangelie, bemin uw God boven alles en uw naaste als uzelf, heeft de mens haast nog meer moeite.

SATOR ROTAS OPERA TENET is het bescheiden antwoord

van de tempeliers op het PATER NOSTER. Het betekent: de Zaaier (Schepper) kent de lasten en de wisselvalligheden (van het leven), want Hij is het begin en het einde. Alles komt uit Hem voort en vloeit naar Hem terug. Wat Hij zaait brengt honderdvoudig vrucht op of belandt bij het onkruid op de brandstapel. De ridders van de tempel drukten hiermee hun nederig ontzag en hun bewondering uit voor de liefde van God. Ze redeneerden als volgt: God zendt zijn Zoon Jezus Christus in de wereld om een eenvoudige boodschap van liefde te prediken. De mensen aanhoren die boodschap en begrijpen ze ook, maar hebben het moeilijk dat woord in de praktijk om te zetten. En ondanks onze zwakheid toont God begrip. Hij houdt rekening met de lasten en de wisselvalligheden van het leven waardoor we zo vaak van het rechte pad afdwalen. Ondanks onze veelvuldige ontrouw blijft Hij ons liefhebben.'

Billen was weer bijna een half uur aan het woord geweest.

Van In profiteerde van de korte pauze om ongevraagd een sigaret op te steken. Billen had hen op een mooi verhaal vergast, maar hij vreesde dat de verklaring van het vierkant hen weinig verder hielp bij het oplossen van de zaak Degroof.

Wellicht hielden de daders alleen maar van een spelletje.

'Mag ik u iets vragen, mijnheer Billen?' vroeg Van In.

'Frans, zeg maar Frans, mijnheer...'

'Van In.'

Hij hield niet van dat opgefokte familiaire gedoe.

'Natuurlijk, mijnheer Van In,' zei Billen. 'Vraag maar.'

'Wat u ons net vertelde is zeer boeiend, laat dat duidelijk zijn. Maar ik veronderstel dat er niet veel mensen zo gefascineerd zijn door het onderwerp als u. Ik bedoel: is dit soort van informatie toegankelijk voor een groot publiek?'

Billen boog zich voorover en schoof een asbak tot bij Van In.

'In tegenstelling tot wat je denkt interesseren een heleboel mensen zich voor de tempeliers. Zoals ze ook geboeid zijn door magie, de vrijmetselaars, de Egyptische mysteries, het gnosticisme, enz... Overal steken esoterische genootschappen de kop op en hun volgelingen geloven heilig dat daar het antwoord kan worden gevonden op de grote levensvragen. Dat soort van fenomenen schijnt normaal te zijn rond iedere eeuwwisseling. En zoals altijd zijn het de goedgelovigen die erin lopen.

Maar wat het vierkant van de tempeliers betreft: ik denk niet dat er in België meer dan tien mensen op de hoogte zijn van hetgeen ik jullie net heb verteld. Zij die het vierkant bij Degroof hebben achtergelaten zijn volgens mij geen pseudonewagers.'

Van In wou onmiddellijk vragen hoe een simpele conciërge dan aan die informatie kwam, maar Leo, die blijkbaar aanvoelde wat hij van plan was, schudde van neen. Van In slikte zijn vraag in. Leo was een stuk diplomatischer dan hij. Wellicht was het beter zo. Het onderzoek was er niet bij gebaat als ze Billen onder druk zetten. Tenslotte had de arme man met heel de zaak niets te maken.

'Als er maar een paar mensen op de hoogte zijn van de betekenis van het vierkant,' zei Leo weifelend en vulde op die manier de onaangename stilte die plotseling was gevallen, 'dan wordt het aantal verdachten wel bijzonder klein.'

'Als we ervan kunnen uitgaan dat ze de tekst niet als grap hebben achtergelaten om ons op een dwaalspoor te brengen,' opperde Van In sceptisch.

'Dat denk ik niet, mijnheer Van In,' hield Billen hardnekkig vol. 'Ik ben er haast van overtuigd dat de aard van de misdaad bewijst dat de daders wel degelijk weten wat het vierkant betekent.'

'Een afrekening met een esoterisch tintje? Uw wil geschiede, maar als ons dat niet uitkomt, regelen we onze zaakjes zelf wel. We weten immers dat God onze drijfveren begrijpt en daarmee rekening houdt op de Laatste Dag,' reageerde Van In haast spottend.

'Wie weet,' zei Billen zacht. 'Uit die hoek heb ik het nooit bekeken. Maar geloof me, mijnheer Van In, ik denk niet dat het hierbij zal blijven. Mensen die vanuit een bepaalde symboliek handelen, wat trouwens voor een stuk wordt aangetoond door het oplossen van het goud, hebben daar lang over nagedacht en zetten heus niet een dergelijk plan op voor een eenmalige actie.'

Leo knikte goedkeurend en Van In kon niet anders dan hem gelijk geven, want eigenlijk was hij dezelfde mening toegedaan en daar kon hij ook geen sluitende verklaring voor verzinnen.

'Ik heb ook de indruk dat ze de symboliek minstens even belangrijk vinden als de daad op zich. Wellicht weet Degroof zelf heel goed waarover het gaat.'

Van In knoopte deze laatste zin in zijn oren. Die Billen was beslist een paar klassen te scherpzinnig om alleen maar conciërge te zijn.

'Nog een glaasje wijn, mijnheer Van In?'

Van In haalde zijn pakje sigaretten boven en legde het op de salontafel.

'Waarom ook niet, mijnheer Billen,' zei hij welgezind. 'Misschien kunt u ons ondertussen nog iets vertellen over de Ark van het Verbond. Nu we hier toch blijven hangen.'

8

Laurent De Bock en Daniel Verhaeghe brachten de nacht door in een chalet in de omgeving van Namen. Ondanks de spanning van de voorbije dagen sliep Daniel als een roos.

Om halfzeven schudde Laurent zijn pupil wakker.

'Opstaan, jongen,' zei hij zacht maar dwingend. 'We hebben nog een heleboel te doen vandaag.'

Hij streek met zijn hand over Daniels voorhoofd en slofte naar de keuken. De koffie stond er te dampen, en Laurent schoof twee sneden brood in de broodrooster. Vijf minuten later verscheen Daniel. Hij liep voorovergebogen om zijn hoofd niet te stoten aan de balken van de lage zoldering. In zijn pyjama zag hij er uitgemergeld en vermoeid uit.

'De oogdruppels staan naast je bord,' zei Laurent terwijl hij een grote mok met koffie en veel hete melk vulde.

Daniel liet het zich flink smaken. Hij at als een uitgehongerde wolf, terwijl Laurent bedachtzaam op een stuk beboterde toost knabbelde. Toen de jongen verzadigd was, ruimde Laurent de tafel af.

Daniel kleedde zich aan in de slaapkamer en Laurent transformeerde de langwerpige keukentafel tot een altaar, compleet met kruisbeeld en kandelaars. Daniel keek niet erg vrolijk toen hij zag wat Laurent had klaargezet.

'Moet dat nu echt?' zuchtte hij.

'Nog één keer, jongen. Je mag onder geen enkele voorwaarde fouten maken. Doe het nog één keer voor mij. Dan ben ik gerust.'

Daniel sloot even de ogen en haalde diep adem. Laurent reikte hem de gewaden aan.

'Eerst de albe, daarna kus je het kruisje op de stola,' instrueerde Laurent hem.

Daniel sputterde niet tegen. Hij stak zijn hoofd door het gat in de kazuifel en drapeerde het gewaad als een volleerd priester. Daarna voerde hij het ritueel op dat hij de voorbije drie maanden dagelijks had ingeoefend. Laurent keek nauwlettend toe en feliciteerde hem na afloop.

'Perfect, jongen. Niemand zal iets merken. Daar ben ik nu heel zeker van.'

Terwijl Daniel een sigaret rookte, pakte Laurent een middelgrote Samsonite-koffer uit de kast. Er gingen propere kleren en ondergoed in, scheergerei, een zilveren kelk, een brevier, een paar romans, handdoeken en een jeans met sweater en sportschoenen voor het geval hij halsoverkop zou moeten vluchten. In een clergyman zou hij dan te erg opvallen.

Om halfelf stapten ze in de Mercedes en sloegen de richting in van Marche-les-Dames. De rit duurde niet meer dan tien minuten. Laurent stopte op een kleine kilometer van het klooster.

'Als alles volgens plan verloopt pik ik je hier vrijdagavond weer op,' zei Laurent.

'En denk eraan dat je het klooster alleen mag verlaten als er iets misloopt. Maar die kans is bijzonder klein. Ik heb alles minutieus voorbereid. Er logeren momenteel nog vier andere gasten in het klooster. Ze kunnen bijgevolg iedereen verdenken. Ik verwacht trouwens niet dat Benedicte alarm zal slaan.'

'Wees gerust, Laurent. *Ik* zal je niet teleurstellen.'

De oude man neigde naar rechts en kuste Daniel op het voorhoofd.

'Dat weet ik, jongen.'

Daniel stapte uit en nam de koffer van de achterbank. Hij stak zijn hand omhoog en liep met vaste tred naar het klooster.

'Veel geluk, jongen,' fluisterde Laurent met gesmoorde stem.

Hij volgde Daniel tot hij door de bomen aan het zicht was onttrokken. Daarna keerde hij de Mercedes en bolde tegen vijftig per uur terug naar Namen.

Daniel stond onwennig voor de toegangspoort van het klooster. De moed zonk hem een beetje in de schoenen.

'Monastère de Bethléem,' las hij wel vier keer na elkaar.

Het achttiende-eeuwse klooster baadde in een onnatuurlijke rust. Geen kwetterende vogel, geen ritselend blad verstoorde de stilte. Dit onderdeel van het plan lag hem het minst, maar Laurent wilde voor niemand een uitzondering maken. En Daniel had hem beloofd dat hij hem niet zou teleurstellen.

Hij belde aan en wachtte tot de echo van de zinderende bel was weggestorven. Hij wachtte geduldig op voetstappen, op een teken van leven. Niemand kwam de poort openmaken.

Daniel zette zijn koffer neer en ging op zoek naar een andere ingang.

Ondertussen overliep hij in gedachten wat Laurent hem over 'les petites soeurs de Bethléem' had verteld. De orde was vrij jong. In 1950, tijdens de plechtige afkondiging van het dogma dat Maria met lichaam en ziel in de hemel was opgenomen, besloten zes pelgrims, getroffen door een bijzonder krachtige genade, een nieuwe kloosterorde op te richten.

De eerste gemeenschap werd gesticht in Chamvres, Frankrijk. Hun enige doel was samen met de Maagd Maria dag en nacht de allerheiligste drieëenheid te aanbidden, in alle stilte en in complete afzondering. Ze inspireerden zich daarvoor op de eerste monniken die vanaf de vierde eeuw in de woestijn van Egypte in afzonderlijke kluizen gingen samenwonen.

Ze namen de regel over van de Heilige Bruno, die in 1084 in de Chartreuse nabij Grenoble de orde van de kartuizers stichtte. De regel is streng en het monnikenbestaan hard.

Toen na tien minuten nog niemand was komen opdagen, hij had ook geen andere ingang gevonden, belde Daniel opnieuw aan. Het viel hem bijzonder zwaar om geen sigaret op te steken.

Na nog ruim een kwartier, hij had ondertussen vier keer aangebeld, duwde hij voorzichtig tegen de linkervleugel van de poort. Tot zijn verbazing was die niet gesloten. Meer ontgoocheld dan opgelucht stapte hij als een schuchtere handelsreiziger naar binnen. De poort viel met een gedempte tik achter hem dicht.

Daniel bevond zich in een kraaknet kloosterpand. De vloer glansde verraderlijk als de waterspiegel van een Schots glen. De muren waren smetteloos witgekalkt en door de grote, rechthoekige ramen vielen regelmatige bundels amberkleurig licht naar binnen. Voor de tweede keer vandaag sloop een zweem van twijfel via zijn ruggegraat zijn hersenpan binnen. Hadden zij werkelijk recht op wraak? Was Benedicte even schuldig als de anderen?

Hij zette behoedzaam zijn koffer neer. De vloer toverde onmiddellijk een perfect spiegelbeeld. De roerloosheid begon pijn te doen. Daar maakte Daniel bewust een einde aan door heen en weer te lopen. Iedere voetstap kwetste de stilte als het kraken van een dorre tak onder de voet van de jager die zijn prooi besluipt. Toch durfde hij niet ver te lopen. Daarom ging hij weer naar buiten en belde opnieuw aan. Hij wachtte op de drempel van de halfopen poort. De minuten kropen voorbij, terwijl hij daar schuchter bleef staan.

Links van hem hingen twee houten brievenbussen tegen de muur. In witte letters stond op de ene 'messages' en op de andere 'contributions' geschilderd. Langzaam verloor hij ieder tijdsbesef. Hij besloot om tot honderd te tellen. Als dan niemand kwam opdagen, keerde hij desnoods te voet terug naar Namen.

Op negenentachtig hoorde hij plotseling het piepen van scharnieren. Vanuit het schemerdonker aan het einde van de gang, kwam een witte gedaante geruisloos in zijn richting zweven. Het aangezicht van de zuster zat halfverscholen achter een ruimzittende kap. Toen ze hem op anderhalve meter was genaderd, bleef ze staan.

'Ik ben kapelaan Verhaeghe,' zei Daniel zacht.

Hij schrok van het lawaai van zijn stem.

'Ik kom hier voor een vierdaagse retraite,' fluisterde hij. 'Twee weken geleden heb ik antwoord gekregen dat ik vandaag mocht komen.'

De kleine zuster knikte, maar zei verder geen woord. Daniel voelde zich even hulpeloos als een rolstoelpatient die machteloos moet toekijken hoe een kind verzuipt in een ondiepe sloot. Laurent had weliswaar een heleboel onderzoek verricht naar de gewoonten binnen het klooster, maar hij was er niet achtergekomen hoe ze vreemden onthaalden. Hij had hem wel op het hart gedrukt dat hij nooit zijn geduld mocht verliezen. Daniel wachtte dus en probeerde deemoedig in de oneindigheid te staren.

'Welkom, eerwaarde,' zei ze na een poos.

Het was duidelijk te horen dat ze van Franse afkomst was en zelden Nederlands sprak. Toch deed ze haar best om de woorden, zo goed mogelijk uit te spreken.

'Ik ga voor om u de weg te tonen.'

'Geloofd zij Jezus Christus,' antwoordde Daniel bijna, want hij dacht dat ze een vers uit de Bijbel aanhaalde.

In minder dan vijf minuten toonde ze hem de cel waar hij de komende dagen mocht verblijven, de keuken, de kapel en de tuin. Daarna begeleidde ze hem weer tot aan zijn cel. Daar overhandigde ze hem twee gestencilde blaadjes met het huisreglement en de dagorde.

'Indien er nog vragen zijn, eerwaarde, dan kunt u gebruik maken van de bus bij de ingang. De volgende dag vindt u een antwoord onder de deur van uw cel.'

'Dank u vriendelijk, zuster,' zei Daniel. 'Maar er zijn nog een paar dingen die ik graag met u wilde bespreken.'

'Excuseer, eerwaarde, maar ons gesprek is nu afgelopen.'

Ze draaide zich om en tien seconden later was ze om de hoek verdwenen.

Daniel stond perplex.

De cel was uiterst karig gemeubileerd: een smalle alkoof met een strozak en verder een tafel en een stoel. Gelukkig kwam het raam uit op de tuin en dat uitzicht was beslist de moeite waard. De monialen van Bethlehem beheersten de kunst om een schrale lap grond in een adembenemende lusthof te herscheppen.

Daniel deponeerde zijn koffer op de stoel, gooide het deksel open en schikte de inhoud op tafel. Staande voor het raam las hij de dagorde. De mis was pas om halfzes, dus had hij nog even respijt.

Laurent had een paar romans voor hem uitgezocht. 'Om de tijd te doden,' had hij gezegd. 'Tenzij je je aan het gebed wilt overgeven.'

Daniel pikte er het dikste boek uit, een turf van negenhonderd bladzijden.

De Quincunx, las hij halfluid. Hij schopte zijn schoenen uit en installeerde zich op het bed.

Van In verscheen die ochtend pas om halftien op het bureau. De Musigny van gisteren had hetzelfde effect gesorteerd als een forse dosis valium. Van In was nog altijd min of meer verdoofd.

'Den goên morgen commesooris,' zei de agent achter de balie met leedvermaak in zijn stem.

'Morgen, Patrick,' zei Van In verstrooid.

Ondanks zijn toestand voelde hij de spottende blik van

Geerts in zijn rug branden. Hij draaide zich intuïtief om en keek de verraste agent bars aan.

'Scheelt er iets?'

Patrick Geerts, bijgenaamd 'de dampkap' omdat hij altijd hevig transpireerde, lachte schaapachtig.

'Wel,' drong Van In bits aan. Hij hield niet van Geerts. De man was achterbaks en bereid zijn ziel te verkopen om bij De Kee op een goed blaadje te komen.

'Keetje zoekt j'ol meer dan een'eure,' grijnsde hij onbeschaamd. 'Jee tien minuten geleen nog gebald. 'k Geloven nie dattie vreê walgezind is wee. Je ken hem eej ostie zien dag nie eejt,' gniffelde de dampkap.

'Is hij in zijn bureau?' snauwde Van In.

Geerts knikte nadrukkelijk.

'Ojje goed luustert, kajjem toe hier oren iesbèèren.'

Van In liet Geerts grinnikend achter en rende de trap op.

Natuurlijk was De Kee erachter gekomen dat hij een oproep had gelanceerd via de radio. Bij de collega's stond Van In bekend als een zelfbewuste kerel die niet bang was om tegen de stroom op te roeien. Die reputatie was echter niet meer dan een zorgvuldig opgebouwde façade. Van In kon een grote mond opzetten maar tegenover De Kee stelde hij zich altijd een tikkeltje onderdaniger op dan hem lief was.

'Binnen,' klonk het scherp toen hij zachtjes aanklopte.

De Kee stond met zijn rug naar hem toe en keek over het Beursplein uit.

'Ik geloof dat u me zoekt, commissaris,' zei Van In zo neutraal mogelijk.

'Ga zitten, Van In,' zei De Kee kortaf zonder zich om te draaien.

Van In ging zitten en prutste zenuwachtig een sigaret uit een halfleeg pakje.

'Ik veronderstel dat u vanmorgen de kranten niet hebt gelezen,' begon De Kee. Hij bleef door het raam staren. 'Ze liggen voor u op mijn bureau.'

Van In nam een van de kranten. De zaak Degroof had de voorpagina gehaald.

'Anonieme Alchimist wreekt zich op Brugse Juwelier,' las hij.

'Lees verder,' klonk het bits.

'Volgens de politie gaat het hier om een goed georkestreerde vergeldingsactie tegen een lid van een van de meest vooraanstaande Brugse families. Ludovic Degroof, de vader van het slachtoffer, is in politieke kringen geen onbekende. Voor velen is hij het boegbeeld van de Christelijke Volkspartij en de drijvende kracht achter tal van prestigieuze bouwprojecten in de binnenstad.'

Van In vouwde de krant dicht en leunde achterover in zijn stoel.

'Ik zou niet weten waar ze dit verhaal hebben opgediept,' zei hij met gerust geweten.

'U weet verdomd goed dat dit niet alles is,' kraste De Kee. 'U hebt mijnheer Degroof heel boos gemaakt.'

Zijn stem klonk naargeestiger dan gewoonlijk.

Van In had geen zin om er nog langer omheen te draaien.

'Doelt u soms op het bericht dat Radio Contact gisteren uitzond?'

'U geeft het dus toe,' zei De Kee droog terwijl hij met zijn linkerhand door zijn haar streek.

'Ik handelde in opdracht van het Openbaar Ministerie,' verdedigde Van In zich. Het was het enige argument waarover hij beschikte.

De Kee draaide zich om en keek Van In doordringend aan.

'Adjunct-commissaris Van In,' – hij sprak die eerste twee woorden nogal aarzelend uit – 'ik veronderstel dat u volwassen genoeg bent om in te zien dat u een dergelijke maatregel eerst met mij had kunnen bespreken.'

Hij ging aan de andere kant van het bureau zitten en schudde meewarig het hoofd.

'Ik dacht dat ik u met klem had verzocht aan deze zaak geen ruchtbaarheid te geven. Ik heb er zelfs bij verteld dat Ludovic Degroof daar uitdrukkelijk op stond, wat ik trouwens niet eens hoefde te doen. En het zou u ook bekend moeten zijn dat het hier niet de gewoonte is naar de pijpen van het Openbaar Ministerie te dansen. Zij moeten tevreden zijn met de informatie die wij verstrekken.'

'Maar commissaris,' protesteerde Van In, 'de substituut dreigde zélf contact op te nemen met de media als ik het niet deed. Wie weet wat er dan was gebeurd? Nu heeft men het bericht alleen maar tussen zeven en negen uur omgeroepen. Ik moest toch een geste doen? Ik was er overigens van overtuigd dat een korte boodschap geen effect zou sorteren.'

'Mis, mijn beste Van In. De procureur heeft me gisteravond nog opgebeld. Indien u met mij overleg had gepleegd dan was er helemaal niets omgeroepen. De zaak wordt sowieso geklasseerd en knoop het goed in uw oren, Van In: op uitdrukkelijk verzoek van Ludovic Degroof. De procureur heeft me verzekerd dat juffrouw Martens niet meer zal aandringen. Er schijnt zelfs een probleem te zijn in verband met haar definitieve benoeming als substituut.'

'Benson im Himmel,' mompelde Van In. Deze keer had hij het goed verknald.

'Ik dacht dat u verstandiger was.' De Kee bleef maar door zijn haar strijken. Van In besefte dat hij niet de enige was die in nauwe schoentjes zat. 'Zelfs de burgemeester is niet erg gelukkig met uw demarche.'

'De burgemeester!' riep Van In.

De Kee leunde voorover en vouwde zijn handen onder zijn kin.

'De burgemeester is een socialist, denkt u,' anticipeerde hij. 'Maar vergeet niet dat de tentakels van Ludovic Degroof zich uitstrekken tot aan de top. En soms moet een burgemeester, ook al behoort hij tot een andere partij, zwichten voor de club in Brussel.'

De Kee zag dat Van In zich de ernst van de zaak realiseerde. Alhoewel de adjunct-commissaris zijn beste vriend niet was, vond hij dat ze toch een beetje te ver waren gegaan. Maar ook een hoofdcommissaris diende zich af en toe te schikken, net als de burgemeester.

'Bedoelt u dat het onderzoek wordt afgebroken?' vroeg Van In, die nog steeds moeilijk kon geloven wat De Kee hem pas had verteld.

'Ik moet toegeven dat u een meester van het understatement bent, Van In.'

De Kee krulde zijn bloedeloze lippen in een spaarzame glimlach.

'Ik verneem net van de personeelsdienst dat u nog meer dan driehonderd overuren hebt staan,' zei hij onbewogen. 'Als ik u was zou ik die met ingang van vandaag opnemen.'

'Allemaal?'

'Laten we zeggen dat u een tijdje uit roulatie gaat.'

'Maar dat is meer dan twee maanden,' zei Van In die haastig een rekensommetje had gemaakt.

'Twee maanden is misschien overdreven,' suste De Kee. 'Laten we afspreken dat u begin augustus langskomt. Dan kunnen we een babbeltje maken.'

'Dat meent u niet, commissaris. Wat zullen de anderen denken? Ik neem mijn vakantie altijd in september.'

Van In betrapte er zich op dat hij bijna ging smeken.

'Ik kan u inderdaad moeilijk dwingen, Van In,' zei De Kee achteloos.

Van In zuchtte. Het zou allemaal zo'n vaart niet lopen. Keetje wilde hem de stuipen op het lijf jagen en daarin was die smeerlap bijzonder goed geslaagd.

'Maar dan zult u zich voor het schepencollege moeten verantwoorden. De burgemeester is onvermurwbaar. En ik meen te weten dat u nauwelijks een schorsing met verlies van wedde kunt incasseren,' voegde hij er met een mager lachje aan toe.

Van In weigerde te geloven wat hij hoorde. Bij de Brugse politie kon bijna alles, dat maakte hij dagelijks mee, maar dit... Zijn maag kromp ineen alsof hij in dagen niets meer had gegeten.

'Kop op, Van In. Dit is het einde van de wereld niet,' zei De Kee die merkte dat de adjunct-commissaris lijkbleek was geworden. 'Bekijk de situatie liever van de zonnige kant. Twee maanden vakantie, man. Ik wou dat ik in uw plaats was.'

'Ik vraag me af wat er godverdomme zo belangrijk is aan die zaak,' stoof Van In op. De schroom voor het gezag van de hoofdcommissaris vloeide weg en maakte plaats voor ongeremde opstandigheid. De Kee beschouwde het als een laatste stuiptrekking omdat hij wist dat Van In geen alternatief had.

Van In balde zijn vuist en liet die met een dreun op het bureau van De Kee neerkwakken. Hij voelde zich machteloos. Hij schrok bijgevolg toen De Kee naast hem kwam staan en haast vaderlijk op zijn schouder klopte.

'Indien ik het onderzoek had geleid, mijn beste Van In, dan hadden ze mij ook met vakantie gestuurd.'

Van In schudde nietszeggend het hoofd. Hij dacht aan de idealen uit zijn jeugd en de wijze waarop hij die had verloochend. Weg met het klasseverschil, dood aan het kapitalisme, hadden ze toen met zijn allen gescandeerd. En de machtigen keken meewarig toe, lieten de jeugd uitrazen en boden ze toen een baan aan. Het was een eenvoudig mechanisme dat hij pas nu doorgrondde. Wat zou er gebeuren, dacht hij bitter, als alle veertigers die de balans van hun leven opmaakten voor de tweede keer zouden gaan revolteren, zelfs als ze wisten dat de strijd nutteloos en de nederlaag zeker was?

'Kom, ga nu maar,' hoorde hij De Kee zeggen. 'Drink een paar whisky's en boek een reis naar Tenerife.'

Van In stond op en verliet de kamer van De Kee zonder een woord te zeggen.

Toen hij buiten was nam De Kee de hoorn van de telefoon en toetste het nummer van Ludovic Degroof.

Daniel Verhaeghe bracht een akelige nacht door op de smalle kloosterbrits. Hij had er geen idee van wat de nonnen in hun matras stopten om hun leven nog onaangenamer te maken. Vermoedelijk vulden ze die op met naalden en fijngemalen glasscherven.

Niets beviel hem hier.

Het avondmaal gisteren was een ware beproeving geweest. Om halfzeven was hij naar de keuken gegaan. Dat stond zo vermeld in de informatie die hij van zuster portier had ontvangen. Op weg naar de keuken had hij geen kat ontmoet en ook daar was er niemand te bespeuren.

De inrichting van de kleine keuken deed hem vermoeden wat hem te wachten stond. Er hing een geur van goedkoop zeepsop en oud brood, en er stond alleen een kast en een gewone vierpitter. In de hoek glom een smetteloze gootsteen en daarboven brak een kraan de eentonigheid van de witte muur. Het grootste gedeelte van de keuken werd in beslag genomen door een smal aanrecht.

Daarop stonden een dertigtal genummerde voederbakken. Uiterst links stonden vijf houten bakjes een beetje afzijdig. Op een van die bakken hing een briefje met zijn naam. De andere vier droegen de namen van de andere gasten. De zusters wachtten blijkbaar tot de gasten zich bediend hadden voor ze zelf naar de keuken kwamen, want uitgezonderd op zondag at iedereen alleen in zijn cel.

De rechthoekige bakjes, met een opstaande rand van een centimeter of tien, bevatten allemaal hetzelfde en dat viel bijzonder tegen: een paar sneden grof bruin brood, een kom witte kaas en een fles plat water.

Daniel had een paar minuten gewacht, maar toen er niemand was komen opdagen, was hij met zijn karig maaltje mopperend afgedropen. Terug in zijn cel had hij de voederbak op zijn bed gekwakt. Maar na een uur had hij toch een razende honger gekregen en alles tot de laatste kruimel verslonden. Terwijl hij at vroeg hij zich af welke God hiervan was gediend. Als wraak had hij vijf sigaretten na elkaar gerookt en het restant whisky uit zijn zakfles opgedronken. Daarna had hij een kort briefje geschreven en het in de bus met 'messages' gestopt.

Hij was nu benieuwd of de zusters zijn briefje al hadden beantwoord.

In zijn blote kont liep hij naar de deur. Zoals hij had vermoed, lag er geen antwoord.

Mokkend kleedde hij zich aan. Buiten kletterde de regen mistroostig tegen het kleine vensterraam. Donkergrijze wolken nestelden zich op de toppen van de pijnbomen aan de horizon.

'Ook dat nog,' sakkerde hij.

De kilte van de regen en de knagende honger bezorgden hem kippevel. Hij trok de dunne deken van zijn bed en sloeg die als een mantel om zijn schouders. Hij had zich verslapen. Dat was duidelijk. Om te weten hoever hun dag was gevorderd, las hij de dagorde van de monialen van Bethlehem opnieuw.

Om 4.45 uur stond iedereen op voor de metten. Die had hij dus gemist. Daarna haalden ze hun ontbijt in de keuken en aten alleen in hun cel. Om 8.15 uur zongen ze de tertsen, alleen in hun cel. Om 9.55 uur was het tijd voor de sexten en om 12 uur voor het angelus. In de namiddag baden ze de nonen en om 17 uur waren er vespers in de kapel, gevolgd door een eucharistieviering. Na het avondmaal besloten ze de dag met de completen.

De resterende tijd wijdden de zusters aan handenarbeid. Ze decoreerden porseleinen kopjes en borden en met de opbrengst daarvan voorzagen zij in hun onderhoud.

Zo leefden en werkten de monialen van Bethlehem dag na dag: in afzondering en gebed.

Ze onderbraken die routine alleen op zondag. Dan gebruikten ze samen het middagmaal en wandelden een paar uur in de tuin. Dit was het enige moment waarop ze met elkaar in contact kwamen.

En wie veronderstelde dat men hier met wereldvreemde kwezels te maken had, kwam bedrogen uit. Het gros van de zusters was niet ouder dan vijfendertig jaar en de meesten hadden een of meer universitaire diploma's op zak.

Dat had Laurent verteld.

Bovendien waren ze afkomstig uit gegoede milieus.

Is de wereld dan zo slecht, mijmerde Daniel.

Het kleppen van een klokje deed hem opschrikken. Shit, tien over acht, vloekte hij. Daniel hoopte vurig dat ze de ontbijtbakken nog niet hadden afgeruimd. Hij had een moord kunnen begaan voor een kop koffie en warme broodjes.

De gang lag er even stil en verlaten bij als gisteren. Als een schim sloop hij langs de muren. Hij voelde zich een beetje schuldig en wilde nu liever niemand tegenkomen.

Hij duwde voorzichtig de keukendeur open en glipte naar binnen. Op het aanrecht stond nog één voederbak als een beschuldigende getuige van zijn verzuim. Gelukkig houden de nonnen van afwisseling, dacht hij bitter. Het ontbijt bestond immers uit zwart brood, een kom melk en een aarden potje met perengelei.

Toen hij terug in zijn cel was, had iemand een briefje onder de deur geschoven. Ze hielden hem dus toch in de gaten. Op een onooglijk velletje papier stond in een klein, zuinig handschrift: *Eerwaarde, wil zo goed zijn ons vanavond voor te gaan in de eucharistie. Dit is om 17.25 uur.* Het uur had ze met een dun lijntje onderstreept.

Dekselse Laurent, dacht Daniel terwijl hij een stuk taai roggebrood in zijn mond stopte. Net als voor de aanslag op de winkel van Degroof had hij alles haarfijn uitgekiend. Tot dusver verliep de planning smetteloos.

De rest van het ontbijt smaakte Daniel plotseling voortreffelijk. Met zijn vinger maakte hij het potje perengelei schoon.

Om halftien, toen hij er zeker van was dat iedereen in zijn cel was, stopte hij zijn jeans en sweater in een plastic tasje en verliet stiekem het pand.

Gelukkig was het opgehouden met regenen. Een paar honderd meter uit het zicht van het klooster, verkleedde hij zich achter een bosje. Van het klooster tot in Marche-les-Dames was het amper twintig minuten lopen. Laurent had hem nochtans formeel verboden het klooster te verlaten, maar Daniel vond dat hij van iedere dag die hem restte mocht profiteren. De kans dat zijn afwezigheid werd ontdekt was vrijwel nihil en zelfs als dat gebeurde zouden de zusters hem geen vragen stellen. Ze geloofden nu immers echt dat hij priester was, anders hadden ze hem nooit gevraagd om vanavond de mis op te dragen.

Toen hij om vier uur in de namiddag onopvallend weer naar binnen sloop, was het opnieuw beginnen motregenen. Eigenlijk vond hij het vreemd dat men in een van de strengste slotkloosters ter wereld zomaar binnen en buiten kon lopen.

In plaats van één plastic tas zeulde hij er nu drie. In de eerste staken zijn jeans en sweater. De twee andere puilden uit van drank en mondvoorraad. In de loop van de dag had hij al een halve fles whisky leeggedronken en 's middags had hij een geroosterd ribstuk met frieten binnengespeeld. De zusters moesten maar denken dat hij een tijdje wilde vasten. De voederbakken raakte hij in ieder geval met geen vinger meer aan.

In zijn cel zette hij de fles J&B aan zijn mond en nam een slokje. Hij moest de nodige voorzichtigheid in acht nemen, maar ook net genoeg blijven drinken om de knagende plankenkoorts te onderdrukken. Want als hij straks de mis opdroeg, zou dat voor een publiek moeten gebeuren, een publiek van kenners nog wel. Alhoewel hij het ritueel tot vervelens toe had ingeoefend, zonk de moed hem in de schoenen.

De gedachte alleen al maakte hem hypernerveus.

Om tien over vijf nam hij het allerlaatste slokje whisky en toen die smaak was weggeëbd, haalde hij een doosje Fisherman's Friend uit zijn zak en stopte twee muntjes in zijn mond. Daarna haastte hij zich naar de kapel. Gelukkig kon hij via een zijdeur de sacristie binnen. Daar had de zuster die de taak van koster waarnam alles zorgvuldig klaargezet.

Met knikkende knieën trok hij de hagelwitte albe aan. Alhoewel er niemand anders in de sacristie was, kuste hij zelfs het kruisje op de stola. Daarna stak hij zijn hoofd door het gat in de kazuifel en drapeerde het gewaad over zijn schouders, precies zoals dat hoorde.

Eenmaal klaar bekeek hij zichzelf in de spiegel. Dat deden echte priesters ook altijd. Daniel bedacht dat dit waarschijnlijk de enige spiegel was in deze vrouwengemeenschap. Het was komisch om te weten dat die spiegel hier dan nog uitsluitend voor de schaarse mannelijke bezoekers was aangebracht.

Terwijl hij zichzelf bekeek, verstomde het gezang in de aanpalende kapel. Daniel was niet zeker of dit het einde van de vespers betekende en stelde zich besluiteloos op bij de deur die de sacristie verbond met de kapel. Net toen hij naar binnen wou stappen, begon de klok te luiden. Hij besloot om nog een paar ogenblikken te wachten. Hij kreeg het warm en snakte naar een slok whisky en een sigaret.

Na vijf minuten werd de deur voorzichtig en geruisloos opengeduwd. De kleine zuster portier schuifelde de sacristie binnen.

'Goedenavond, eerwaarde.'

Daniel knikte beleefd en deed zelfs een poging om een minzame glimlach te produceren. Ondertussen nam hij de zuster heimelijk op. De kap bedekte het grootste deel van haar gezicht. Hij had de foto van Benedicte Degroof urenlang bestudeerd, maar het zou geen sinecure zijn om haar onder dit habijt te herkennen. Bovendien was de foto meer dan zestien jaar geleden genomen.

'Wil mij volgen,' zei de kleine zuster plotseling heel zacht.

Daniel sloeg de ogen ten hemel, haalde diep adem en volgde haar.

In de kapel was het donker, want geld voor elektriciteit hadden de zusters niet. Tot dusver was er slechts een klein gedeelte van het klooster van bedrading voorzien. Het schaarse licht in de kapel viel door een vijftal spitsboogvensters. Die keken als dof gloeiende ogen vanuit de ruwe natuurstenen muren naar beneden.

Het geheel leek op een middeleeuwse burchtkapel en deed vijftiende-eeuws aan in plaats van achttiende-eeuws. De kruisribgewelven, de donkere oneffen plavuizen en het kleine, kubusvormige altaar versterkten die indruk. Langs de zijmuren stonden de zusters in twee rijen opgesteld. Twee nonnen hielden een koord vast dat door een gat in het gewelf met de klokken was verbonden.

'In de naam van de Vader, de Zoon en de Heilige Geest.'

Daniel had voor alle zekerheid de teksten uit het hoofd geleerd. Toch moest hij de indruk geven dat hij alles van het missaal aflas. Want merkwaardig genoeg, dat had Laurent uitgezocht, was er bijna geen enkele priester die in staat was een mis zonder tekstondersteuning op te dragen.

Af en toe speurde Daniel een paar seconden in de kapel. Maar hoe aandachtig hij ook tuurde, hij kon Benedicte niet lokaliseren. Alle zusters volgden de mis met gebogen hoofd en een aantal onder hen stond zelfs in de complete duisternis.

Hij zou geduld moeten oefenen tot aan de communie. Laurent kreeg weer eens gelijk. Het was de enige manier om hen van dichtbij op te nemen.

Tot zijn verbazing verliep de viering heel vlot. Maar bij de consecratie kreeg Daniel last van een doffe wroeging. Straks zou hij die argeloze schepsels moeten bedriegen. Het brood dat ze zouden nuttigen zou vandaag gewoon brood blijven en niet het lichaam worden van de God voor wie ze hun leven opofferden.

'En in de nacht dat Hij werd overgeleverd, nam Hij het brood in zijn handen, zegende het, brak het en gaf het aan zijn apostelen met de woorden: neem en eet, dit is mijn lichaam.'

Terwijl Daniel die woorden sprak dacht hij aan de nacht waarin hij en zijn moeder waren overgeleverd. Hij was Laurent dankbaar dat hij hem had gewaarschuwd voor deze momenten van zwakte.

Het uitdelen van de communie nam ruim vijf minuten in beslag, want de zusters wierpen zich een voor een ter aarde voor ze de hostie tot zich namen. Benedicte Degroof kwam als voorlaatste. Hij herkende haar in een oogopslag. Ze stond helemaal achteraan in de kapel en Daniel prentte haar positie in zijn geheugen.

Laurent had hem verteld dat de zusters na de mis nog een tijdje in de kapel bleven om er te mediteren. Toch haastte hij zich na afloop van de mis met omkleden. Toen hij achteraan neerknielde, waren alle zusters nog aanwezig.

Het duurde een tijdje voor de eerste non de kapel verliet. Benedicte ging als derde. Ze lette er niet op dat de priester haar ogenblikkelijk volgde. Ironisch genoeg bevond haar cel zich niet ver van de zijne.

Twee uur later schoof Daniel de eerste brief onder haar deur.

9

Op woensdagmorgen reed Laurent De Bock van Namen naar Blankenberge.

De files op de autosnelweg waren kort voor de tijd van het jaar. Het spook van de recessie had zijn handen vol en duizenden potentiële vakantiegangers zagen zich door geldgebrek genoodzaakt thuis te blijven. Bovendien was het weer sinds gisteren plotseling omgeslagen. De grote toeloop naar de kust bleef uit.

Laurent ondervond geen problemen om zijn wagen in een van de straten achter de zeedijk kwijt te raken. Het huren van een hotelkamer vormde evenmin een obstakel.

Hotel Riant Séjour bleek een modern drie-sterrenhotel. De kamers waren er ruim en comfortabel. Hij boekte twee overnachtingen en betaalde contant. Dit gebaar toverde een glimlach op het gezicht van de hoteluitbaatster. Ze droeg eigenhandig zijn koffer in de lift.

Vijf minuten later keek hij van op de zesde verdieping uit over de groengrijze, kabbelende watermassa.

Het was eb. Het strand oogde als een weidse vlakte die zich tevergeefs probeerde te verenigen met de eindeloze zee. Een krachtige stortbui had het strand in een paar minuten schoongeveegd. Laurent haalde een flesje bier uit de minibar en sleurde een stoel op het balkon.

Onder hem, op de dijk, flaneerden wandelaars beschut door bontgekleurde paraplu's. Aangelijnde honden snuffelden in de regen en poepten om de beurt. Niemand maakte zich daar druk over. De lucht op het balkon was zwoel en geparfumeerd. Boven de geur van zonnecrème, pannekoeken en natte regenjassen won de wilde ziltheid van de zee gestadig veld.

Laurent probeerde om alleen maar die lucht in te ademen.

'Sator rotas opera tenet,' mompelde hij.

Ludovic Degroof zou, samen met de clan die hem steunde, eindelijk boeten voor zijn daden. Het was zijn laatste kans om de rol van wraakengel op zich te nemen. Zijn leven was voorbij en het leven van hen die hij liefhad was door een wreed noodlot getroffen.

Met de rollende golven als getuige bad hij het onzevader en vroeg om vergeving voor de misdaden die hij aan het begaan was... God had hem verlaten maar hij zou Hem trouw blijven tot de dood.

Laurent De Bock zuchtte, nam een slok van zijn bier en keek over de golven. Het kostte hem enige moeite zijn emoties niet de vrije loop te laten. Hij die dacht dat hij de lasten en de wisselvalligheden van het leven kende, hunkerde als een klein kind naar wraak en gerechtigheid. Laurent omknelde het bierflesje. Hij was vermoeid. Hij dacht aan Degroof, die bijna even oud was als hij.

Loonde het werkelijk de moeite of deed hij het alleen maar om straks rustig te kunnen sterven?

Van In bracht de eerste avond van zijn gedwongen vakantie in zijn tuin door.

Het was opgehouden met regenen en de zon zoog het vocht razendsnel weer op. Rond zes uur werd het zelfs zo drukkend heet dat Van In naar binnen ging om shorts en slippers aan te trekken. In de keuken haalde hij een ijskoude Duvel en een pakje belegen kaas uit de koelkast. Sinds gistermiddag had hij niets meer gegeten, en nu konden zelfs de Duvels zijn razende honger niet meer bedwingen.

Hij installeerde zich opnieuw in de tuin onder de parasol en verslond eerst de kaas. Daarna trok hij de Duvel open en schonk het bolle glas vol tot het schuim over de rand droop.

Toen de voordeurbel rinkelde sprong hij fluks uit zijn stoel.

Leo had zich toch kunnen vrijmaken, dacht hij vrolijk. Hij bofte dat hij vanmorgen een verse krat Duvel had aangesleurd.

'Ik kom,' riep hij.

Van In rende op zijn blote voeten naar de voordeur. De moedeloosheid die hem de voorbije vierentwintig uur had geteisterd, viel als een nat badlaken van hem af.

'Hallo, mijnheer Van In,' zei Hannelore een beetje bedeesd toen hij de deur openmaakte.

Van In schrok zichtbaar toen hij uitgerekend haar voor zijn neus zag staan. Het was alsof iemand zijn luchtpijp dichtkneep. Zijn lippen vormden woorden zonder geluid te produceren.

'Ik hoop dat ik niet ongelegen kom.'

Ze zag er stralend uit in een uitgesneden stretch jurkje.

'Leo heeft me je adres bezorgd. Hij verzekerde me dat je het niet erg zou vinden als ik even binnenwipte.'

'Natuurlijk niet.'

Het kostte Van In alle moeite van de wereld die twee woorden door zijn strot te krijgen. Hij deed een stap opzij en gebaarde dat ze naar binnen kon komen.

'Je woont hier inderdaad grandioos,' zei ze gemeend.

Van In dacht alleen maar aan de smeerboel in de keuken want behalve Leo kwam er zelden iemand over de vloer.

'Ik zat net in de tuin,' hakkelde hij. 'Kom toch binnen.'

Van In ging haar zenuwachtig voor. Hannelore volgde hem door de openstaande schuifdeur. Ze geurde naar lentebloesem en glycerinezeep.

'Ga zitten, maak het je gemakkelijk.'

Het klonk stroef en onnatuurlijk. Honderdduizend gedachten schoten doelloos en onbeantwoord door zijn hoofd. Wat kwam zij hier in 's hemelsnaam uitrichten?

'Een drankje?' vroeg hij wanhopig. Veel keuze was er niet en dat irriteerde hem. 'Een ijskoude Duvel misschien?'

Ze ging aan de ovale tuintafel zitten. Van In was te verward om de pretlichtjes in haar ogen op te merken.

'Alleen als hij ijs- en ijskoud is,' zei ze pittig.

Van In haastte zich als een opgejaagde rekruut naar de keuken, spoelde een beschimmeld glas om en legde een paar Duvels in het vriesvak van de koelkast. Binnen in zijn hoofd was een knetterend vuurwerk aan de gang en op de terugweg naar de tuin viel hij bijna over zijn eigen voeten.

'Ik benijd je, Pieter Van In,' zei ze bewonderend toen ze met smaak van het bier dronk. 'Dit is je reinste paradijs. Wat een huis. En een binnentuin. Ongelooflijk.'

Wás een paradijs, wou Van In zeggen maar dat had ongepast geklonken.

'Zo,' zuchtte hij. Van In ging met opzet aan de andere kant van de tafel zitten en omdat hij zijn ogen niet van haar af kon houden, fixeerde hij zijn blik op het glas.

'Leo heeft me alles over jou verteld.'

Hannelore viel zelf met de deur in huis en nu pas merkte Van In dat ze het voortdurend over Leo had.

'Leo?' vroeg hij onnozel.

'Ja, Leo Vanmaele, de expert van de gerechtelijke politie die je zondag nauwelijks scheen te kennen. We hebben vanmiddag een lang telefoongesprek gevoerd en hij heeft me verklapt dat jullie al jaren dikke vrienden zijn. Jullie zaten samen op de school voor criminologie in Brussel en te oordelen naar de sterke verhalen die hij opdiste, hebben jullie je daar geen moment verveeld,' zei ze schalks.

'Benson im Himmel,' kreunde Van In.

Ze kruiste haar benen en toen brak het zweet hem pas echt uit.

'Sorry, maar die komedie met Leo was een grapje. Ik dacht dat je...'

'Je dacht dat ik een van die betweterige tantes was.'

Van In nam een slok van zijn Duvel en streek zenuwachtig over zijn bovenlip.

'We zaten al met de hoofdcommissaris op ons dak en toen Versavel me vertelde dat er een substituut was komen aandraven... ja, wat moet ik daarop zeggen. Je begrijpt wel wat ik bedoel,' zei hij verontschuldigend.

'De zaak Degroof is geklasseerd,' zei ze opeens ernstig. 'De procureur heeft me dat met doorslaggevende argumenten duidelijk gemaakt. En ik heb gehoord dat jij het er nog slechter vanaf gebracht hebt. Daarom dacht ik: laat ik die arme commissaris maar een beetje gaan troosten.'

'Dat is heel vriendelijk van jou...'

Hij kreeg haar voornaam maar niet over zijn lippen.

'Heb je dat al eerder meegemaakt?' vroeg ze nieuwsgierig.

Van In haalde diep adem. Zijn hart was ietsje minder luid gaan bonzen. Straks zou alles beter gaan, dacht hij.

'Op die manier heel zeker niet. Toch niet in een triviale zaak als deze.'

'Dat dacht ik ook, Pieter.'

De manier waarop ze zijn voornaam uitsprak veroorzaakte een warm, tintelend gevoel in zijn hoofdhuid. Nog een ogenblik en hij was weer de oude. Dat hoopte hij tenminste.

'Ik ben ook niet van plan het onderzoek te staken,' zei Van In spontaan. Hij kreeg haast onmiddellijk spijt van die woorden. Hij was even vergeten dat er een magistraat voor hem zat.

Maar ze schrok helemaal niet, integendeel.

'Precies waarop ik gehoopt heb,' zei ze. 'Eigenlijk kwam ik je vragen het onderzoek voort te zetten. En ik bied je graag mijn hulp aan, officieus uiteraard.'

'Wat bedoel je daarmee?' vroeg hij verbaasd.

'Hier zit meer achter, dat is duidelijk en in bepaalde kringen heeft Degroof veel minder invloed dan door sommige beleidsmensen wordt aangenomen.'

Ze dronk gretig van haar Duvel. Van In volgde automatisch haar voorbeeld.

'Politiek dus,' kermde hij. 'Zeg dat het niet waar is.'

'Je houdt dus ook rekening met die mogelijkheid,' constateerde ze.

'Ik probeer die optie al 36 uur te verdringen. Hiermee,' en hij wees naar het glas op de tafel.

Ze schoof haar stoel dichterbij en liet haar stem zakken tot op fluistertoon.

'Beloof me plechtig, Pieter Van In, dat hetgeen ik je nu ga vertellen nooit buiten deze muren komt.'

Van In keek verbouwereerd in haar ogen. Als ze hem had gevraagd in zijn blootje om de Markt te rennen, had hij geen moment geaarzeld.

'Dat beloof ik je hierbij plechtig, Hannelore.'

Het grote woord was eruit. Hij had haar met de voornaam aangesproken.

'Maar vooraleer je me allerlei staatsgeheimen toevertrouwt, haal ik ons eerst nog wat te drinken.'

'Ga je gang, met zulk weer kan een mens niet genoeg drinken.'

Van In dook in de keuken en kwam een minuut later terug met een dienblad met daarop twee Duvels, een bordje salami en blokjes kaas met mosterd. Hannelore tastte onmiddellijk toe.

'De gemeenteraadsverkiezingen staan voor de deur en iedereen weet dat het er hard aan toe zal gaan,' zei ze terwijl ze een worstje naar binnen werkte.

'De CVP is bereid haar ziel te verkopen in ruil voor het burgemeestersambt. De SP daarentegen zal haar positie proberen te consolideren. Maar volgens mij zal Dirk Van der Eyck, de kersverse kopman van de liberale VLD, voor de spanning zorgen,' zei ze in de veronderstelling dat hij de lokale politiek een beetje volgde. Van In wist wat ze bedoelde. Maar hij betwijfelde of de meerderheid van de Bruggelingen de zaak op die manier bekeek.

'Denk je dat Van der Eyck een kans maakt?'

'Onderschat hem niet, Pieter. Hij beschikt over veel ervaring en wat wellicht nog belangrijker is: hij heeft de steun van de loge, zowel hier als in Brussel.'

'Het resultaat van de liberalen in de Europese verkiezingen was anders niet vet,' plaagde Van In. Hannelore snoof verachtelijk en stopte twee worstjes tegelijk in haar mond.

'Smaakt het?'

'Natuurlijk smaakt het. Ik krijg altijd honger als iemand me probeert op te jutten.'

Van In begon zich nu pas echt op zijn gemak te voelen. Mens, wat een stuk, dacht hij bij zichzelf.

'Je gelooft me niet, hè,' zei ze dreigend. Van In haalde heel nadrukkelijk de schouders op.

'Ik dacht dat in een democratie de kiezer altijd bepaalt wie er het volk regeert.'

'Pieter toch, hoe kan je zo naïef zijn?' Ze had blijkbaar niet door dat hij met haar voeten aan het rammelen was. 'Iedereen weet toch dat we straks met drie even sterke partijen op ons dak zitten? Twee daarvan zullen met elkaar moeten samenwerken.'

'En iedere partij wil per se zijn eigen burgemeester leveren?'

'Precies,' zei ze. 'Het komt erop aan het spel feilloos te spelen en daar is Van der Eyck een meester in. Je mag hem vooral niet onderschatten, Pieter.'

'Dat verkondig je nu al voor de tweede keer in vijf minuten.'

'Zeer zeker verkondig ik dat en ik zal je eens haarfijn uitleggen waarom ik daarvan overtuigd ben. Gisteravond heeft Van der Eyck een principe-akkoord bereikt met de SP. Hij wordt burgemeester en zijn partij krijgt de schepenzetels van

Toerisme en Openbare Werken. De SP mag vrij over de rest van de schepenzetels beschikken. Bovendien heeft Van der Eyck ermee ingestemd alle benoemingen die door de SP worden voorgedragen tot in het jaar 2000 onvoorwaardelijk goed te keuren.'

'Dat meen je niet,' kreunde Van In.

Hannelore schonk haar tweede Duvel in en grabbelde een paar blokjes kaas.

'Zeker weten, Pieter.'

'Maar hoe kom jij aan die informatie en wat heeft...'

'Sst.'

Ze drukte haar wijsvinger tegen haar lippen. In haar ogen twinkelden kwajongensachtige sterretjes.

'Komaan, Hannelore. Doe niet flauw.'

Van In dronk op zijn beurt gulzig van zijn tweede Duvel. Zij prutste afwachtend aan het slot van haar halsketting. Natuurlijk moest ze hem nu volledig op de hoogte brengen, maar niemand had haar verteld dat ze hem niet een beetje mocht plagen.

'Zelfs indien de zaak Degroof iets met politiek te maken heeft, dan begrijp ik nog niet goed welk verband je probeert te vinden met de komende gemeenteraadsverkiezingen. De oude Degroof stelt zich geen kandidaat en zijn zoon voor zover ik weet ook niet.'

Hannelore genoot van zijn onwetendheid.

'Goed,' zei ze plotseling. 'Politiek is een smerig bedrijf. Elk middel om het doel te bereiken is geoorloofd en geen enkele truc is verboden. Van der Eyck wil profiteren van de duizenden zwevende stemmen. Hij wil de massa misnoegden ervan overtuigen voor zijn partij te kiezen. Nu hij de SP heeft geneutraliseerd zou het hem bijzonder goed uitkomen als de CVP niet al te veel stemmen binnenhaalt. En zelfs jij zou moeten weten wie hier in Brugge de koers van de CVP bepaalt. Wie is het boegbeeld van de partij?'

'Degroof natuurlijk,' zei Van In korzelig.

'Begint het nu een beetje te dagen?'

Van In durfde niet nee zeggen en knikte daarom maar ja.

'Stel dat er iets uitlekt over het verleden van de oude Degroof,' ging ze enthousiast verder. 'Als er een schandaal aan vastzit dan moet een ervaren speurder als jij toch in staat zijn de waarheid naar boven te spitten. De geheimzinnige wraakactie bij Ghislain Degroof zal de aandacht van de pers trekken. Als er bovendien nog acties volgen, hoeven we maar een paar aanwijzingen aan de pers te geven en het vuur zit aan de lont.'

'Maar de zaak is afgesloten,' opperde Van In. 'En ik ben voor twee maanden op non-actief gezet.'

Hannelore sloeg haar ogen wanhopig ten hemel.

'Het staat nochtans allemaal glashelder in het verslag dat je me gisteren liet bezorgen. Ik vond je analyse van de daders trouwens bijzonder betrouwbaar.'

'Benson im Himmel,' blies Van In. 'Mijn vermoeden dat ze opnieuw zullen toeslaan is volkomen hypothetisch en absoluut geen basis om op verder te werken.'

'Och, wat niet baat, niet schaadt,' zei ze schouderophalend. 'Maar als er de komende weken toch iets zou gebeuren met de familie Degroof en we zijn daarop voorbereid, wie weet wat er dan uit de bus komt. Het kan bijgevolg geen kwaad dat we wat op de zaken vooruitlopen. Als we voor die tijd genoeg modder kunnen bijeenschrapen zal het heus niet moeilijk zijn de pers ervan te overtuigen de aanslagen op de familie Degroof in een breder kader te plaatsen, niet?'

'Die Van der Eyck is zeker een fan van Machiavelli?'

'Wie niet,' lachte ze.

'En dat noemt zich magistraat,' zei hij verwijtend. 'Mij is altijd voorgehouden dat de rechterlijke macht niet aan politiek mag doen, als je dit soort van kuiperijen tenminste nog politiek kunt noemen.'

Zij scheen zijn opmerking helemaal niet beledigend te vinden.

'Ik zal je eens wat vertellen, Pieter Van In. Ik ben een vrouw die hard geknokt heeft voor haar diploma. Mijn ouders hebben zich krom gewerkt om mijn studies te kunnen betalen. Ze hebben geen geld en beschikken niet over relaties. Als ik aan de balie was gebleven, dan zat ik nu op klanten te wachten met een berg schulden in mijn nek. De magistratuur daarentegen heeft dringend vers bloed nodig. Het betaalt niet denderend maar het is vast werk. Om als vrouw in die mannenwereld carrière te maken, heb je onvermijdelijk politieke steun nodig. Zonder die steun kan ik tot op mijn vijftigste de loopjongen blijven van een of andere demente procureur.'

Er zinderde woede en verbittering door in haar stem. Van In stond perplex van haar openhartigheid. Hij schrok er voor de zoveelste keer van dat de overlevingsdrang van de jongere generatie zich zo meedogenloos manifesteerde.

'Ja, ik kan je geen ongelijk geven,' zei Van In. 'You can fly with the eagles or scratch with the chickens.'

'Dank je voor het begrip,' zei ze.

'Bovendien stel ik je eerlijkheid bijzonder op prijs, maar vergeet je geen klein detail?'

'Shoot,' zei ze droog.

'De Kee. Als ik het bij het rechte eind heb, is hij een lakei van Degroof. Mocht er iets gebeuren waardoor de familie Degroof in de kijker komt, denk ik niet dat hij me het onderzoek zal toevertrouwen.'

'Inderdaad een klein detail,' beaamde ze. 'Maar De Kee gaat over drie jaar met pensioen en het is publiek geheim dat hij zijn schoonzoon... Hoe heet die kerel ook weer?'

'Deleu,' vulde Van In spontaan aan.

'Deleu, die is het inderdaad,' zei ze. 'Wel, commissaris De Kee zou dolgraag willen dat zijn schoonzoon hem opvolgt. Niet onmiddellijk natuurlijk. Dat zou te veel opvallen. Gisteren heeft Van der Eyck een scenario voorgesteld. In 1997 gaat De Kee met pensioen en hij wordt opgevolgd door commissaris Carton.'

'Maar Carton is 59,' reageerde Van In verrast. Als ze gelijk had zou dit nieuws inslaan als een bom.

'Precies. Hij blijft dus in functie tot in 2001 en wordt dan opgevolgd door Deleu. Begrijp je? Carton is de kandidaat van de socialisten en vanaf 2000 is Van der Eyck niet meer gebonden aan zijn belofte om iedere socialistische benoeming goed te keuren.'

'En De Kee is daarvan op de hoogte?' vroeg Van In wezenloos.

'Natuurlijk is hij daarvan op de hoogte. Hij was er gisteren bij toen het akkoord werd bezegeld ten huize van Van der Eyck.'

'Allemachtig.'

Van In klemde zijn kaken opeen.

'Vreemd dat je nu geen "Benson im Himmel" zegt,' grapte ze.

'Ik zeg "allemachtig" omdat ik nog liever mijn huis verkoop dan een dag onder Deleu te moeten werken,' stoof hij op.

'Je hebt blijkbaar problemen met dat ventje. Hij heeft je vroeger een paar keer een lelijke hak gezet.'

Van In antwoordde niet. Hij vond dat Hannelore Martens een beetje te goed was ingelicht.

'Maak je daar maar geen zorgen over, Pieter. Als je deze zaak voor ons opknapt staan de deuren van de gerechtelijke politie wagenwijd voor je open. Dat mocht ik je van Van der Eyck toezeggen,' zei ze zacht.

Benedicte Degroof zat geknield voor haar bed en probeerde te bidden. Dat lukte haar anders bijzonder goed, maar vanavond schrok ze van het minste geluid. Ze hoorde het kraken van Daniels schoenzolen toen hij zich vooroverbukte. Het geritsel van papier onder de deur deed haar ineenkrimpen.

Ze wist wie hij was. De voorbije nacht had ze een akelige droom gehad, waarin haar het noodlot werd onthuld. Ze concentreerde zich op het gebed. God had haar nog nooit in de steek gelaten. Een eindje verder klikte een deur in het slot.

Benedicte bood meer dan een uur weerstand aan de nieuwsgierigheid die haar kwelde. Toen stond ze op, raapte de brief op en scheurde de envelop haastig open.

Zuster,

Zegt Jezus niet: Verzoen u met uw broer of zuster en kom dan voor Mij bidden.

Zegt Hij niet in de Bergrede: Bezoek de zieken.

Verwijt Hij de farizeeërs niet voor huichelaars en witgekalkte graven.

Zegt Hij niet dat de zonde tegen de geest nooit wordt vergeven.

Wel, lieve zuster, welk leven leidt gij hier?

De hoogmoed heeft u verblind. En die hoogmoed is uw erfdeel, het erfdeel van uw vervloekte familie.

Denkt gij soms aan haar? Aan haar die gij mee hebt helpen veroordelen?

Heeft zij u niet verdedigd toen het beest u wilde bezitten?

Heeft zij niet vrijwillig uw plaats ingenomen?

Dit zijn vragen zuster, vragen waarop gij het antwoord kent, vragen die u vanaf vandaag zullen blijven achtervolgen.

Slaap zacht, zuster.

Daniel

Benedicte las de woorden met trillende handen. Indien het laster was geweest, dan had ze de brief naast zich neergelegd en gebeden voor de man die hiervoor verantwoordelijk was.

Maar wat hij schreef was helaas waar.

Zestien jaar binnen deze kloostermuren hadden de wonden doen vervagen, maar nu raasde de pijn als een dolle vloedgolf door haar hart.

Snikkend knielde ze voor haar bed en bracht het grootste deel van de nacht biddend door.

10

Op donderdagmorgen kocht Laurent De Bock een krachtige prismakijker bij Priem, een winkel voor jachtartikelen recht tegenover het Simon Stevinplein.

Van In kuierde over de Markt en het scheelde geen haar of ze waren elkaar tegen het lijf gelopen. Maar zelfs indien Van In over een foto van De Bock had beschikt, dan nog zou hij de vriendelijke man waarschijnlijk nooit hebben opgemerkt in de chaotische massa. Want ondanks de recessie krioelde het in de Brugse binnenstad wél van de toeristen.

Van In wrong zich met een eindeloos geduld door de samengepakte massa, die met de snelheid van een gletsjer uitdeinde.

Het gesprek van gisteren met Hannelore liet hem niet los. In zekere zin voelde hij zich vereerd. Wat undercover-werk stond hem wel aan en bovendien had hij een vreemd voorgevoel over de zaak Degroof. Hij had zich dan ook voorgenomen het doopceel van Degroof grondig te lichten.

Hij wilde per se uitvissen wat er aan de hand was.

Vanmorgen vroeg had hij Leo in vertrouwen genomen en die had beloofd een discreet onderzoek in te stellen bij de gerechtelijke politie. De archivaris van het parket was een oude vriend en Leo zou hem vandaag nog aan de tand voelen. Als er een dossier bestond over Degroof of over zijn kinderen dan was het slechts een kwestie van uren voor dat boven water kwam.

In afwachting van meer nieuws wilde Van In eerst zijn

licht opsteken bij de burgerlijke stand. Daarna zou hij Versavel proberen te bereiken om op de hoogte te blijven van eventuele nieuwe ontwikkelingen.

Sedert een paar jaar was de dienst Bevolking overgebracht van de hallen onder het Belfort naar het voormalige justitiepaleis op de Burg. Op de benedenverdieping had men de dienst voor Toerisme ondergebracht. Van In onderging het drummen lijdzaam. Hij had immers niets om zich zenuwachtig over te maken.

Toen hij de bediende van de burgerlijke stand zijn politiekaart toonde, mocht hij achter de balie komen. Een meisje van een jaar of twintig dat met een dienblad rondzeulde, bood hem zelfs een beker slappe koffie aan.

Laurent De Bock parkeerde de Golf die hij gisteren in Blankenberge had gehuurd in het gras, aan de rand van de Bisschopsdreef. Hij haalde een krant boven en sloeg die open. Met regelmatige tussenpozen keek hij op en stelde hij de kijker in op een wit geschilderde bungalow tweehonderd meter verderop.

Na meer dan drie kwartier, hij was bijna weggereden omdat te lang op de loer liggen argwaan zou kunnen wekken, kwam uit de tegenovergestelde richting een jongen op een fiets aan.

Laurent vouwde behoedzaam zijn krant dicht en hield de fietser nauwlettend in het oog. Het was een jongen van een jaar of dertien. Ter hoogte van de bungalow vertraagde hij en reed via een grindpad aan de zijkant van het huis naar achter. Nog geen vijf minuten later fietsten twee jongens langs hetzelfde grindpad naar buiten. Laurent startte de wagen en reed hen tegemoet.

Naast hem lag een foto van Bertrand, de enige zoon van Patrick Delahaye en Charlotte Degroof.

Hij herkende de blonde, sportieve jongen toen ze elkaar kruisten.

Bertrand reed op een bruine mountainbike. Hij droeg een linnen rugzak met leren riempjes. Zijn vriend had zijn rolschaatsen onder een snelbinder vastgemaakt.

Laurent slaakte een zucht van opluchting. De informatie klopte. Bertrand ging nog altijd schaatsen op donderdag en zaterdag. Hij reed tot aan het einde van de Bisschopsdreef, keerde de wagen en reed hen achterna. Hij volgde hen tot aan het Boudewijnpark.

Toen zij vijf minuten binnen waren, ging hij hen achterna en installeerde zich met een kop koffie in de cafetaria naast de ijspiste, die tijdens de maand juli als rolschaatsbaan dienst deed.

Van In was weer thuis en zat in de tuin. Hij bestudeerde aandachtig de gegevens die hij op de burgerlijke stand had gekregen.

Ludovic Degroof was in 1942 getrouwd met Elisa, barones Heytens de Puyenbroucke. Er kwamen vijf kinderen uit dat huwelijk: Aurelie, Ghislain, Charlotte, Benedicte en Nathalie. Hun adres was in al die jaren niet veranderd: Spinolarei 58 in Brugge.

Ludovic was doctor in de rechten en licentiaat in de economische wetenschappen. De barones had geschiedenis gestudeerd.

Op het eerst gezicht was die informatie weinig relevant. Van In krabde zich achter het oor. Hij las de gegevens opnieuw. Eigenlijk had hij er ook niet veel van verwacht. Indien de familie Degroof iets te verbergen had, dan zouden de data van de burgerlijke stand hem niet veel vooruithelpen.

Het eerste kind, Aurelie, was minder dan een jaar na het huwelijk geboren. De andere kinderen kwamen na de oorlog: Ghislain in 1948, Charlotte in 1950, Benedicte in 1951 en ten slotte Nathalie in 1960. Dat was waarschijnlijk een ongelukje geweest want in 1960 was Elisa de Puyenbroucke 40 jaar, wat in die tijd vreselijk oud was om nog een kind te krijgen. Van alle kinderen woonden alleen Ghislain en Charlotte nog in Brugge. Aurelie was gedomicilieerd in Loppem, Benedicte in Marche-les-Dames en Nathalie in De Panne.

Van In besloot zich eerst op Aurelie te concentreren, die trouwens het dichtst bij woonde. Omdat Loppem nogal moeilijk met het openbaar vervoer te bereiken is en hij over geen wagen beschikte, belde hij Hannelore. Op die manier zou hij er ook vlug achter komen hoever ze bereid was te gaan.

'Hallo Hannelore, Pieter Van In hier.'

'Hoi, Pieter, wat kan ik voor je doen?'

Hij bracht haar in enkele woorden op de hoogte van zijn voornemen en tot zijn verbazing aarzelde ze geen ogenblik.

'Over tien minuten sta ik bij je.'

Haar stem klonk enthousiast en toen Van In de hoorn neerlegde besefte hij pas welk risico hij nam. Als Degroof hier achter kwam, kon hij vanaf september voor wijkagent gaan spelen.

Hetzelfde gold voor Hannelore natuurlijk. Als de procureur lucht kreeg van haar ongehoorzaamheid mocht ze haar carrière onder drie meter zand begraven.

Of was ze zo naïef dat ze geloofde dat politici altijd hun beloften nakomen? Want iemand moest haar iets beloofd hebben anders zou ze haar nek niet uitsteken, dacht Van In.

En waarom deed híj het in feite? Was het om indruk op haar te maken of was hij het beu om met zich te laten sollen? Als hij de damesbladen écht mocht geloven, waren mannen rond hun veertigste tot de vreemdste dingen in staat.

Terwijl hij daarover mediteerde, trok hij de voordeur achter zich dicht en liep door de Vette Vispoort naar de Moerstraat. Hij hoefde maar een paar minuten te wachten.

'Jij laat er ook geen gras over groeien,' zei ze toen hij instapte.

'En jij schuwt ook geen enkel risico,' antwoordde hij redelijk ontspannen.

Van In monsterde haar met een goedkeurende blik. Zelf had hij nog nooit een substituut in minirok gezien. In de gangen van het gerechtshof veroorzaakte ze zonder twijfel heel wat traag verkeer. Hij wilde haar een compliment maken, maar hield dat bij nader inzien voor zich. Ze kenden elkaar pas twee dagen en wie weet hoe de zaak zou evolueren.

'Naar Loppem, commissaris?' grijnsde ze.

'Naar Loppem, mevrouw de substituut.'

De stemming was meteen uitstekend. Ze bestuurde de Twingo als de kapitein van een veerboot: geroutineerd en zonder franje.

'Wij zijn dus twee journalisten,' zei ze lachend. 'Ik hoop dat je een camera bijhebt. Je weet toch hoe ijdel vrouwen zijn.'

Toen ze Van In verbaasd in haar richting zag kijken, zei ze schouderophalend: 'Dan maar geen camera. Jíj neemt dus het woord en ik speel voor scriptgirl.'

Ze laveerde de wagen zonder tijdverlies door het stremmende verkeer.

Aan de kerk van Loppem vroeg ze het adres aan de obligate oude-man-op-het-dorpsplein. Het was vlakbij en de man schudde het hoofd om zoveel domheid. De voorwielen van de Twingo stonden bij wijze van spreken al in de bewuste straat. Hij zou die stadsmensen nooit begrijpen.

Nummer elf was een typisch voorbeeld van een negentiendeeeuws buitenverblijf. Het was opgetrokken in een mengelmoes van landelijke en steedse bouwstijlen en lag midden in een ommuurde, verwilderde tuin. Hannelore parkeerde haar wagen voor het verroeste, smeedijzeren hek.

'Prachtig huis, vind je niet?'

'Niet mis,' gaf Van In toe. 'Maar hoe komt het toch dat rijke mensen hun eigendommen zo slecht onderhouden?'

Het hek piepte en draaide stug open. Van In moest er hard tegen duwen. In het grote landhuis bleef alles stil toen ze over het pad naar de voordeur liepen.

'Geen kat te zien,' zei Hannelore. Ze ging voor en was er zeker van dat de aandacht van Pieter door iets helemaal anders in beslag werd genomen. Geen enkele man kon haar benen negeren.

'Geen kat en geen hond,' mompelde Van In verstrooid.

Ze liepen tot aan de voordeur. De vitrage achter de vensterramen was bestoft, de verf van luiken en kozijnen bladderde af. Toen Van In aan de bel trok, kletterde het gerinkel als een hoop kiezel in een blikken doos.

'Weet je wel zeker dat ze hier woont?'

Hannelore trok haar opkruipende rokje naar beneden. Van In knikte zelfverzekerd en bewerkte de groen uitgeslagen koperen beltrekker met iets te veel enthousiasme. Hij voelde iets knappen en het afgrijselijke belgeluid stopte abrupt.

'Het opzettelijk aanrichten van schade aan privébezit is een strafbaar feit,' zei ze quasi-ernstig toen Van In beteuterd naar de trekker staarde die hij half uit de muur had gerukt.

'Journalisten wordt veel vergeven,' mompelde hij.

Hannelore duwde haar neus tegen een van de ruiten.

'Zie je iets,' vroeg Van In. Hij ging naast haar staan en probeerde onder de vitrage door te gluren. In het halfduister viel er niet veel te onderscheiden.

'Veel staat er in ieder geval niet,' concludeerde Hannelore met een zucht. 'En wat er staat lijkt in jaren niet meer gebruikt.'

Van In probeerde een ander raam. Maar meer dan een paar versleten fauteuils en een wrakkige bordenkast kon hij niet zien.

'Laten we eens aan de achterkant gaan loeren,' stelde Hannelore voor.

De achtertuin bood de aanblik van een wildernis, met manshoog gras en grotesk uitgelopen fruitbomen. Alle ramen waren er afgesloten met scheefhangende luiken vol zwammen en houtrot. Vandaar dat het binnen zo donker was. De verzakte vloer van de koer werd voor tachtig percent overwoekerd door bezitterig onkruid.

'Als hier een dochter van Degroof woont, doe ik de procureur morgen een huwelijksaanzoek,' schertste Hannelore.

Waarom doe je mij geen aanzoek, dacht Van In.

'Mysteries en raadsels bij de vleet,' zei hij in de plaats daarvan. 'Ik stel voor dat we in de buurt navraag doen.'

'Als journalist of als commissaris?' vroeg ze afwachtend.

Van In aarzelde.

'Op het platteland kom je meer aan de weet als politieman dan als journalist,' zei hij ten slotte. 'Zoals de zaken nu evolueren zit het er dik in dat we meer risico zullen moeten nemen. En als we lang genoeg doorgaan komt zowel De Kee als Degroof er toch eens achter.'

'Jij bent de baas, Pieter,' zei ze met gespeelde onderdanigheid. Iedere keer dat ze 'Pieter' zei, kreeg hij kippevel.

'Meen je dat?' vroeg hij droog.

'Natuurlijk meen ik dat niet,' lachte ze.

Een paar huizen verder woonde de plaatselijke smid naast zijn winkel met kachels, tuingereedschap en een waanzinnige verzameling potsierlijke bibelots in de etalage.

Van In duwde de zware smeedijzeren deur open. Ze stapten naar binnen. Het duurde ruim twee minuten voor een gezette vrouw achter de toonbank verscheen. Hannelore keurde een kitscherig beeldje van biscuit. Het stelde een herderinnetje voor, rustend tegen een boomstronk.

'Goedemiddag, kan ik u helpen,' zei de vrouw met een brede glimlach.

Van In toonde haar zijn politiekaart wat de brave vrouw zichtbaar zenuwachtig maakte.

'Het gaat louter om een paar inlichtingen,' stelde Van In haar meteen gerust.

Hannelore pakte een andere beeldje vast, een herder met schalmei. Ze deed alsof ze zich totaal niet voor het gesprek interesseerde. Gelukkig lette Van In daar niet op.

'In verband met nummer elf, hier een paar huizen verder.'

'Oh,' zei de vrouw van de smid. 'Het wordt tijd dat iemand zich daar eindelijk iets van aantrekt. De buren klagen al jaren bij de burgemeester. Maar meer dan af en toe het kruid laten afmaaien, doet hij niet. U zou eens moeten weten wat daar 's nachts allemaal gebeurt, mijnheer,' ratelde ze nu aan een stuk door, gerustgesteld omdat het bezoek van de politie in verband stond met het huis van Degroof.

'In de weekends staan er altijd bromfietsen, jonge kerels, u kent dat wel. God weet welke smerigheid daar gebeurt,' klaagde de vrouw. 'Het wordt hoog tijd dat iemand daar een eind aan maakt.'

'Het huis is dus onbewoond,' zei Hannelore plotseling op zakelijk toon. Ze plaatste de herder-met-schalmei voorzichtig terug op de toonbank. Zo kende hij haar weer, koel en onbereikbaar, net als zondag toen ze elkaar voor de eerste keer ontmoetten.

'Oh,' riep de vrouw. 'Wij wonen hier al twintig jaar, juffrouwtje. Helemaal in het begin kwamen ze soms nog een keer. Maar de laatste tien jaar komt er nooit meer iemand.'

'Wie kwam er dan nog?' vroeg Hannelore. De rol van scriptgirl lag haar blijkbaar toch niet zo goed.

'De dokter en haar man en de kleine Bertrand, of hoe heette dat jongetje ook weer? Mijnheer Delahaye werkte veel in de tuin. U had die toen moeten zien, juffrouwtje, een echt juweel.'

'Delahaye? Is dat niet...'

'De schoonzoon van de oude mijnheer Degroof,' vulde de vrouw gretig aan. 'Mevrouw Charlotte is oogarts. Ze heeft mijn vader nog geopereerd van staar. Ze is heel goed, de beste van de streek. Daar kan ik over meespreken.'

'Behalve mijnheer en mevrouw Delahaye heeft dus niemand ooit van het huis gebruik gemaakt,' onderbrak Hannelore haar.

'Niet dat ik weet,' zei de vrouw kordaat. 'En wij zouden het moeten weten, hè,' zei ze met een knipoog.

'Ja, natuurlijk,' knikte Van In. Op het platteland bestaan er weinig geheimen onder buren.

'Wilt u misschien dat ik mijn man roep?' vroeg de vrouw behulpzaam. 'Niet dat hij u iets anders kan vertellen.'

'Nee, dank u mevrouw. U hebt ons aardig geholpen. We doen het nodige,' loog Van In.

'Tot ziens en nog eens bedankt,' echode Hannelore minzaam.

'A propos,' zei Van In met de deurkruk in zijn hand. 'Is de dienst Bevolking hier in Loppem gevestigd of moeten we daarvoor naar Zedelgem?'

'Gelukkig niet. Het is hier juist om de hoek. We moeten al voor zoveel prullen naar Zedelgem.'

Sedert de fusie met Zedelgem werkten er nog maar drie bedienden op het charmante gemeentehuis van Loppem.

Een jongeman van een jaar of dertig staakte zijn bezigheden toen Van In en Hannelore binnenkwamen. Hij trok de lade van zijn metalen bureau open en deponeerde er stiekem zijn boekje met kruiswoordraadsels.

'Kan ik u van dienst zijn?' vroeg hij met een gemeende glimlach. Van achter een rond hoornen brilletje flitsten twee eerlijke, vrolijke ogen.

Van In stelde zich voor, maar in tegenstelling tot de vrouw van de smid verpinkte de jonge bediende niet.

'Het huis van Degroof,' zei de jongeman langzaam. 'Er is toch niemand vermoord, hoop ik?'

'Neen, helemaal niet,' zei Van In. 'Kan ik op je discretie rekenen?'

'Zeker, commissaris.' De jonge bediende was een en al oor.

'Een zeker Aurelie Degroof is sinds kort in de Brugse binnenstad komen wonen en als laatste adres gaf ze Rijselsestraat 11 op. Nu blijkt dat huis al jaren leeg te staan. Daarom vroegen wij ons af of jij ons niet verder kunt helpen.'

De gezonde, rode kleur op de wangen van de jongeman trok opvallend snel weg. Hij was nu duidelijk zenuwachtig en keek onrustig om zich heen. Hannelore trakteerde hem op een innemende grijns.

'U bent toch echt van de politie?' vroeg hij achterdochtig.

'Twijfel je daaraan?' vroeg Hannelore in sappig Westvlaams.

Van In haalde zijn politiekaart boven en liet die aan de lijkbleke bediende zien. De identificatie van Van In leek hem te overtuigen.

'Ik denk dat u verkeerd bent ingelicht,' zei hij lijzig. 'Aurelie Degroof zit al meer dan twintig jaar opgesloten in Sint-Michiels, in de psychiatrische instelling.'

'Ben je daar zeker van?' vroeg Hannelore scherp.

'Als we het over de oudste dochter van Ludovic Degroof hebben, zeker en vast,' zei de jongeman resoluut. 'Mijn vader spreekt af en toe nog eens over haar. Vroeger kwam ze hier soms tijdens de zomer. Mijn vader zorgde in die tijd een beetje voor het huis en de tuin en mijn moeder kookte als ze gasten ontvingen.'

'Bedoel je dat ze al meer dan twintig jaar gek is?'

De jongeman beet op zijn onderlip. Hij kreeg het duidelijk moeilijk.

'Ze hebben haar geplaatst,' gaf hij met tegenzin toe. 'Maar volgens mijn vader was dat allemaal opgezet spel.

Hij heeft me vaak gewaarschuwd voor de macht van de familie Degroof. Degroof geniet ervan mensen te breken en carrières te ruïneren. Volgens mijn vader had de oude Degroof haar kind laten weghalen en heeft Aurelie toen geprobeerd hem te vermoorden, maar zeker ben ik daar niet van.'

Hij krabbelde plots terug.

'Er worden zoveel verhaaltjes rondgestrooid en ik denk niet dat iemand weet hoe de vork in de steel zit.'

Hannelore trok het bandje van haar bh recht. Wat ze hoorde klonk haar als muziek in de oren. Een vader die zijn eigen dochter laat opnemen en de hele zaak in de doofpot probeert te stoppen was ongetwijfeld een element dat perfect in de strategie van Van der Eyck zou passen.

Terwijl ze in stilte juichte verzekerde Van In de jonge bediende dat hij de informatie als strikt confidentieel zou behandelen en dat hij voor de rest op beide oren mocht slapen.

'Wat vind je daarvan?' glunderde Hannelore toen ze instapten.

'Voorlopig beschikken we over niet meer dan een paar geruchten,' zei Van In nuchter. 'Bovendien is het allemaal zo lang geleden.'

Aan de andere kant moest hij toegeven dat dergelijke drama's vaak de aanleiding vormen voor hardnekkige vetes. Het oplossen van een partij goud kon in zo'n scenario worden ingepast. De absurditeit van de misdaad kon perfect samengaan met het grillige, onlogische patroon dat op wraak beluste mensen volgen.

'Van der Eyck heeft dit toch niet opgezet?' vroeg hij plotseling bruusk.

Hannelore draaide haar hoofd in zijn richting. Ze fronste haar voorhoofd en keek hem verbijsterd aan.

'Wat kraam je daar nu uit, commissaris?'

'Waarom niet,' reageerde hij rustig. 'Ik moet jou toch

geen lezing geven over hoever mensen willen gaan om hun ambities te realiseren.'

Dat laatste viel blijkbaar niet in goede aarde. Ze rechtte verontwaardigd haar hals en keek verbeten voor zich uit. Het duurde een paar seconden voor ze een argument vond om zijn hypothese de grond in te boren.

'Van der Eyck zou beslist geen briefje met een of andere cryptische Latijnse boodschap achterlaten,' snoof ze. 'En vergeet niet dat ik hem eerst over de zaak Degroof inlichtte, voor hij op het idee kwam.'

'Dat heb je me niet verteld,' zei Van In. 'Jij hebt hem dus op die gedachte gebracht.'

'Inderdaad,' bitste ze. 'Ik baseerde me op jouw conclusie. Wraak leek me een logisch motief.'

'Dus nam je meteen aan dat achter de bizarre aanslag bij Degroof een onverkwikkelijk geheim moest schuilgaan, een schandaal misschien, waarvan je promotor kon profiteren.'

Hannelore reageerde niet. Ze bleef stuurs voor zich uitkijken. Van In vond van zichzelf dat hij een beetje te ver was gegaan.

'Maar je hebt wellicht gelijk,' zei hij vergoelijkend. 'Het lijkt me toch wat ver gezocht Van der Eyck van dat soort manipulaties te verdenken. Maar je moet begrijpen dat ik geen enkele mogelijkheid over het hoofd kan zien. Het is toch algemeen bekend dat politiemensen een beetje paranoïde zijn.'

Hannelore bleef als een houten marionet achter het stuur zitten. De onaangename stilte werkte Van In op de zenuwen.

'Ik veronderstel dat we Aurelie Degroof gaan opzoeken?'

Van In voelde zich hulpeloos. Waarom maakten vrouwen hem altijd nerveus? Misschien was ze wel heel kwetsbaar en deed ze daarom af en toe onnatuurlijk stoer. Bij Sonja duurde het altijd een eeuwigheid voor hij na een woordenwisseling de eerste stap zette. Daardoor escaleerden kleine twisten soms tot hoogoplaaiende ruzies. En in zo'n stadium werd vaak elk woord van verzoening verkeerd geïnterpreteerd.

'Sorry,' zei hij aarzelend. 'Wat ik zoëven over ambitie lulde was niet persoonlijk bedoeld, Hannelore.'

Het kostte Van In bijzonder veel moeite die woorden over zijn lippen te krijgen. Voor zover hij zich kon herinneren was het zelfs de eerste keer dat hij daarin slaagde. Ze nam nijdig gas terug en draaide haar hoofd in zijn richting. Ze trok haar linkermondhoek omhoog en klakte met haar tong.

'Oké, zand erover,' zei ze niet onvriendelijk. De huid op haar jukbeen glom als opgewreven ivoor. 'Maar op één voorwaarde. In de kliniek speel jíj de rol van míjn assistent!'

Van In knikte. Het kon hem eigenlijk geen moer schelen wie de leiding had.

Het duurde even voor iemand de deur openmaakte van de psychiatrische kliniek Onze-Lieve-Vrouw in Sint-Michiels.

Hannelore stelde zich voor aan de in smetteloos wit verpakte verpleegster. Ze was een jaar of dertig, tenger gebouwd en zag er allesbehalve naïef uit. Wie in een psychiatrische kliniek werkt, ontkomt niet gemakkelijk aan de verleiding om de geestelijke gezondheid van een buitenstaander in een oogopslag te taxeren.

Hannelore legde uit waarvoor ze kwamen. De verpleegster luisterde aandachtig maar reageerde niet op de naam van Aurelie Degroof. Het was immers nog maar een jaar geleden dat twee als verplegers verklede mannen hun vriend hadden proberen te ontvoeren.

'Wilt u me volgen,' zei ze koel.

Ze volgden haar door schier eindeloze gangen tot aan een kleine wachtkamer.

'Ik kom dadelijk terug,' zei ze toen ze de deur achter zich dichtdeed.

Van In wist dat het woord 'dadelijk' in ziekenhuizen meestal een half uur of meer betekent. Daarom ging hij zitten en zocht wat leesvoer tussen de stapel verfomfaaide tijdschriften.

Hannelore bleef koppig staan.

'Dat duurt nogal,' zei ze na tien minuten.

'Denk aan de rechtbank,' grijnsde Van In.

In de gang klonken af en toe haastige voetstappen maar niemand hield halt voor hun deur.

'Het moet verschrikkelijk zijn hier langer dan een dag te verblijven,' zuchtte ze. 'Je zou gek worden van de omgeving alleen.'

'Het zou misschien geen gek idee zijn alle magistraten hier eerst een paar weken stage te laten lopen,' zei Van In. Hij kon het niet helpen. Het was er uit voor hij het besefte.

'Ook niet persoonlijk bedoeld zeker,' katte ze.

'Ik zou niet durven, mevrouw de substituut.'

Op het moment dat ze het beiden uitschaterden zwaaide de deur open. Een lange, magere man in doktersjas keek hen geamuseerd aan.

'Bevalt het u hier?' vroeg hij ironisch.

Van In kon het de man niet kwalijk nemen. Hij zou hetzelfde hebben gedacht als hij de substituut des konings gierend in zijn bureau had aangetroffen. Gelukkig herpakte Hannelore zich voorbeeldig.

'Hannelore Martens, dokter. Ik kwam in verband met een patiënt,' zei ze nu ernstig alsof er geen vuiltje aan de lucht was.

'Ik ben dokter De Boever, hoofdpsychiater van de kliniek. Mag ik vragen in welk verband u mevrouw Degroof wilt spreken?'

De verpleegster had hem klaarblijkelijk ingelicht over de aard van hun bezoek. Gelukkig hoefde Van In die vraag niet te beantwoorden. Hij bestudeerde aandachtig een van de ingelijste kunstwerken waar de muren vol mee hingen.

Hannelore had de vraag verwacht. Ze moest een smoes verzinnen, want officieel had ze geen poot om op te staan.

'Iemand beweert dat Aurelie Degroof hier ten onrechte werd geplaatst,' flapte ze er uit.

Van In hield zijn adem in. Ze speelde een verdomd gevaarlijk spelletje.

'Ik moet onderzoeken of er gegronde redenen zijn om de procedure te laten herzien.'

Dokter De Boever krabde bedachtzaam achter zijn oor. Als dit lukt, dacht Van In, verf ik morgen mijn voorgevel blauw.

Maar De Boever was een doorgewinterde psychiater en had gedurende zijn loopbaan de waanzinnigste verhalen moeten aanhoren. Waarvan er sommige overigens later tóch waar bleken te zijn.

'Bestaan daar geen, laat ons zeggen, meer officiële kanalen voor,' suggereerde hij voorzichtig.

'Natuurlijk, dokter. Maar ik veronderstel dat u de positie van de familie Degroof kent. En als ik u dan ook nog toevertrouw dat de persoon die de collocatie ongedaan wil maken, een lid is van die familie, dan zal u eveneens begrijpen dat ik onder die omstandigheden voor een meer officieuze benadering kies. Als blijkt dat het advies van de behandelende geneesheer negatief is, dan zal ik dat aan de klager meedelen en de zaak seponeren. In dat geval staat er geen letter op papier. De persoon in kwestie heeft me trouwens ook mondeling van zijn verzoek op de hoogte gebracht.'

Tijdens haar leugentirade vertrok zij geen spier van haar gezicht en hanteerde ze dat luchtige, autoritaire toontje dat ze verleden zondag had gedemonstreerd.

'Bijzonder verstandig, mevrouw,' zei De Boever.

Van In liet de abstracte aquarel voor wat ze was en ging naast Hannelore staan. Ze had de kastanjes op een heel lepe manier uit het vuur gehaald.

'Maar ik vrees dat ik u niet kan helpen,' zei De Boever strak. 'Medische gegevens zijn strikt geheim en ik kan alleen spreken als ik door de rechtbank als expert word opgeroepen.'

'Natuurlijk dokter,' trad Hannelore hem bij. 'Ik vraag u ook niet om medische gegevens te verklappen. Ik zou Aurelie Degroof alleen maar even willen spreken; onder toezicht uiteraard.'

'Ik vrees dat ik ook dat verzoek niet kan inwilligen, mevrouw. Aurelie Degroof is heel zwak en in haar toestand kan iedere emotie schadelijk zijn. Ze verblijft hier al meer dan zesentwintig jaar. Valse hoop zou haar oneindig veel leed kunnen bezorgen. Ik geloof trouwens niet dat ze het echt zou beseffen.'

'Mag ik haar dan ten minste zien,' drong Hannelore aan. 'Desnoods door een kijkgat in de deur.'

De Boever besefte dat hij haar niet alles kon weigeren.

'Als u daar op staat,' zei hij met duidelijke tegenzin. Hij zag er het nut niet van in, maar als ze haar zin kreeg stapte ze misschien gauw op.

'Aurelie verblijft momenteel in de ontspanningsruimte. Als u belooft geen contact met haar te zoeken, kan ik u haar even laten zien.'

Ze volgden De Boever door de zwart-wit betegelde gangen. Twee keer schuifelde een patiënt voorbij, die hen met doffe, uitgebluste ogen bekeek. Toen ze een trap opliepen gaf Hannelore Van In een por tussen de ribben. Hij miste daardoor haast de volgende trede. Uit haar gelaatsuitdrukking maakte hij op dat ze wou weten wat hij ervan vond. Van In maakte met zijn wijsvinger een veelbetekenend gebaar over zijn keel. Ze grijnsde en stak haar tong uit naar De Boever.

De gebeurtenissen van de afgelopen 48 uur leken haast op scènes uit een film van Peter Greenaway. Zelfs Leo zou moeite hebben om het te geloven als hij hem nu alles zou vertellen. Zoals zo vaak was de waarheid ongelooflijker dan de fictie.

In een ruime zaal op de eerste verdieping zat een aantal oudere vrouwen in gemakkelijke stoelen. De meesten staarden voor zich uit of hielden zich met nutteloze vormen van tijdverdrijf bezig. Een grote blonde vrouw van een jaar of vijfenveertig stapelde houten blokken op elkaar tot de toren met een daverend geraas naar beneden kletterde en begon dan opnieuw. Een andere veegde met een natte spons de bladeren van de kamerplanten schoon.

De Boever gaf met zijn hoofd een teken in de richting van het raam. Daar zat een vrouw rustig te breien. De zon hulde haar in een gelig mandorla. Het getik van haar breipennen leek de tijd te verslinden als een klok. Ze keek even op van haar werk en glimlachte naar de nieuwkomers.

Aurelie was de enige patiënt die op hun aanwezigheid reageerde. Ze was bijna eenenvijftig, maar haar huid was nog glad als zijde. Ze was modieus gekapt en droeg in tegenstelling tot de anderen geen nachthemd of peignoir. Haar kledij was elegant, uit haar houding sprak waardigheid en de scherpe kaaklijn wees op een zekere intelligentie. Alleen de ogen deden afbreuk aan die indruk. Ze pasten niet bij de vrouw. Bovendien bespeurde Hannelore er een zee van verdriet in.

Na amper twee minuten gaf De Boever aan dat het tijd was en vijf minuten later stonden ze buiten.

'Het zou me niet verbazen dat die jongen in Loppem het bij het rechte eind heeft,' zei Hannelore aangeslagen. 'Heb je gezien wat ze aan het breien was?'

Van In had er niet op gelet. Mannen besteden daar, zoals bekend, nooit aandacht aan.

'Babykleren,' zei ze.

'Ja,' opperde Van In. 'Vroeger kwam zo'n situatie vaker voor in de betere kringen. Lastposten werden zonder veel poespas in een instelling gestopt. Het was veilig en proper en de naam van de familie was gered.'

'Je deelt mijn mening dus,' vroeg ze retorisch.

'Ik denk het wel. Achter een ronkende naam zit vaak een hele mand vuile was.'

'Zal ik je thuis afzetten?' vroeg Hannelore toen ze onder het viaduct doorreden. Hij knikte en ze liet hem uitstappen aan de St.-Jacobskerk, vlak bij de Vette Vispoort.

'Kom je nog binnen?' vroeg Van In hoopvol.

'Sorry, Pieter, maar ik heb om halfzes een afspraak op de rechtbank.'

'Dan ben je rijkelijk te laat,' zei hij. 'Het is vijf over zes.'

'Ja, dat weet ik. Maar een substituut kan zich dat permitteren,' lachte ze.

'Als ik nieuws heb, bel ik je.'

'Ja doe dat,' schreeuwde ze door het open raam. 'Maar nu moet ik er echt vandoor.'

In gedachten verzonken slenterde Van In door de Vette Vispoort. Na al die jaren van droge routine en ingehouden gehoorzaamheid viel de spanning van het ongehoorzaam zijn bijzonder goed mee.

Plotseling kreeg hij zin om te fluiten en dat zou hij ook gedaan hebben indien hij het ooit had geleerd.

11

Van In schrok toen Hannelore hem op vrijdagmorgen om kwart voor acht opbelde. Ze had geluk dat hij vroeg op was.

'Hallo, Pieter. Ik ben het. Toch niet wakker gemaakt zeker?' Ze klonk opgewonden. 'Ik kan niet veel kwijt door de telefoon. Gisteren heeft iemand me een belangrijke tip doorgespeeld. Ik ga er nu op af. We zien elkaar vanavond wel.'

'Wat bedoel je?' vroeg Van In verwonderd.

'Sorry, Pieter, ik moet deze klus alleen klaren. Vertrouw me. Dáág!'

'Mooi is dat,' sakkerde hij toen ze de hoorn neerlegde.

Eigenlijk had ik zoiets moeten voorzien, gromde hij. Het was niet de eerste keer dat hij werd gedumpt. In gedachten verzonken haalde hij een Duvel uit de ijskast en installeerde zich buiten in zijn tuinstoel.

Het gras was nat en kil, maar hij vertikte het om sloffen aan te trekken. Allerlei vreemde veronderstellingen spookten door zijn hoofd.

Had hij zich laten lijmen door een ambitie-geile magistraat? Bestond er überhaupt een komplot? En zo ja, was alles dan niet een beetje vergezocht? En waarom was de oude Degroof zo bang voor een onderzoek? Wat had hij te verbergen? Indien hij het onderzoek op zijn beloop had gelaten, dan kraaide er nu geen haan meer naar het voorval bij zijn zoon. Had het een wel iets met het ander te maken? Verwachtte Degroof nog meer acties?

Drie Duvels en honderd vragen later soesde Van In weg in zijn tuinstoel. De zon koesterde hem als een voldane baby en hij droomde een Robin-Hoodachtig verhaal. Hij was broeder Tuck en wachtte aan de oever van een snel stromende beek op zijn makkers in het gezelschap van een okshoofd koele rijnwijn.

Hannelore nipte van een campari-soda. Tegenover haar zat een jonge vrouw met mechanische regelmaat in een kop koffie te roeren. Ze had een klassiek, langwerpig gezicht en haar hennakleurig haar was in een knot opgebonden. Haar huid was diepbruin en ze droeg een kort strandjurkje zonder bh. Echt mooi was ze niet, maar ze was schaars genoeg gekleed opdat bijna geen enkele man voorbijliep zonder haar een steelse blik toe te werpen.

'Niemand kan opschieten met mijn vader,' zei ze toonloos. 'Hij domineert iedereen. Daarom ben ik trouwens van huis weggelopen. Mijn moeder heeft geen leven met die man. Ik haat mijn vader.'

Ze legde het lepeltje op een servet en dronk met haastige slokjes van de koffie.

Hannelore glimlachte maar onderbrak haar niet.

'Geen wonder dat mijn zuster naar het klooster is getrokken. Ze heeft genoeg moeten incasseren. Charlotte ja, dat is altijd een geluksvogel geweest. Omdat ze een goede leerling was heeft mijn moeder haar op kostschool gedaan. Toen ze later in Leuven studeerde, kwam ze hoogstens drie of vier keer per jaar naar huis. Anders had hij haar waarschijnlijk ook opgeëist.'

'Wil je daarmee zeggen dat je vader Benedicte lastig viel?'

Nathalie richtte haar hoofd op en door de opwellende tranen schoten gensters van haat.

'Hij heeft haar willen verkrachten,' snikte ze.

'En is hij daarin geslaagd?' vroeg Hannelore.

'Zij beweert van niet. Aurelie nam haar in bescherming.'

‘Sliep hij met Aurelie dan?’

Nathalie tilde haar kopje op, maar plaatste het onmiddellijk terug. Haar hand beefde alsof ze juist een uur met een pneumatische beitel had gewerkt.

‘Hij kwam drie keer in de week op haar kamer. Dat was de prijs die ze moest betalen voor Charlotte.’

‘En hij maakte haar zwanger?’

‘Oh nee, daarvoor was hij te alert. En bovendien zijn er verschillende manieren om niet zwanger te worden...’

Hannelore had medelijden met de jonge vrouw die voor haar zat. Ze strekte haar arm en nam Nathalie’s hand.

‘Later was het mijn schoonzus,’ snikte ze. ‘Maar die liet er zich tenminste flink voor betalen.’

‘Bedoel je Anne-Marie?’ vroeg Hannelore verbaasd.

Nathalie knikte.

‘Hij sliep met iedereen. En als hij geen slachtoffers genoeg had, trok hij naar de hoeren.’

‘Heeft je vader misschien het huwelijk tussen Ghislain en Anne-Marie gearrangeerd?’

‘Wat dacht je anders,’ snoof Nathalie. ‘Ghislain is homo. Dat heeft mijn vader nooit kunnen verwerken.’ Ze sprak heel snel alsof ze de last in één keer van haar schouders wilde werpen.

‘Maar mij heeft hij niet gekregen,’ zei ze plotseling heel plechtig. ‘Ik heb op tijd mijn matten opgerold. Mannen willen maar één ding en ik weet al heel lang wat dat is. Ik haat mannen. Zie je ze niet gapen, die brave huisvaders die hier voorbijwandelen? Ik kleed me opzettelijk gewaagd. Dan weet ik tenminste dat ze zich ongemakkelijk voelen of dat ze ruzie krijgen met hun vrouw als die in de gaten krijgt dat manlief zich aan mijn tieten opgeilt.’

Hannelore dacht aan Van In. Het bittere getuigenis van Nathalie bracht haar in de war, want veel ervaring met mannen had ze niet.

Ze stak een sigaret op en bood er Nathalie ook een aan.

'Nee dank je,' zei ze. 'Ik rook geen tabak.'

'Heb je nog contact met je moeder?'

'Ze stuurt me af en toe geld.'

'Veel geld?'

Nathalie antwoordde niet. Hannelore vond die vraag zelf een beetje onbeschoft.

'Duizend frank, tienduizend frank?'

Tot zover bleek de informatie die ze van Van der Eyck had gekregen correct. Daarom moest ze wel blijven doorbomen over het geld.

'Mijn moeder begrijpt me,' zei Nathalie schor.

'Hoeveel kost een gram heroïne tegenwoordig?'

Nathalie schudde het hoofd en greep naar haar handtas.

'Als je nu wegloopt, mag je fluiten naar de twintigduizend frank die ik voor je bij heb. Stuurt je moeder je geen geld meer?'

Nathalie keek haar hatelijk aan. Hannelore had een berekend risico genomen en ze had gewonnen. Nathalie liet haar handtas los en bleef zitten.

'Was jij van plan je familie te chanteren omdat je moeder je te weinig geld opstuurt?'

Een paar voorbijgangers keken verstoord in hun richting toen Nathalie in een hysterisch lachen uitbarstte.

'Ik, mijn familie chanteren? Mijn vader zou geen cent betalen. Trouwens, wie gelooft er nu een junkie? Zou jij een junkie geloven?'

'Ook niet als je dreigde naar de pers te stappen?' fluisterde Hannelore. 'Je vader is een vooraanstaand katholiek, ridder in de orde van Malta, weldoener van Pro Vita. Wat zou er overblijven van zijn reputatie als bekend werd dat hij met een van zijn dochters sliep?'

'Denk je dat ik die mogelijkheid niet overwogen heb,' zei Nathalie verbeten. 'Denk je trouwens dat ik niet weet dat jij voor het gerecht werkt?'

Hannelore schrok.

'Als je je de volgende keer nog eens uitgeeft voor journaliste, doe dan op z'n minst de moeite om een valse naam te verzinnen. In de telefoongids staat maar één Hannelore Martens en die is toevallig substituut van de procureur. Dat staat erachter in vetjes gedrukt.'

'Goed,' zuchtte Hannelore. 'Ik ben substituut. Ik wou je alleen maar helpen.'

'Je helpt me maar op één manier,' bitste Nathalie. 'Geef me de beloofde poen en laat me met rust.'

Hannelore knikte.

'Ik houd me altijd aan een afspraak. Maar vertel me nog één ding. Hoe is Aurelie na haar huwelijk weer thuis beland en waarom heeft je vader haar in een inrichting laten plaatsen?'

'Dat moet je aan mijn zusters vragen. Ik was amper zeven jaar toen het gebeurde.'

'Hebben ze je daarover nooit iets verteld?'

Nathalie schudde het hoofd.

'Nee, daar hebben ze nooit met één woord over gerept.'

Hannelore had de indruk dat ze de waarheid vertelde. Het stond bijna als een paal boven water dat ze niets te maken had met de bizarre overval op de winkel van haar broer, maar daar ging het ook niet om. De onthullingen over Degroof waren belangrijk en precies wat Van der Eyck zocht.

'Maak je maar geen illusies dat ik dit ooit voor een rechtbank zal herhalen,' onderbrak Nathalie bruusk Hannelores gedachtengang. 'Mijn moeder zou een proces niet overleven. Bovendien zou een rechtszaak niet veel opleveren. Geen enkele rechter haalt het in zijn hoofd om mijn vader te veroordelen en ik twijfel eraan of een van mijn zusters tegen hem zou getuigen.'

Hannelore had geen zin om haar uit te leggen dat een professioneel verspreid gerucht meestal veel meer schade veroorzaakt dan een proces.

'Drink je nog iets?' stelde ze voor.

Nathalie sloeg haar benen uitdagend over elkaar.

'Als u geen vragen meer hebt te stellen, mevrouw de substituut, dan zou ik graag betaald worden voor mijn diensten en dan smeer ik hem.'

'Kan ik je opnieuw contacteren als ik over nieuwe gegevens beschik?' vroeg Hannelore.

'Als je maar betaalt mag je me zoveel contacteren als je wil,' snoof Nathalie.

Hannelore haalde de envelop uit haar handtas en schoof die over de tafel. Zonder de biljetten te tellen, griste Nathalie Degroof het geld uit de envelop, stond op en liep in de richting van de duinen.

Hannelore wenkte de ober en bestelde een verse camparisoda. De zon scheen lekker op haar dijen en ze besloot haar verblijf aan de kust met een paar uur te verlengen. Van In zou haar toch pas tegen de avond verwachten.

Om halftwee belde Leo Vanmaele Van In wakker. Het duurde een eeuwigheid voor hij reageerde. Vloekend waggelde hij door de openstaande schuifdeuren naar de leefkamer. Zijn mond was kurkdroog van het snurken en zijn kop zat vol wol.

'Pieter, Leo hier. Ik heb iets over Degroof. In 1968 heeft hij zijn oudste dochter in een inrichting laten plaatsen. Dat is geen strafbaar feit natuurlijk, maar misschien komt het van pas.'

'Beste Leo. Dat is heel attent van je. Maar toevallig ben ik daar gisteren ook achtergekomen,' zei Van In met een verveelde, geeuwerige stem.

'Weer gezopen?' klonk het sarcastisch. 'We zijn gisteren tot een gat in de nacht bezig geweest om die informatie op te graven. Je had me wel een seintje mogen geven.'

'Sorry, Leo. Maar ik vrees dat ik ermee kap.'

'Wablief?!'

'Ik vertrouw die meid niet meer. Ze denkt te veel aan zichzelf,' mompelde Van In.

'Wat bazel je daar allemaal?'

'De Kee heeft gelijk. Maandag boek ik een reis naar Tenerife. De boel hangt me de keel uit.'

Leo kende Van In bijna twintig jaar. Het gebeurde niet zelden dat hij voor een prul in de put zat, maar dat duurde meestal niet erg lang. In dat opzicht was Van In onverwoestbaar. Na iedere korte depressie verrees hij als een feniks uit zijn as.

'Zal ik eens langskomen vanavond?'

'Ja, doe dat maar,' antwoordde Van In zonder veel enthousiasme.

Even over vijf stapte Hannelore in de Twingo en reed via secundaire wegen naar Brugge.

Eerst zou ze verslag uitbrengen bij Van der Eyck en daarna wou ze Van In inlichten. Ze vond het jammer dat ze Nathalie niet samen hadden kunnen ondervragen. Maar Nathalie had geëist dat ze alleen zou komen en daar zou Van In wel begrip voor opbrengen, dacht ze.

Leo repte zich na zijn werk naar de Vette Vispoort. Hij was vrijgezel en hoefde niemand van zijn doen en laten op de hoogte te houden. Sinds Sonja en Pieter uit elkaar waren, trokken de mannen geregeld samen op.

Hij parkeerde zijn gele gevaarte in de Moerstraat, vlak voor de pastorie, om vijf minuten later samen met Van In weer te vertrekken.

Céline, de uitbaatster van café Vlissinghe, begroette Van In en Vanmaele met hun voornaam. Terwijl ze gingen zitten aan een rustig tafeltje in de hoek, nam ze twee Duvelglazen uit het rek en begon die op te blinken.

'Je klonk niet bepaald happy vanmiddag,' grijnsde Leo.

'Maak me niet wijs dat je echt op dat wicht met haar kapsones bent gevallen.'

Van In trok een vies gezicht.

'Hoe kom je daarbij. Eentje is voldoende geweest, vriend. Van In is geen ezel,' zei hij stoer.

'Wat scheelt er dan met je?'

Céline kwam neuriënd met de Duvels aandraven. Ze had gisteren pas een nieuwe wagen gekocht en voor haar kon de week niet meer stuk.

'Doe er nog een paar boterhammen met kaas bij, Slientje,' zei Leo. 'Ik heb sinds vanmorgen niets meer achter de kiezen gehad.'

'Idem dito,' zei Van In.

'Ga je me nu eindelijk vertellen wat er scheelt of gaan we de hele avond als twee dummies Duvels zitten zuipen?' herhaalde Leo toen Céline weg was.

'Oké, oké,' knorde Van In. 'Anders blijf je toch doorzeuren.'

Hij vertelde hem over de lastercampagne die de oppositie tegen Degroof wou opzetten en de vreemde ontdekking die hij gisteren samen met Hannelore had gedaan.

'En vanmorgen belt die tuttebel om te zeggen dat ze een belangrijke tip heeft gekregen en alleen op onderzoek gaat.'

'En dat geloof je niet?'

'Zou jij dat geloven?'

Leo liet zijn hand langs de bolle buik van het glas glijden.

'Heeft die tuttebel zoals jij haar noemt soms iets met die Van der Eyck?' vroeg hij. Leo zag Van In lichtjes bleek worden.

'Je hebt het dus toch zwaar te pakken, maat,' plaagde hij.

'Benson im Himmel, hou toch op met je gezeur.'

Leo zat te schuddebollen. 'Ik wilde je alleen maar een beetje opvrolijken. Je kunt toch tegen een grapje zeker,' grijnsde hij. 'Ah, daar is Slientje met de versterkingen. Laten we eerst wat eten, daar wordt iedereen vrolijker van.'

Céline had haar best gedaan. Ze had een half boerenbrood met boter besmeerd en daarnaast lag minstens een halve kilo kaas in dikke plakken.

'Heb je soms met de lotto gewonnen?' glunderde Leo, toen hij de royale hoeveelheid mondvoorraad met een hongerig oog keurde.

Céline boog zich voorover.

'Ik heb gisteren een nieuwe wagen gekocht,' fluisterde ze.

'De Nieuwe Wagen!' riep Leo.

'De Nieuwe Wagen,' beaamde ze stralend.

'Olala, hoor je dat Pieter? Slientje heeft eindelijk haar Espace gekocht. En daar hebben wij minstens de helft van betaald, is het niet, Slientje?'

'Waarom denk je anders dat ik mijn beste klanten vanavond op boterhammen met kaas trakteer?' zei ze welgezind.

Ondertussen was er een jong stel binnengekomen en Céline haastte zich om ze te bedienen. Ze hield de hele avond niet op met neuriën.

Leo vloog op de boterhammen. Van In beperkte zich voorlopig tot zijn Duvel.

'Je suggereerde net dat Hannelore misschien iets met Van der Eyck te maken heeft,' zei Van In sip.

Leo belegde zijn tweede boterham royaal met kaas en wou er juist zijn tanden in zetten.

'Maar dat was toch een grapje! Hoewel, alles blijft natuurlijk mogelijk,' grinnikte Leo. 'Martens vertelde je zelf hoe ambitieus ze is. En wij zijn toch de laatsten die nog geloven in de onkreukbaarheid van het gerechtelijk apparaat en de propere handen van politici.'

Van In stak de sigaret op waarmee hij al tien minuten aan het spelen was.

'Natuurlijk,' zei hij somber. 'Nochtans zijn er een paar dingen die me blijven dwarszitten.'

'Voor de dag ermee. Lucht je hart,' moedigde Leo hem aan.

‘Wel, zondag laat ik van mijn tong rollen dat het oplossen van het goud misschien wel de eerste in een reeks acties tegen Degroof zou kunnen zijn. Ik vermeld die hypothese dan ook in mijn rapport.’

Leo luisterde aandachtig terwijl hij gulzig de tweede boterham binnenspeelde.

‘Een onervaren substituut brieft mijn intuïtieve conclusie over aan een politicus die haar waarschijnlijk bescherming en promotie belooft. Twee dagen later wordt een geheime vergadering belegd, waarin het politieke landschap wordt hertekend, schijnbaar op basis van een fait divers en een paar loze veronderstellingen. Dat gaat er bij mij niet in,’ zei Van In beslist. ‘Volgens mij weet Van der Eyck meer van die zaak dan wij vermoeden en is hij er zeker van dat de acties tegen Degroof zullen escaleren. In de huidige omstandigheden loont het meestal om politieke munt te slaan uit dergelijke situaties. Iedereen probeert zijn tegenstanders voor de verkiezingen door de modder te sleuren.’

Leo staakte zijn schranspartij. Hij had ondertussen nog een dubbele boterham op die hij doorspoelde met een slok bier.

‘Je bedoelt toch niet dat...’

‘Stel even dat de daders Van der Eyck vooraf op de hoogte hebben gebracht, omdat ze hetzelfde doel voor ogen hebben, namelijk het uitschakelen van Degroof via een georkestreerde hetze in de pers. Vergeet niet dat Degroof pas razend is geworden nadat ik radio Contact had ingeschakeld.’

‘Dan is het toch eenvoudiger het dossier rechtstreeks aan de pers of aan een politieke tegenstander door te spelen? Waarom moet daar in ’s hemelsnaam zo’n ingewikkelde operatie aan te pas komen? Om aandacht te trekken? Geef toe dat dit een uiterst omslachtige manier is om iets gedaan te krijgen,’ merkte Leo kritisch op.

‘Dat vond ik eerst ook,’ vervolgde Van In onmiddellijk. ‘Maar als het dossier Degroof zo explosief is dat geen enkele krant het zonder ernstig bewijsmateriaal wil opnemen, dan biedt de ingewikkelde aanpak tal van voordelen. En zelfs als de pers het dossier zou willen publiceren, zit de kans er dik in dat Degroof hen de mond snoert. De plaatselijke pers kan hij wel aan, zegt men. Bovendien is het grote publiek niet achterlijk. Als er voor de verkiezingen een schandaal wordt gecreëerd rond een hooggeplaatste persoon wordt het volk dubbel argwanend. Het gebeurt niet zelden dat de kiezers in zo'n situatie partij kiezen voor het slachtoffer, de underdog. Denk maar aan Clinton. De bekentenissen van zijn minnares vlak voor de verkiezingen hebben hem niet belet president te worden. Als je daarentegen iemand op een onrechtstreekse manier in het nieuws brengt, heb je heel wat meer kansen om je doel te bereiken.'

'Dan moet je die persoon wel degelijk in het nieuws houden,' opperde Leo. Het begon langzaam te dagen waar Van In naar toe wilde.

'Precies,' knikte Van In. 'Je moet een zekere spanning opbouwen, voor wat crescendo zorgen. Je moet ervoor zorgen dat de nieuwswaarde van het afleidingsmanoeuvre zo groot wordt dat het nationale of zelfs internationale aandacht trekt. Als er dan iets anders uitlekt kan niemand het effect daarvan nog ongedaan maken.'

'Als je zo redeneert kan je evengoed stellen dat Degroof weet wie hem belaagt,' zei Leo. 'Misschien staat er iets in het vierkant van de tempeliers waardoor hij alleen weet wat er gaande is en hebben de daders hem zo stevig in hun macht dat hij hopeloos probeert het onderzoek en de eventuele publiciteit eromheen te blokkeren.'

'Tja,' zei Van In. 'Ofwel worden wij allebei paranoïde.'

'Zou Martens niet meer weten?'

Van In haalde de schouders op.

'Ik denk het niet. Misschien heb ik haar wel te vlug veroordeeld. Ze vroeg vanmorgen uitdrukkelijk om haar te vertrouwen.'

'Je kan toch geen kwaad woord over haar horen, hè,' plaagde Leo.

'Zeveraar,' snoof Van In. 'Neem een boterham en zwijg. Straks ga je nog hallucineren van de honger.'

Leo vatte dat laatste letterlijk op en tastte gretig toe. Zijn eetlust was legendarisch.

'Je kan haar altijd interpelleren,' zei hij tussen twee happen door.

Van In pulkte aan een doordrenkt bierviltje. Hij had de indruk dat de mensen aan het tafeltje naast hen gespannen meeluisterden. Het café was in de loop van hun discussie aardig volgelopen.

'Afwachten lijkt me veiliger,' zei hij op gedempte toon. 'Maar één ding weet ik zeker. Vandaag en morgen trek ik me van de hele zaak niets meer aan.'

'En daarstraks zei je dat je ermee ophield,' meesmuilde Leo.

'Heb ik dat gezegd?'

Leo keek hem geamuseerd aan.

'Ik bedoelde dat ik er voor vandaag mee ophoud,' krabbelde Van In schoorvoetend terug.

'Mooi zo,' monkelde Leo.

De zoveelste depressie was weer eens bedwongen. Hij stak zijn hand omhoog.

'Slientje, geef er ons nog twee en doe er een paar boterhammen bij voor Van In. De sukkelaar gaat bijna dood van de honger.'

12

'O Fortuna, velut luna, statu variabilis.'

De magistrale muziek van de *Carmina Burana* deed het oude huis op zijn grondvesten trillen. De knop van de oude Sansui-versterker stond op negen en Van In lag, volledig bedolven onder zijn lievelingsmuziek, languit op de bank.

De muziek van Orff was volgens hem de enige die knalluid het best tot haar recht kwam. Zijn ogen waren gesloten en zijn hoofd deinde mee op het onweerstaanbare ritme. Hij genoot met volle teugen van de goddelijke warmte in zijn borst en de tintelingen tussen zijn schouders.

Het duurde bijgevolg een poos voor hij het gebons op de voordeur kon onderscheiden van de dominerende slagwerkpartij. Met een vies gezicht hees hij zich uit de bank. Hij haatte het om het volume zachter te draaien. Maar toen hij dat uiteindelijk toch deed, schrok hij van de mokerslagen op de voordeur.

'Godver..., 't zal gaan zeker,' schreeuwde hij woedend.

De deursloper hield abrupt op met bonzen.

'Pieter! Pieter!'

Hij herkende haar stem meteen. Hannelore hijgde van de inspanning.

'Heb je je sigaretten vergeten?' zei hij laconiek toen hij de deur openmaakte. Ze zag er beeldig uit. Zelfs in een jeans en een witte blouse was ze in staat miss Belgian Beauty tot een opgetutte vogelverschrikker te doen verbleken.

'Ze hebben de kleinzoon van Degroof ontvoerd,' schreeuwde ze boven de zinderende muziek uit. Het volume stond nog altijd op vijf. 'Je hypothese klopt, Pieter. Je hebt gelijk.'

'Is dat zo?' zei hij argwanend.

'En Degroof heeft inderdaad een vunzig geheim. Maar je was gisteravond niet thuis. Ik heb hier drie kwartier staan wachten,' hijgde ze. 'Ik had je toch beloofd dat ik verslag zou uitbrengen.'

'Dat is dan jammer voor Degroof,' zei Van In koel.

Hij hoefde niet meteen enthousiast te zijn.

'Jammer meid, maar ik ben met vakantie. Kom toch binnen, dan zet ik een kan koffie. Je ziet eruit alsof je iets kan gebruiken.'

'Je vakantie is ingetrokken,' riposteerde ze strijdlustig. 'De Kee heeft persoonlijk naar de procureur gebeld. Hij wil dat jij de ontvoeringszaak van Deleu overneemt.'

Van In kon zijn ongeduld haast niet bedwingen.

'Deleu, tiens. Dat verbaast me. Is Keetje bang dat zijn schoonzoontje de boel verknalt of heeft hij weer een zondebok nodig als de zaak in de soep draait?'

'In 's hemelsnaam man, kom mee. Ik vertel je de rest wel in de auto.'

Alhoewel Van In tegenzin bleef veinzen, klopte zijn hart in zijn keel.

Hij had gelijk en zij hadden hem nodig, dacht hij triomfantelijk. Naar de hel met twijfel en gepieker. Deze keer zou hij doorzetten tot het bittere einde.

'Van der Eyck heeft dus toch zijn zin gekregen,' zei hij smalend toen ze in de Twingo stapten.

'Je mag nóg tweemaal raden,' reageerde ze vinnig.

'De minister van Binnenlandse Zaken dan.'

Van In zocht tevergeefs naar de vergrendeling van zijn veiligheidsgordel en raakte daarbij onwillekeurig haar dij aan. Die aanraking gaf hem een bijzonder prettig gevoel.

'Nee, niet de minister van Binnenlandse Zaken.'

Tegen zestig per uur scheurde ze over het woonerf in de Moerstraat.

'Zeg het maar. Ik geef het op.'

'Je had twee kansen, Pieter.'

Op de hoek van de Wulfhagestraat en de Noordzandstraat dwong ze roekeloos de voorrang van rechts af van een optrekkende stadsbus. De woedende chauffeur ging op de rem staan en een van de pubers die op de achterbank zat te zoenen hield er een bloedende lip aan over.

'De koning toch niet,' zei Van In met gespeelde verontwaardiging.

Hannelore kon er niet om lachen. Ze begreep niet waarom hij zo kinderachtig reageerde.

'Het is de ouwe Degroof die per se wil dat jij het onderzoek leidt,' zei ze.

'Sla me dood.'

'Waar is Benson im Himmel opeens gebleven?' merkte ze gevat op. Ze draaide haar hoofd en grijnsde breed.

'Kijk voor je,' schreeuwde Van In toen ze rakelings langs een bestelwagen scheerden.

Filip De Leeuw reed net door de tunnel onder het Zand toen hij de Twingo voor hem zag invoegen. De chauffeur van de bijna aangereden bestelwagen stak woedend de vuist omhoog. De Leeuw verhoogde met een rustige polsbeweging de snelheid van zijn BMW van veertig naar tachtig kilometer per uur. De afstand tussen de Twingo en zijn motor werd nauwelijks kleiner. Toen knipte hij het blauwe zwaailicht aan en zette de sirene op. Vlakbij de Ezelpoort kreeg hij de maniak te pakken.

De Twingo stond voor het stoplicht en trilde als een opgespannen veer. De Leeuw bonsde nijdig met zijn gehandschoende vuist tegen de zijruit van de auto.

'Zie je nu wat er van komt,' glimlachte Van In toen hij het rood aangelopen gezicht van De Leeuw bemerkte. Hannelore keek de agent ongelovig aan.

'Wel, doe dan iets,' riep ze ontzet.

Van In boog zuchtend het hoofd, zodat De Leeuw hem kon herkennen. Hannelore draaide behulpzaam het raam open.

'Prima achtervolging, Filip,' zei hij gemoedelijk. 'Maar mevrouw de substituut is erg gehaast. Ze zit midden in een ontvoering.'

De Leeuw hapte naar adem. Op die manier kon hij een paar uiterst onvriendelijke woorden tijdig inslikken. De schrille symfonie van toeters achter hen gaf aan dat het verkeerslicht nu op groen stond.

'Moet je nog ver?' vroeg De Leeuw.

'De Bisschopsdreef,' zei Van In.

De Leeuw draaide zich om en maakte met een autoritair gebaar een einde aan het getoeter. Daarna sprong hij op zijn BMW.

'Volg me maar,' schreeuwde hij.

Hannelore wreef zich in de handen en stampte het gaspedaal bijna door de vloer.

'Je hebt talent,' zei Van In bewonderend. 'Ik ken er niet veel die De Leeuw kunnen bijhouden.'

De witte bungalow van het echtpaar Delahaye-Degroof lag halverwege de Bisschopsdreef.

'Wanneer heeft men de ontvoering ontdekt?' vroeg Van In toen ze de brede dreef indraaiden. Ze was blij dat hij het onderwerp eindelijk ter sprake bracht, want zijn gezwans begon haar de keel uit te hangen.

'Een uur of twee geleden. De jongen gaat iedere donderdag en zaterdag schaatsen in het Boudewijnpark.'

'En is hij daar ontvoerd?'

'Waarschijnlijk. Veel details zijn er nog niet.'

Ze parkeerde de Twingo ruim honderd meter voor de bungalow, want voor het huis stonden tientallen auto's. Tussen de politiewagens torende een witte vrachtwagen met op het dak een schotelantenne.

'Die zijn er ook als de kippen bij,' zei Hannelore toen ze de VTM-satellietwagen in het oog kreeg.

'Wat wil je. Vlaanderen is niet veel groter dan een bedsprei en plaatselijke correspondenten luisteren de politiezenders dag en nacht af.'

Een eindje dichter bij het huis stond de olijfgroene Saab Turbo van Deleu. Net daarvoor glom de matte carrosserie van een Mercedes 500 SEL. Een jongeman met een chauffeurspet op stond in hemdsmouwen een sigaret te roken; voorwaar een merkwaardig tafereel. Toen ze dichter kwamen zagen ze hoe een zestal agenten de aangroeiende meute nieuwsgierigen op afstand probeerde te houden. Blijkbaar beschikte een groot gedeelte van de bevolking over een scanner, want de laatste tijd arriveerden de rampentoeristen haast vlugger ter plaatse dan de hulpdiensten.

Bij de voordeur stonden twee rijkswachters geposteerd. De agenten herkenden Van In, maar de rijkswachters stonden erop dat hij en Hannelore zich legitimeerden. Ten slotte mochten ze doorlopen.

De voordeur van de bungalow was open. Toen Van In over de drempel stapte, voelde hij een onaangename kilte over zijn schouders glijden, alsof het huis aanvoelde dat zijn bewoners door een diepe tragedie waren getroffen.

Alhoewel de bungalow licht en ruimte ademde, heerste er een drukkende sfeer. Het huis was gebouwd in een U-vorm rond een open binnentuin. Het horizontale deel van de U, een immense ruimte, diende als eetkamer, salon en keuken. Geen enkele binnenmuur belemmerde het zicht op de in Japanse stijl aangelegde binnentuin.

Het eerste wat Hannelore opviel, waren de prachtige schilderijen tegen de muren. Ze herkende Magritte en Permeke, hoewel ze altijd had gedacht dat werken van die kunstenaars alleen maar in musea te vinden waren.

Van In concentreerde zich op de mensen. Hij telde er een tiental. Versavel stond bij Deleu voor de allesoverheersende glaswand die het huis haast onzichtbaar scheidde van de binnentuin. Toen hij Van In en Hannelore in de gaten kreeg, liet hij Deleu in de steek en stevende op hen af. Van In drukte zijn massieve hand. Deleu wierp een steelse blik in hun richting, maar bleef waar hij was. Om de indruk te wekken dat hij met iets belangrijks bezig was, klampte hij een jonge rijkswachtkapitein aan die net via de radio een paar mannen van de technische dienst had opgetrommeld.

Versavel zag eruit als een Chippendale in uniform en rook naar Sunlightzeep.

'We meet again,' zei hij opgewekt toen Hannelore hem de hand reikte.

'Blij je weer te zien, brigadier Watson.'

Versavel accepteerde het compliment met een stoere grijns.

'En ik dacht dat jij met vakantie was,' zei hij tegen Van In.

'Wás,' beaamde Van In.

'Ik ben in ieder geval blij dat jullie er zijn, want met Deleu is er niets aan te vangen. Ik geloof dat zelfs Degroof hem heeft afgepoeierd.'

'De ouwe?'

'Ja, de oude,' zuchtte Versavel. 'Hij is een half uur geleden gearriveerd met zijn chauffeur en het lijkt er sterk op dat hij van plan is de leiding op zich te nemen.'

'Iemand zal hem van dat waanidee moeten afbrengen, nietwaar Pieter,' schertste Hannelore.

'Dat zal wel,' zei Van In strijdlustig. 'Laten we even kennis gaan maken met de beruchte Degroof.'

Ludovic Degroof stond in de tuin aan de andere kant van de glazen schuifdeuren. Vanuit de verte had hij de allure van een bronzen standbeeld. Hij mat minstens 1.85 meter en converseerde met brede gebaren.

Patrick Delahaye was een nerveuze, kleine man, die luisterde zonder precies te horen wat zijn schoonvader zei.

Degroof sprak Frans, maar schakelde zonder verpinken over naar een soort van beschaafd Westvlaams toen Van In en Hannelore zich voorstelden.

'Ah, u bent dus commissaire Van In,' zei hij joviaal. 'Ik heb veel over u gehoord.'

Van In wist wat de doordringende blik en de dwingende stem betekenden. Dit was een man die gewoon was dat iedereen hem zonder tegenspreken gehoorzaamde.

En ik over u, wou hij zeggen, maar dat vond hij in deze omstandigheden ongepast.

Delahaye bleef op de achtergrond. Hij had de blik op oneindig en er zweemde een trieste glimlach om zijn mond. Het ontging Van In niet dat de ogen van de oude Degroof schitterden toen hij Hannelore de hand drukte.

'Hebben de ontvoerders u reeds gecontacteerd?' viel Van In onmiddellijk met de deur in huis.

Degroof nam het woord alhoewel Van In de vraag aan Delahaye had gericht.

'Om tien over vier ontving mijn schoonzoon deze fax.'

Hij tastte in zijn binnenzak en overhandigde Van In een kopie.

'Die heb ik in mijn wagen laten maken,' voegde hij eraan toe toen hij Van In verwonderd zag kijken. 'Eerst dacht Patrick dat het om een misplaatste grap ging. Maar gelukkig heb ik hem vlug van het tegendeel kunnen overtuigen. Een ontvoering mag men nooit licht opnemen, nietwaar commissaire?'

Van In knikte verstrooid. Samen met Hannelore las hij de fax.

Uw zoon werd een uur geleden ontvoerd.

De aard van de losprijs wordt u nog vandaag medegedeeld, evenals de manier waarop aan de voorwaarden dient te worden voldaan.

R O T A S
O P E R A
T E N E T
A R E P O
S A T O R

'Is dat alles?'

Van In repte met geen woord over het vierkant van de tempeliers. Degroof evenmin.

'De rijkswacht doet zijn uiterste best om de fax en de telefoon te laten aftappen. Volgens kapitein D'Hondt zijn ze daar over een half uur mee klaar,' zei Degroof. 'Er zit niets anders op dan te wachten tot die ellendelingen ons opnieuw contacteren. Wat ze ook vragen, we hebben beslist om te betalen. Het welzijn van mijn kleinzoon heeft absolute voorrang. Dat is ook de uitdrukkelijke wens van mijn dochter en mijn schoonzoon, n'est-ce pas, Patrick?'

Delahaye knikte wezenloos. Van In had de indruk dat de man op het punt stond in te storten.

'Ik denk dat ik even tot bij Charlotte ga. Gelieve me te verontschuldigen.'

Als een rug verdriet en verslagenheid kan uitdrukken, dan was dit ontegenzeglijk het geval. Met slepende pas en gebogen schouders liep Delahaye naar het slaapkamergedeelte in de linkervleugel.

'Ik verwacht de procureur ieder ogenblik en iemand zal de pers moeten te woord staan.'

Hannelore begreep niet goed hoe Degroof in dergelijke omstandigheden zo zakelijk kon handelen.

'Dat kan u misschien doen, mijnheer Degroof,' stelde Van In voor. 'Een oproep door een familielid kan soms indruk maken op de ontvoerders. Ondertussen neem ik poolshoogte bij commissaris Deleu. Daarna kunnen we een voorlopig actieplan opstellen.'

'Prima,' zei Degroof.

'Wellicht kunt u een eventuele persconferentie het best met kapitein D'Hondt regelen.'

Degroof sputterde niet tegen. Hij leek zelfs dankbaar en beende resoluut in de richting van de rijkswachtkapitein die aan de andere kant van de kamer nauwgezet toekeek hoe twee technici een bandrecorder installeerden.

'Die zijn we kwijt,' fluisterde Van In tevreden.

'De man bezorgt me kippevel. Heb je gezien hoe hij mij zat aan te kijken?'

Van In gromde iets dat zowel ja als neen kon betekenen. Als de begerige blikken van Degroof haar zo hinderden, kon hij alleen maar hopen dat ze niet wist wat er zich in zíjn hoofd afspeelde.

'Ik vraag me af waar Deleu weer eens uithangt.'

'Hij is sigaretten gaan kopen,' hoorde Van In een bekende stem monkelen.

'Goddank, Versavel. Een mens zou nog vergeten dat jij hier bent. Je was net ook spoorloos verdwenen en ik vreesde dat...'

'Je weet toch dat Versavel verdwijnt als er een hoge piet verschijnt,' lachte hij.

'Ben je samen met Deleu gekomen?'

'Nee. Ik was hier als eerste, samen met Pol Verscheure. Die staat nog buiten.'

'Dat is dan ook een toevalstreffer, brigadier. Ben je misschien dag en nacht van dienst?' zei Hannelore.

'Het is pas vanaf de rang van inspecteur dat je bij de politie op je lauweren kan rusten, mevrouw de substituut,' reageerde Versavel vinnig.

'Hou op, jongens,' zei Van In. 'Dit is een ontvoering. Laten we aan de slag gaan.'

Versavel haalde zijn notitieboekje uit de borstzak van zijn kraakverse overhemd en gaf een verslag in telegramstijl.

'Oproep van mevrouw Delahaye om 16.51 uur.'

'Zo laat,' merkte Hannelore alert op. 'De fax kwam binnen om 16.10 uur.'

'Dat kunnen we haar straks vragen. Ga door Guido.'

'Brigadier Versavel en agent Verscheure om 17.01 uur ter plaatse. Na een summier verhoor vraag ik om assistentie. Die arriveert om 17.34 uur onder leiding van commissaris Deleu. Commissaris Deleu licht de rijkswacht in. Aankomst kapitein D'Hondt om 17.48 uur. Bijna op hetzelfde ogenblik aankomst van Ludovic Degroof en ten slotte van adjunct-commissaris Van In en substituut Martens om 18.13 uur.'

'Is dat alles?' vloekte Van In.

Versavel klapte zijn boekje dicht.

'In een dergelijke zaak wordt geen rekening gehouden met de mening van een brigadier,' snoof hij.

'Oké, dan wordt het tijd dat we de zaken coördineren. Guido, jij probeert buiten de pers en het publiek op een afstand te houden. Vraag aan de technische dienst dat ze dranghekken laten aanrukken en zet de boel hermetisch af. Als iemand je gezag in twijfel trekt, stuur hem dan maar naar mij. Is er trouwens al iemand naar het Boudewijnpark?'

'Kapitein D'Hondt heeft er de halve kazerne heen gestuurd,' zei Versavel afgunstig. 'Straks gaan die weer met alle eer lopen.'

'Nu begrijp ik waarom De Kee absoluut wilde dat wij naar hier kwamen,' zei Hannelore.

'En ik dacht dat Degroof me per se wilde hebben.'

'Dat zei De Kee toch, maar moeten we hem wel geloven?' zei ze schalks.

'Plaagbeest.'

Ze trok hulpeloos haar wenkbrauwen op.

'Waarom is hij eigenlijk zelf niet gekomen? Straks gaan de camera's zoemen en iedereen weet dat hij daar dol op is.'

'Kom,' zei Van In tegen Hannelore. 'Laten we ons licht opsteken bij de moeder.'

Net toen ze naar het slaapkamergedeelte liepen – Versavel had hem een haastig getekende plattegrond van het huis in handen gestopt – hoorde hij zijn naam roepen. Kapitein D'Hondt kwam met grote passen aangehold.

'Ik verneem van mijnheer Degroof dat u hier de leiding overneemt,' zei hij met een duidelijk spoor van achterdocht in zijn stem.

Van In bevestigde dit met een bescheiden knik. De samenwerking tussen gemeentepolitie en rijkswacht was een heel delicaat punt. Het was uiteindelijk de procureur die zou bepalen wie de leiding over het onderzoek kreeg, maar de manier waarop D'Hondt hem aansprak, bewees dat de kapitein op de hoogte was van de banden tussen procureur Lootens en Ludovic Degroof.

'Voorlopig toch,' voegde hij er diplomatisch aan toe. 'Ik verneem pas dat uw mannen de omgeving van het Boudewijnpark aan het uitkammen zijn. Laten we dat zo houden. Het is niet nodig dat ik daar nog meer agenten heen stuur.'

Het antwoord beviel D'Hondt. Hij was een officier van de moderne lichting en haatte inefficiëntie. Aan de opgeblazen Deleu had hij geen boodschap en over Van In circuleerden een paar pittige geruchten.

'De mannen van Belgacom zijn ondertussen klaar met de tap op de telefoon- en faxlijn. Als de ontvoerders ons opnieuw contacteren hebben we ze binnen de dertig seconden te pakken. En à propos, vijf minuten geleden heeft men de fiets van de jongen teruggevonden.'

'In de buurt?' vroeg Van In.

D'Hondt bevochtigde zijn lippen.

'Niet bepaald. Twee collega's van de brigade Oostkamp hebben de fiets toevallig gevonden in de Kuipenstraat, een landweg tussen Oostkamp en Loppem. Omdat ik onmiddellijk een politiealarm afkondigde, hebben ze hun vondst meteen gemeld.'

Een-nul, dacht Hannelore, die het gesprek met enig leedvermaak volgde. Versavel had de jonge kapitein toch een klein beetje onderschat.

'We veronderstellen dat de ontvoerders de fiets daar hebben gedumpt. Mijnheer Degroof is trouwens zeker dat het om de fiets van zijn kleinzoon gaat. Volgens hem klopt het opgegeven merk en de sticker van Greenpeace op het spatbord. Maar dat zullen we over een kwartier beter kunnen beoordelen, want de fiets wordt nu overgebracht.'

'Dank u vriendelijk voor de informatie, kapitein. We zien elkaar straks nog wel.'

D'Hondt draaide zich om en liep terug naar Degroof die de wacht hield bij het faxtoestel. De eer van de kapitein was gered. Hij kon nu weer ongestoord doorgaan met zijn werk.

'Sympathieke man, die kapitein,' zei ze plagend. Van In liep er niet in.

'Ik geloof dat je vlug bijleert, Pieter Van In,' zei ze lachend toen hij niet reageerde. 'Ik ben je trouwens nog een verklaring schuldig in verband met gisteren, want te oordelen aan je gedrag op weg hierheen ligt dat uitstapje zwaar op je maag.'

'Laat maar. Daar ben ik weer bovenop. Vanaf nu geloof ik alles wat je zegt.'

'Ach zo,' kraaide ze. 'Je dacht dus dat ik je maar wat wijsmaakte en voor eigen rekening werkte.'

Van In boog het hoofd.

'Het zal niet meer gebeuren, Hannelore.'

'Prima. Dan vertel ik je alles vanavond als we thuis zijn, op voorwaarde dat je voldoende Duvels in voorraad hebt.'

'Afgesproken, als we hier tenminste op een menselijk uur wegkomen. Maar eerst gaan we Charlotte Degroof opzoeken.'

Het huis was zo gebouwd dat alle kamers in de linker- en rechtervleugel uitkwamen op de binnentuin, net als in de Romeinse villa's uit de Oudheid. De architect had zijn inspiratie rechtstreeks uit Pompeï gehaald. Via een gang langs de buitenmuur waren alle kamers bereikbaar.

Toen Van In aan de eerste deur aanklopte, hoorde hij Delahaye vanuit de belendende kamer 'binnen' roepen. Ze liepen naar de tweede deur en kwamen zo in de echtelijke slaapkamer.

Charlotte Degroof lag op bed en haar man staarde door het venster naar de tuin, waar hij bijna al zijn vrije tijd aan spendeerde maar die hem nu totaal onbelangrijk leek.

'Excuseer,' zei Van In. 'Maar ik vrees dat we uw hulp hard nodig hebben.'

Charlotte maakte aanstalten om op te staan, maar Van In hield haar tegen.

'Blijf gerust liggen, mevrouw.'

Charlotte Degroof was een heel mooie vrouw. Ze had kortgeknipt haar, waardoor ze er heel jeugdig uitzag. Van In kon moeilijk geloven dat ze bijna zesenveertig was.

'U hebt de politie gebeld,' zei hij bij wijze van introductie.

'We dachten eerst dat het om een grap ging,' antwoordde Delahaye in haar plaats. 'Bertrand heeft ons al een paar keren de stuipen op het lijf gejaagd.'

'U trok dus de echtheid van de fax in twijfel.'

Van In wist meteen waarom ze de politie zo laat had gebeld.

'Verleden jaar gaf hij vrienden een kaartje mee waarop stond dat hij de wijde wereld wilde intrekken,' zei Charlotte zacht. 'Zijn vrienden verstuurden het vanuit Rome, terwijl wij dachten dat hij met de scouts in de Kempen kampeerde.'

Het vertellen van de anekdote deed haar glimlachen.

'Zijn vader is in paniek naar Lanaken gereden, en toen bleek dat Bertrand inderdaad dáár was met de scouts.'

'Wat deed u dan besluiten dat het níet om een grap ging?'

'Toen ik papa opbelde en hem de tekst voorlas, heeft hij ons bezworen de politie in te lichten. Hij was het ook die expliciet eiste dat u het onderzoek zou leiden. Kent u papa goed misschien?'

'Ja, we kennen elkaar,' loog Van In.

'Bovendien was er die Latijnse tekst. Weet u wat dat betekent?' vroeg Delahaye.

'We troffen die tekst eveneens bij uw zwager aan, mijnheer Delahaye,' antwoordde Van In neutraal.

'Er is dus een verband tussen die belachelijke geschiedenis en de ontvoering van onze Bertrand?'

Van In knikte.

'Jammer genoeg zijn we er niet in geslaagd de juiste betekenis van de tekst te achterhalen. Eén ding is zeker: het Latijnse raadsel bewijst dat het hier niet om een grap van uw zoon gaat.'

Van In nam daarmee de laatste twijfel weg en dat stelde Delahaye op een vreemde manier gerust. Hij ging naast Charlotte op het bed zitten en pakte haar hand vast.

Op dat moment werd er geklopt. Het was Deleu en hij zag er allesbehalve welgemutst uit.

'De procureur wenst je dringend te spreken, Van In,' zei hij autoritair.

'Is dat werkelijk zo?' repliceerde Van In met gespeeld ongeloof.

Deleu hapte naar adem.

'Neem jij in dat geval de verklaring van mijnheer en mevrouw verder op. Zodra ik vrij ben, kom ik terug.'

Deleu stond te trillen als een verstopte vulkaan toen Van In en Hannelore naar buiten gingen. Wacht maar, ventje, dacht hij ziedend van opgekropte woede.

Procureur Lootens was ongeveer even groot als Ludovic Degroof. Beide mannen stonden samen met kapitein D'Hondt op het overdekt terras te praten.

'De procureur wil mijnheer spreken, wat een eer,' schertste Hannelore.

Van In haalde de schouders op, maar achter de nonchalante façade klopte een bang hart.

Na het uitwisselen van de obligate beleefdheidsformules

keek het gezelschap afwachtend naar de procureur. Van Hannelore wist Van In dat Lootens bij de kliek van Degroof hoorde: rijk, rechts en katholiek, in die volgorde.

'Kapitein D'Hondt heeft me zojuist op de hoogte gebracht van de reeds genomen maatregelen,' zei Lootens met een doordringende neusstem. 'Ikzelf heb beslist een *nationaal* politiealarm af te kondigen.'

Het was bijna zeven uur en de ontvoering was vier uur oud. De ontvoerders zaten al geruime tijd veilig in hun schuilplaats en een nationaal politiealarm leek tegen die achtergrond even nuttig als een emmer water bij het blussen van een kerncentrale.

'Straks beschikken we wellicht over nuttige getuigenverklaringen,' poneerde Lootens met een zekerheid die alleen bij hogere ambtenaren voorkomt. 'In samenwerking met de politie ondervraagt de rijkswacht op dit ogenblik iedereen die iets van de ontvoering zou kunnen gezien hebben.'

Hij hanteerde een zinsbouw die zelfs Cicero te gortig zou hebben gevonden.

'Maar ik vrees dat we niet veel meer kunnen doen tot de daders opnieuw contact zoeken.'

Het klonk allemaal heel gewichtig.

Degroof staarde star voor zich uit. De gezwollen ader op zijn voorhoofd pulseerde zichtbaar en hij had de kaken stijf op elkaar geklemd. Niemand kon werkelijk inschatten hoe erg hij leed onder de ontvoering van zijn kleinzoon.

'Het lijkt me dus opportuun dat we ons voorlopig met de praktische gang van zaken bezighouden,' ging Lootens op dezelfde nietszeggende toon verder. 'Het is onontbeerlijk dat we onze inspanningen coördineren.'

Hij wierp met een theatraal gebaar een blik op zijn polshorloge.

'Over een uur verwacht ik professor Beheyt van de faculteit Toegepaste Psychologie van de RUG.'

Van In kende Beheyt. Hij had nuttig werk verricht toen

een paar jaar geleden het zoontje van een Westvlaamse textielbaron was ontvoerd.

De Belgische overheid had immers weinig ervaring op het gebied van ontvoeringen, maar Beheyt had zich prima uit de slag getrokken.

'Jullie zullen dus met hem samenwerken,' zei Lootens naar Van In en Hannelore wijzend. 'Kapitein D'Hondt hier zal instaan voor de contacten met het ministerie van Binnenlandse Zaken en de eventuele tussenkomsten op het nationaal grondgebied.'

Lootens wist blijkbaar nog niet dat sinds het begin van het jaar de gemeentelijke politie in geval van nood ook buiten haar jurisdictie mocht opereren.

'Het is evident dat deze taskforce (hij sprak het woord uit als *tasque-fors*) onder mijn supervisie staat. Niemand van jullie praat met de pers zonder mijn toestemming en niemand neemt op eigen houtje een beslissing. Is dat begrepen?'

'Ja, mijnheer de procureur,' zei Hannelore bewust opstandig.

Lootens lette gelukkig niet op de manier waarop ze dat zei. Hij had lak aan emancipatie. Lootens behoorde tot het slag van magistraten dat hoopte dat ze nooit de dag zouden beleven dat een vrouw tot procureur werd benoemd. Van In probeerde desondanks de aandacht van Lootens af te leiden.

'Mijnheer de procureur,' zei hij met de kriebelingen in zijn buik, 'volgens de informatie die substituut Martens en ik hebben ingewonnen, is het bijzonder waarschijnlijk dat de ontvoerders dezelfden zijn als de twee mannen die zondag laatstleden de zaak van Ghislain Degroof zijn binnengedrongen. Van die daders beschikken we over een gedetailleerde persoonsbeschrijving.'

Die opmerking bracht Lootens even van zijn stuk. Ludovic Degroof zette een verontwaardigd gezicht op.

'Precies daarom, commissaire Van In, vertrouwen we u dit onderzoek toe. Het voorval van zondag bij mijn zoon was te banaal om onze energie aan te verspillen. Een ontvoering is toch iets anders, vindt u niet?'

Van In begreep vanwaar de wind kwam. Degroof moest een serieuze reden hebben om beide zaken van elkaar los te koppelen.

D'Hondt, die niet op de hoogte scheen, hield zijn emoties perfect onder controle zoals het een rijkswachter past.

'Natuurlijk,' beaamde Van In weer onderdanig. Hij bestudeerde de gelaatsuitdrukking van de oude Degroof maar hij had evengoed kunnen proberen het masker van een sfinx te doorgronden.

'Ik mag er bijgevolg van uitgaan dat iedereen weet wat hem te doen staat.'

Toen niemand reageerde keerde Lootens hen de rug toe en begon in rad Frans met Degroof te converseren.

'Ik vraag aan Versavel dat hij een paar belegde broodjes en een krat pils gaat halen,' zei Van In. 'Voor u ook iets, kapitein D'Hondt?'

De rijkswachter bleef staan en keek Van In onthutst aan.

'Een cola zal volstaan,' zei hij ernstig.

'Goed, een cola voor kapitein D'Hondt dan. Laten we eens gaan zien wat Deleu ervan terecht brengt,' zei Van In met een knipoog naar Hannelore.

Door het raam zagen ze dat de mensenmassa gestadig aanzwol. De dranghekken hielden gelukkig stand.

Versavel zag dat Van In een teken gaf en kwam plichtsgetrouw aanhollen. Van In telde drie of vier cameraploegen die het huis onder schot hielden. Een twintigtal politieagenten zorgde ervoor dat ze niet tot bij de voordeur geraakten. Men had ondertussen bekendgemaakt dat de procureur om kwart voor acht een persconferentie zou geven en niet om kwart over zeven zoals eerst door Ludovic Degroof was aangekondigd.

De verslaggever van VTM rookte de ene sigaret na de andere. Hij stond via de autotelefoon permanent in verbinding met de redactie in Vilvoorde. Ondanks zijn smeekbeden bleef de politie formeel. Niemand van de pers mocht binnen de omheining voor halfacht. Versavel was op ogenblikken als dit de juiste man op de juiste plaats.

Een journalist van de nationale zender nam stiekem een slokje uit een platte zakflacon. Hij zat in ieder geval op rozen: de BRTN zou als eerste exclusieve beelden van de ontvoering op de huiskamers loslaten, midden in het journaal van halfacht.

13

Toen Daniel Verhaeghe om tien over vier de eerste fax verstuurde, parkeerde Laurent de witte Ford Transit voor de chalet even buiten Namen.

Bertrand Delahaye lag onder een geruit reisdeken op de vloer van de bestelwagen. De verdoving van de chloroform was bijna uitgewerkt en de jongen kreunde toen Laurent hem uit de wagen sleepte. Het zou geen gemakkelijke klus worden om het slappe lichaam naar binnen te dragen. Laurent voelde het bloed door zijn aders gutsen. Het werd zwart voor zijn ogen en hij besloot wat uit te rusten.

Voor pottekijkers hoefde hij niet bang te zijn. De chalet lag aan het einde van een privé-weg en werd door naaldbomen aan het zicht onttrokken. Hij ging op de rand van de laadruimte zitten tot het duizelen overging. Toen haalde hij vanuit de bestuurderscabine een linnen zakje waarin het doosje met de injectiespuit en de Haldol zat opgeborgen. Met bevende handen trok hij een dubbele dosis van het kalmerend medicament in de spuit en prikte Bertrand in de bovenarm. De jongen was half bij bewustzijn maar verzette zich nauwelijks toen Laurent hem naar binnen sleurde, een karwei waar hij ruim tien minuten over deed. Hij legde de jongen op het bed, maakte tegen zijn zin de handboei vast en sloot de deur van het kamertje zorgvuldig af. Hijgend en hevig transpirerend liet hij zich neerploffen in een oude, muf ruikende fauteuil.

Tot aan hun eis was voldaan, zou hij hier geen stap meer

buiten zetten. Er was voldoende mondvoorraad voor een week en Daniel kon hem altijd opbellen als er iets onverwachts te melden viel. De kans dat ze hier ontdekt werden, achtte hij te verwaarlozen. De chalet was zijn eigendom en als alles naar wens verliep, was de affaire maandag achter de rug.

Terwijl hij een gebed prevelde, probeerde hij zich voor te stellen hoe Degroof zich nu voelde.

Een uur voor zijn dochter hem opbelde en de ontvoering meldde, zat Ludovic Degroof alleen aan de keukentafel in het naargeestige huis aan de Spinolarei. Zijn grijze ogen volgden het walsen van de cognac in het glas dat hij zich zoëven had ingeschonken.

Hij voelde zich als Eichmann in zijn glazen kooi in de rechtszaal van Tel-Aviv. Hij besefte dat het niet lang meer zou duren.

Toen hij twee weken geleden een brief had ontvangen waarin iemand hem waarschuwde dat hij zou boeten voor zijn wandaden, had hij zich daar niet veel zorgen over gemaakt. De brief was anoniem, maar hij kende de afzender. Over het vierkant van de tempeliers hadden hij en zijn vriend Aquilin Verheye immers nachtenlang gediscussieerd.

Na meer dan vijftig jaar had Degroof er niet aan getwijfeld dat het vierkant onderaan de brief de handtekening was van Aquilin.

Hij wist ook waarvoor Aquilin hem wilde laten boeten. Hij had alleen niet begrepen waarom dat nu moest gebeuren. Ze waren allebei oud en in vijftig jaar heelt iedere wonde.

Dat hij zich geen zorgen had gemaakt, betekende niet dat hij de inhoud van de brief lichtzinnig opvatte.

Geen politie, want dan zou alles aan het licht gekomen zijn. En omdat Degroof gewoon was zijn eigen boontjes te doppen, had hij een privé-detective ingehuurd om Aquilin op te sporen, een routineklus die de man graag had aangenomen.

Degroof kon niet inschatten wat Aquilin wist en op welke manier hij die kennis zou gebruiken om zich te wreken. Als de privé-detective Aquilin had gelokaliseerd zou Degroof hem opzoeken en proberen uit te kopen. Als dat niet lukte zou hij hem laten elimineren. Daartoe beschikte hij over de juiste contacten. Geld vormde absoluut geen probleem.

Waarom was de oude dwaas zo dom geweest zijn brief met het vierkant van de tempeliers te ondertekenen?

De belachelijke operatie bij Ghislain had Degroof doen schrikken: hij had begrepen dat Aquilin bewust de aandacht van de pers wilde trekken. Daarom was Degroof bij De Kee op zijn strepen gaan staan om het onderzoek stop te zetten. Het zou immers slechts een kwestie van tijd geweest zijn voor de detective Aquilin op het spoor kwam. En Degroof had te allen prijze willen vermijden dat iemand in zijn verleden ging wroeten.

Sinds gisteren was hij beginnen drinken. Na het verslag van de detective begreep hij er niets meer van.

Want als de man die hem bedreigde Aquilin Verheye *niet* was, dan zat hij lelijk in de knoei.

Daniel Verhaeghe wachtte tot negen uur voor hij naar de publifax liep naast tearoom Vienna in de Vlamingstraat. Er zat nog heel wat volk in het etablissement en tientallen kijklustigen vergaapten zich aan de vitrines in de gezellige winkelgalerij. Daniel toetste het nummer van Delahaye in en schoof een vel papier in het apparaat.

Wachtmeester Lobelle die in de telefooncentrale samen met een bediende van Belgacom de lijn van Delahaye bewaakte, reageerde onmiddellijk.

'Hoeveel tijd?' snauwde hij.

'Hangt ervan af,' zei de gespannen bediende die razendsnel het klavier van de computer bespeelde.

Lobelle zocht ondertussen contact met de Bisschopsdreef.

'We hebben hem,' schreeuwde de bediende na een seconde of twintig. 'Vlamingstraat, de publifax aan de nieuwe winkelgalerij.'

Daniel Verhaeghe kuierde ontspannen over het Marktplein toen van overal politie- en rijkswachtauto's met loeiende sirenes in de richting van de Vlamingstraat scheurden. Nog voor de indrukwekkende politiemacht het huizenblok hermetisch had afgesloten, depte Daniel zijn zakdoek in het bekken van de grote fontein op het Zand. De spanning wond hem op en de natte zakdoek kiste haast op zijn voorhoofd.

Kapitein D'Hondt las de binnenlopende fax naarmate de zinnen via het apparaat werden doorgeseind. In zijn carrière had hij de gekste dingen meegemaakt, maar dit sloeg alles.

Van In en Hannelore, die in de salon mijnheer en mevrouw Delahaye probeerden op te beuren, kwamen ijlings aangesneld, gevolgd door de ouwe Degroof. Procureur Lootens was er niet meer. Hij had zich kort na de persconferentie verontschuldigd en Van In het telefoonnummer gegeven van restaurant De Karmeliet in de Langestraat, waar hij een dringende afspraak had, zei hij.

'Hoogstwaarschijnlijk grappenmakers,' probeerde D'Hondt iedereen te kalmeren. 'Hier, lees maar.'

Hij gaf de fax aan Van In. Voor die de eerste regel las, viel zijn oog op het kleine vierkant onderaan het papier.

'Vergeet het maar,' zei hij nijdig.

'Oh, mijn God,' snikte Charlotte Degroof. Patrick Delahaye ging naast haar staan en nam haar bij de hand. Hannelore las over de schouder van Van In mee.

Uw zoon is gezond en wel. Indien u de volgende instructies stipt opvolgt zal de jongen niets overkomen. Eén ding willen wij klaar en duidelijk stellen: over het losgeld wordt niet onderhandeld. Iedere poging om de procedure te vertragen kan Bertrand fataal worden.

Indien u Bertrand gezond en wel wilt weerzien wordt van u het volgende verwacht: op maandag 18 juli om 8 uur precies moet u de hieronder opgesomde schilderijen naar het Zand laten overbrengen. – Er volgde een lijst van twintig doeken met daarnaast de naam van de kunstenaar. – *Om 9 uur moet Patrick Delahaye met een schraapmes een strook verf van minstens tien centimeter van elk van de schilderijen afkrabben. Dit moet op het Zand gebeuren voor het oog van de camera's. Daarna moet hij de schilderijen voor de grote fontein op een stapel leggen en in brand steken.*

Het publiek moet van dit evenement op de hoogte worden gebracht via radio en televisie. Het publiek moet de dag van de verbranding vrije toegang krijgen tot het Zand en de afstand tussen de eerste rij van het publiek en Patrick Delahaye mag niet meer dan twee meter bedragen. Tijdens de verbranding echter mag de afstand tien meter bedragen.

Bij het niet stipt naleven van deze werkwijze of bij het ontbreken van publiek of mediabelangstelling wordt Bertrand om het leven gebracht. Dit geldt als laatste en enige contact.

Bij wijze van handtekening prijkte daaronder het vierkant.

'Benson in Himmel,' murmelde Van In.

Niemand sloeg acht op zijn uitroep. Hij gaf de fax aan Delahaye. Naarmate de lectuur vorderde werd die lijkbleek en zocht hij steun bij Charlotte die een hoofd groter was dan hijzelf.

Van In had natuurlijk de schilderijen bemerkt die overal tegen de muren hingen, maar zich niet gerealiseerd dat het ging om Delvaux, Permeke, Mondriaan, Peire, Magritte, Appel. Er was zelfs een werk bij van Gustave Klimt en dat alleen al was tientallen miljoenen waard.

'Dit kan niet waar zijn,' schreeuwde Delahaye. 'Charlotte, zeg me dat dit een kwalijke grap is.'

De man was buiten zichzelf en Charlotte legde berustend haar arm over zijn schouder.

'Als ik zo vrij mag zijn, mijnheer Delahaye,' zei D'Hondt kordaat. 'Volgens mij hoeven we dit niet ernstig te nemen.

Geen enkele ontvoerder eist dat men voor een fortuin aan schilderijen opstookt.'

Hij klonk zo zelfverzekerd dat Delahaye hoopvol het hoofd oprichtte. Onder de obligate rijkswachtersnor kabbelde een schuchtere glimlach.

'Vergeet het maar,' repliceerde Van In voor de tweede keer. 'Deze eis komt wel degelijk van de ontvoerders.'

Van In had het niet nodig gevonden om D'Hondt in te lichten over de voorgeschiedenis. De kapitein wierp hem een vernietigende blik toe.

'O ja?' zei hij smalend.

'Commissaire Van In heeft volkomen gelijk.'

Iedereen herkende de autoritaire stem van Ludovic Degroof.

'Kapitein D'Hondt beschikt waarschijnlijk nog niet over alle feiten, anders zou hij deze thesis niet verdedigen.'

D'Hondt hield zich stoer, maar van binnen verschrompelde zijn ego als een leeglopende ballon.

'Hoe kun je daar zo zeker van zijn?' vroeg Delahaye. Hij weigerde de laatste strohalm los te laten.

'Neem dat maar van mij aan, jongen,' zei Degroof. Hij deed een poging om medeleven in zijn stem te laten doorklinken. 'Schilderijen kunnen vervangen worden.'

Van In zag dat Hannelore iets in het oor van Charlotte Degroof fluisterde.

'Excuseer,' klonk het plotseling aan de voordeur. Iedereen wendde zijn hoofd in die richting. Van In herkende de kleine, bestofte man onmiddellijk.

'Professor Beheyt, fijn dat u er bent. De ontvoerders hebben net contact opgenomen.'

Versavel, die Beheyt had binnengelaten, voegde zich nu eveneens bij het gezelschap.

Adelbrecht Beheyt leek uit een stripverhaal gestapt. Hij was gekleed in een slecht zittend, ouderwets driedelig pak en hield een hand recht in de zak van zijn jasje, een pose die hem een zekere waardigheid verschafte. Hij was een jaar of zestig en klein van stuk, maar achter de glazen van zijn hoornen bril glommen twee intelligente, jongensachtige ogen. Menig student die bij hem college had gelopen, kon getuigen van zijn ontvlambaar karakter en zijn overdreven eergevoel, maar in zijn gewone doen was hij een beminnelijke oude man.

'Ik ben nogal aan de late kant en daarom heb ik eerst een kamer geboekt in een hotel.'

Waardoor hij nu nog later is, dacht Hannelore die de kromgetrokken logica niet volgde.

Beheyt sprak met een warme stem en het was hem aan te horen dat hij meer dan tien jaar in Leiden had gedoceerd.

'Dat had u toch niet moeten doen, professor. U kunt gerust bij mij thuis overnachten.' Ludovic Degroof reageerde meer als een bezorgde gastheer dan als een radeloze grootvader.

'Heel erg bedankt, mijnheer...'

'Degroof, Ludovic Degroof, grootvader van de ontvoerde Bertrand.'

Het duurde ruim vijf minuten voor iedereen volgens de regels van de etiquette was voorgesteld.

Van In nam de taak op zich om Beheyt te briefen. De professor luisterde aandachtig en vroeg na afloop alleen maar of hij de fax mocht lezen. Charlotte gaf hem die en Beheyt nam zijn tijd om de eisen van de ontvoerders te bestuderen. Hij was echter zo verstandig om niet direct een conclusie te trekken.

Terwijl hij las was het onwezenlijk stil in de grote ruimte. De aankomst van een expert doet nu eenmaal bij iedereen de hoop oplaaien.

'Ik stel voor dat we even gaan zitten om rustig te overleggen en een eventuele strategie op te stellen,' zei Beheyt relativerend.

Zijn aanpak sloeg aan. Zelfs Patrick Delahaye herademde.

'Zal ik ondertussen een kop koffie zetten?' stelde Charlotte voor.

In tegenstelling tot een uur geleden zag ze er opgelucht uit. Voor haar was het een uitgemaakte zaak. Maandag zouden ze de schilderijen naar het Zand brengen en verbranden. Daarna zou Bertrand weer thuis zijn.

'En een cognacje?' vroeg ze halverwege de keuken en de salon. Van In zei ja in naam van de rest.

De salon was in verhouding met het huis en besloeg de ruimte van een doorsnee kamer. In de fauteuils was er plaats voor iedereen. En omdat niemand hem wegstuurde, ging Versavel eveneens zitten. Hij had best trek in koffie.

'Ik denk dat het tijd wordt dat we alle beschikbare informatie bundelen.'

Van In nam het woord en het deed hem deugd dat Beheyt daar spontaan mee instemde. Deze keer bracht hij uitgebreid verslag over de gebeurtenissen van zondag tot nu. Daarbij liet hij bewust een paar details weg, zoals de geruchten over de oude Degroof en de druk die hij uitoefende om het onderzoek te laten begraven. Het ontging hem niet dat Degroof af en toe goedkeurend in zijn richting knikte. Hij bedacht zich dat de oude vos wellicht een gok had gewaagd. Door bij de procureur en De Kee aan te dringen dat Van In dit onderzoek moest leiden, beperkte hij de kansen op uitbreiding van een schandaal.

'Merkwaardig,' zei Beheyt toen Van In was uitgepraat. 'Op het eerste gezicht moet ik commissaris Van In bijtreden als hij beweert dat we hier met een persoonlijke vete te maken hebben. De eisen van de daders wijzen op wraak en geenszins op materieel gewin.'

Kapitein D'Hondt zat te koken omdat Van In de door hem verschafte informatie niet behandelde. Hannelore overwoog of zij gewag zou maken van wat ze vrijdag had ontdekt. Maar Van In had hun uitstap naar Loppem ook niet vermeld en ze veronderstelde dat hij daar een gegronde reden voor had.

Op dat ogenblik kwam Charlotte aanzeulen met een houten dienblad met koffie, koekjes en een fles Otard. Ze was ruim twintig minuten in de keuken gebleven. Hannelore zag aan haar ogen dat ze had geweend.

Toen iedereen van koffie en cognac was voorzien, nam Beheyt het woord.

'Dat vierkant van de tempeliers wijst hoogstwaarschijnlijk op een op hol geslagen romanticus. De stijl en de woordkeus van de fax doen me veronderstellen dat de opsteller van het bericht een hogere opleiding heeft genoten. Volgens mij is hij niet van de jongste, en dat klopt met wat ik zoëven heb gehoord. Verder treft me de combinatie van een oude en een jonge man die samenwerken. Me dunkt dat als een oude man wraak neemt hij dat doet omwille van iets dat lang geleden gebeurd is en dat de jongeman misschien wel de aanleiding is voor zijn actie.'

Kapitein D'Hondt maakte driftig aantekeningen. Er viel opnieuw een beklemmende stilte.

'Wat mij is opgevallen,' zei Charlotte helemaal onverwacht, 'is dat de jongste dader oogdruppels gebruikte terwijl hij bij mijn schoonbroer de juwelen wegbracht. Dat hebt u me toch vanmiddag verteld, nietwaar commissaris?'

Ze was oogarts en het leek logisch dat ze aan dergelijke details aandacht besteedde.

'Bovendien is hij buitengewoon groot. Op dat punt zijn alle getuigen het met elkaar eens.'

Iedereen keek verrast in haar richting.

'Dat hebt u heel goed onthouden, mevrouw,' zei Van In op een manier waarop een onderwijzer zijn beste leerling een pluim geeft. Ze begreep dat hij haar niet wilde kwetsen door te vragen wat die twee dingen met elkaar te maken hebben.

'Ja,' lachte ze zwakjes, 'het klinkt misschien onzinnig, maar als ik me niet vergis bestaat er een zeldzame oogaandoening waarbij die twee dingen samengaan.'

'Is dat zo, Charlotte?'

Ludovic Degroof ging op de rand van zijn fauteuil zitten.

'Komt die aandoening veel voor?' wilde Van In weten. Hij kon haar moeilijk blijven negeren.

'Ik denk het niet,' zei Charlotte terwijl ze in de diepste spelonken van haar geheugen op zoek was naar de naam van de ziekte. 'Het is in ieder geval een syndroom. Het syndroom van...'

Ze liep in gedachten systematisch de letters van het alfabet af, op zoek naar de juiste prikkel om zich de naam weer te herinneren. Ze lieten haar een tijdje nadenken.

'Let maar niet op mij,' zei ze toen ze merkte dat iedereen was stilgevallen. 'Gaan jullie alsjeblieft verder. Het schiet me straks wel te binnen en waarschijnlijk is het toch volstrekt onbelangrijk.'

'Ik vind dat we het voorbeeld van mevrouw Delahaye moeten volgen en ons geheugen pijnigen. We beschikken nauwelijks over een aanknopingspunt, zodat iedere aanwijzing van pas kan komen,' zei Beheyt ernstig.

Hannelore keek dwingend naar Van In, maar diens lippen bleven verzegeld.

'De daders verplaatsen zich vermoedelijk in een donkere Mercedes stationcar. Is daar voldoende aandacht aan besteed?'

'Hebt u er enig idee van hoeveel Mercedes stationcars er in België rondtoeren?' zuchtte Van In. Hij zei het op een ongelukkige manier en voelde onmiddellijk de priemende blik van Charlotte.

'Maar u hebt gelijk,' herpakte hij zich. 'Ik geloof dat kapitein D'Hondt zich daar mee bezighoudt.'

D'Hondt plaatste zijn kopje behoedzaam op een van de bijzettafels om te vermijden dat iedereen zou zien dat zijn hand trilde.

'Die informatie,' zei hij met ingehouden stem, 'heb ik net uit de mond van commissaris Van In vernomen. Tot dusver heeft de rijkswacht geen inzage gekregen in de rapporten en PV's in verband met de zaak Ghislain Degroof. En in tegenstelling tot die zaak, beschikken we in déze aangelegenheid nog over geen enkele getuige. Het is absoluut niet zeker dat de jongen met een Mercedes werd ontvoerd. Maar het kan geen kwaad dat we dit gegeven aan het signalement toevoegen,' zei hij met enige stemverheffing.

'De kapitein heeft volkomen gelijk.' Van In schepte er een duivels genoegen in om te slaan en te zalven. 'Vergeten we ook niet dat de daders op dit ogenblik op een veilige plek zitten af te wachten. De wagen waarmee ze de jongen ontvoerd hebben zal zeker niet voor de deur geparkeerd staan.'

Buiten was het beginnen regenen. De reportagewagens van BRTN en VTM werden gebufferd door de bescheiden Renault Espace van een lokale televisiezender. Een uur geleden was er ook een ploeg van Tros-Aktua gearriveerd.

Eén ding was zeker: als de eisen van de ontvoerders bekend werden gemaakt, zou de Bisschopsdreef te klein zijn. Een ontvoering was sowieso al een buitenkans, maar een ontvoering waarbij als losprijs het verbranden van een miljoenencollectie schilderijen werd geëist, zou zelfs CNN halen.

Versavel had het gros van de politiemannen naar huis gestuurd en de twee resterende agenten met dienst zochten de beschutting op van hun combi. Het handvol nieuwsgierigen dat overbleef respecteerde immers braaf de dranghekken, en voor de pers was er voorlopig geen nieuws te garen. De schaarse kijklustigen passeerden en wezen naar de verlichte ramen van de bungalow.

Niemand lette op de magere jongeman die voorbijslenterde en even voor de bungalow halt hield. Noch de politiemensen noch de reporters die in groepjes stonden te overleggen, bemerkten zijn spottende glimlach. Daniel Verhaeghe genoot van de spanning. Hij voelde de adrenaline pompen door zijn broze aorta. Het tarten van de dood, waarmee hij was bevriend geraakt, bracht hem in extase.

Vijf minuten voor hij op antenne ging vond een journalist de envelop, die met tape aan het portier van de witte BRTN-Mercedes was bevestigd.

Halverwege het journaal rinkelde de telefoon bij de familie Delahaye. Kapitein D'Hondt was als eerste bij het toestel en schakelde de Nagra-bandopnemer in voor hij de hoorn opnam. Charlotte sloot in bange afwachting de ogen en haar man bleef als versteend zitten, terwijl de rest in een kring om D'Hondt stond mee te luisteren.

Van In zag hoe de adamsappel van de rijkswachtkapitein op en neer wipte. Ze hoefden niet te wachten op het einde van het gesprek, want de stem van de procureur klonk zo luid dat ze hem woord voor woord konden verstaan.

'Wat heeft dat te betekenen, D'Hondt? Welke klootzak heeft de pers ingelicht en waarom heeft Van In me niet gebeld? Is hij daar?'

D'Hondt overhandigde hem de hoorn met een gemene glimlach. Van In kon hem dat niet kwalijk nemen. Het was zijn schuld. Hij was compleet vergeten Lootens op te bellen toen ze de fax met de eisen van de ontvoerders hadden ontvangen.

'Goedenavond, mijnheer de procureur.'

'Hebben jullie het nieuws niet gezien op BRTN,' schreeuwde Lootens.

Hannelore rende naar de salon en zette de televisie aan. Ze hoorden de nieuwslezer nog net zeggen: '... het losgeld zou bestaan uit het in het openbaar verbranden van vijfentwintig waardevolle schilderijen uit de collectie van Patrick Delahaye, de vader van het slachtoffer. Tot zover de hoofdpunten van dit journaal.'

Lootens bleef maar doorrazen. Gelukkig werd Van In gered door Degroof die hem te verstaan gaf dat hij Lootens wel zou kalmeren.

'Mijnheer de procureur, ik geef u even mijnheer Ludovic door.'

Van In pakte de mobilofoon en sloeg alarm. Vijf minuten later stond heel West-Vlaanderen in rep en roer, terwijl in Brugge de grootste mensenjacht uit de geschiedenis van de Breydelstad werd ingezet.

Tien minuten later sloot de rijkswacht alle uitvalswegen hermetisch af.

Nog voor de eerste patrouille uitrukte, zat Daniel Verhaeghe al veilig in het Park Hotel op het Zand, amper vijftig meter van het politiecommissariaat. De blauwe zwaailichten van tientallen wegscheurende politiewagens gaven aan zijn kamer de allure van een discotheek.

Dit is de laatste plaats waar ze zullen zoeken, had Laurent gezegd. Niemand verdenkt een gehandicapte en niemand zoekt de dader naast de deur. Daniel gaf de rolstoel waarmee hij tien minuten geleden het hotel was binnengereden een zetje en ging voor het raam staan.

De reporter had de envelop met het bericht dat hij net live de ether had ingestuurd nog vast, toen Van In op hem afstormde. De andere journalisten vormden een beschermend kordon rond de kleine verslaggever.

'Hoe kom je in godsnaam aan die informatie?' brieste Van In. 'Waarom heb je ons niet verwittigd?'

'Niemand mocht erdoor, politiebevel,' antwoordde de journalist gevat. Zelfs de Nederlandse reporters konden moeilijk de lach bedwingen.

'De envelop hing vastgekleefd aan het portier van de reportagewagen.'

'Hoelang geleden is dat gebeurd? Wie is hier voorbijgekomen? Heeft iemand van jullie iets gemerkt?'

Van In vuurde zijn vragen af als raketten uit een stalinorgel.

'Die twee hebben blijkbaar ook niets gezien.'

Een van de Nederlandse journalisten wees naar de twee

agenten die uit de combi stapten en totaal onwetend in hun richting liepen. Nu werd er pas echt hard gelachen.

Van In dacht dat zijn hoofd uiteenspatte. Maar hij besefte net op tijd dat hij zich hopeloos belachelijk maakte als hij hier een rel ontketende.

Een alert cameraman van VTM maakte aanstalten om het tafereel in beeld te brengen, wat Versavel net op tijd verhinderde. Zij massieve hand omklemde de lens en met de andere hand duwde hij de tegenstribbelende cameraman aan de kant.

'Ik kan gemakkelijk je arm breken en later verklaren dat het een ongeluk was,' siste hij. Van zijn gezicht was geen spoor van woede af te lezen. Hij glimlachte zelfs. Versavel was de ster van de wekelijkse powertraining. Hij nam de arm van de tengere cameraman nu met beide handen beet precies zoals iemand een stuk hout vastpakt.

'Oké, heren. Even jullie aandacht alsjeblieft.'

Van In probeerde de adrenaline-toevoer af te stoppen. Inlichtingen waren nu belangrijker dan bekvechten.

'Is hier het laatste uur een oude man of een opgeschoten kerel in de buurt geweest?'

'Wat zegt ie?' vroeg een van de Nederlanders aan zijn buurman.

'Of er hier een oude man of een grote kerel is gesignaleerd,' antwoordde die lijzig.

'Een half uur geleden stond daar toch een kerel van een meter of twee naar het huis te staren? Hij heeft een paar minuten staan lanterfanten en is dan doorgelopen. Heb jij die ook niet gezien, Rien?'

Rien trok een zee van rimpels in zijn voorhoofd en prutste nadenkend aan zijn oorlelletje.

'Nee, niet gezien. Maar als jij hem hebt gezien, zal dat wel kloppen.'

De twee Nederlanders stonden op het punt een oeverloze discussie op te starten.

'Je hebt dus niemand bij de reportagewagen van de BRTN gezien,' onderbrak Van In hen ongeduldig.

'Ik zat net een kop koffie te drinken,' zei hij op een toon van wat-verwacht-je-nu-nog-meer.

'Mijn collega komt straks langs om je verklaring te noteren,' zei Van In toen hij begreep dat de Nederlander hem niets meer kon vertellen. 'In ieder geval bedankt.'

'Graag gedaan. Doei.'

Als de Nederlander de tijd correct had ingeschat, dan kon de lange slungel nog niet ver uit de buurt zijn. Van In holde op een sukkeldrafje naar de bungalow en overlegde met D'Hondt. Die had over de radio de bevestiging gekregen dat alle wegen in een straal van dertig kilometer rond Brugge hermetisch waren afgesloten. Iedere auto werd aan een grondige controle onderworpen.

'Als hij geen wagen heeft, moet hij in de stad zitten,' zei Van In. 'Iedere beschikbare man is ingezet. Als hij ergens ronddoolt moeten we hem vinden.'

'Tenzij hij een onderduikadres heeft,' opperde D'Hondt.

'Lef heeft ie in ieder geval,' zei Hannelore.

'Het ergste is dat we verdomme hier onze tijd zitten te verprutsen,' sakkerde Van In. 'Indien we een spoor hadden, één spoor maar!'

Beheyt was rustig in de salon gebleven. In een hoekig handschrift vulde hij de profielschets van de daders aan. De drang van een van de ontvoerders om op de plaats van de misdaad te blijven rondhangen, bezorgde hem hoofdbrekens.

'Die kerel is bijzonder roekeloos, als je het mij vraagt,' zei Beheyt toen Van In bij hem kwam zitten en een flinke slok van de cognac nam.

'Als we ervan uitgaan dat er slechts twee ontvoerders zijn, moeten we ook aannemen dat Bertrand door de oude man alleen wordt vastgehouden,' zei Beheyt. 'Ze moeten wel heel zelfverzekerd zijn om zoiets te riskeren. Vooral omdat de aanwezigheid van de jongste dader hier in Brugge totaal nutteloos is.'

'Niets is toevallig of nutteloos in deze zaak. Dat lijkt alleen maar zo,' zei Van In toonloos. 'En eerlijk gezegd vrees ik niet zozeer voor het leven van de jongen. De ontvoering op zichzelf is niet het doel dat ze beogen.'

'Hebt u vermoedens in die richting, commissaris?'

'Misschien,' zei Van In. Hij kon zichzelf wel vervloeken om zijn loslippigheid. 'Maar dat bespreken we later nog wel.'

'Ik veronderstel dat u zich realiseert dat we hier in teamverband werken, commissaris,' zei Beheyt scherp.

'Natuurlijk, professor. Maar besteed alstublieft niet te veel aandacht aan de hersenspinsels van een oververmoeide politieman.'

Beheyt milderde zijn blik ten teken dat hij het excuus accepteerde. In zijn binnenste slaakte Van In een zucht van verlichting.

'Hoi, professor, nog een kop koffie?'

Hannelore kwam precies op tijd. Van In kon haar wel omhelzen.

'Graag,' zei Beheyt. 'Ik vervolledig ondertussen de profielschetsen. Die kunnen we dan morgen doornemen, als we allemaal wat frisser zijn.'

'Volgens kapitein D'Hondt zijn er op dit ogenblik bijna vijfhonderd politiemensen gemobiliseerd en volgens de laatste rapporten lijkt Brugge op een belegerde stad. Ik vraag me af of ze hem zullen vinden,' zei ze opgewekt.

'Dat betwijfel ik,' zei Van In. Hij schonk zich een borrel in en stak zijn eerste sigaret op. Het viel hem plots op dat Deleu er niet meer was. Tijdens de drukte had niemand erop gelet dat hij naar het politiebureau was teruggekeerd.

Van In pijnigde zijn hersens in de hoop tenminste iets te kunnen ondernemen. Net toen hij zijn tweede sigaret wou opsteken, schoot hem iets te binnen. Hij sprong op en liep naar D'Hondt die bij de telefoon stond. Hannelore volgde hem op de voet.

'Ik zou graag de dispatching van De Lijn spreken,' zei hij.

D'Hondt stelde geen vragen. Via de radio verzocht hij de naam van de gewestelijke directeur van De Lijn uit te vissen en hem ASAP het telefoonnummer door te geven. Van de rijkswacht mag je een zekere arrogantie verwachten, maar die houding doet nooit afbreuk aan hun professionele kwaliteiten.

Drie minuten later beschikte Van In over de gevraagde informatie. Toen D'Hondt de man aan de telefoon kreeg sprak hij bondig en met een overtuigingskracht die Van In hem een beetje benijdde. Binnen de vijf minuten kreeg hij de naam en het nummer van de dispatching.

Marc Ballegeer kende vrijwel alle namen van zijn chauffeurs uit het hoofd en wist meteen dat Michel Devos op de lijn Brugge-Kortrijk had gereden.

'Hij heeft toch niets mispeuterd?' vroeg Ballegeer bezorgd. Devos was een prima collega met wie hij bijzonder goed kon opschieten.

'Absoluut niet,' verzekerde D'Hondt. 'Maar we hebben wel dringend een paar inlichtingen van hem nodig.'

'Gelukkig maar,' zuchtte Ballegeer.

Michel Devos herinnerde zich de lange jongeman die omstreeks halfvier in Oostkamp was opgestapt maar al te goed.

D'Hondt noteerde de gegevens die Devos in hoog tempo uitbraakte in een soort zelf uitgevonden steno.

Hij mat minstens twee meter, stootte zij hoofd aan de bovenkant van het accordeonportier, sprak Brugs als iemand die al lang niet meer in Brugge woont, was heel mager, droeg een bril met dikke glazen, afgebleekte jeans en een groenachtig T-shirt met daarboven een loshangend jeansjasje. Devos had hem in het oog gehouden door zijn achteruitkijkspiegel. Er zat toch niemand in de bus. Net voor hij aan het station uitstapte, had hij druppels in zijn ogen gedaan.

D'Hondt bedankte de attente chauffeur en vroeg of hij morgen om negen uur die verklaring in de rijkswachtkazerne kon overdoen.

'Ik regel alles wel met mijnheer Ballegeer,' hoorde Van In hem nog zeggen toen hij de hoorn neerlegde.

'Niet slecht, commissaris,' zei D'Hondt. 'Daar had ik zelf moeten opkomen. De fiets van Bertrand werd in Oostkamp gevonden en je ging ervan uit dat onze man daar niet over een voertuig beschikte. Heel knap.'

Terwijl D'Hondt de accurate persoonsbeschrijving over de radio verspreidde liep Van In naar de keuken. Drie paar ogen keken hem vol verwachting aan.

'Goed nieuws?' vroeg Delahaye hoopvol. Hij was nog slechts de schaduw van de man die Van In zeven uur geleden had ontmoet.

Van In bracht hen op de hoogte maar drukte hen eveneens op het hart dat ze geen valse hoop mochten koesteren.

'Het enige wat we nu zeker weten is dat de jongste dader op dit ogenblik ergens in Brugge zit. Met een beetje geluk moeten we hem voor maandag kunnen opsporen. Ik zal mijn mannen opdracht geven te blijven zoeken, maar ik vrees dat wij hier vandaag niet veel meer kunnen doen.'

De oude Degroof wou protesteren, maar zijn dochter legde haar hand op zijn schouder.

'Mijnheer Van In heeft gelijk, papa. Het lijkt me beter dat we met zijn allen wat proberen te rusten.'

Charlotte was een sterke vrouw. Ze had het slechte nieuws verwerkt. Net als haar vader was ze zeer praktisch ingesteld.

'Er blijft de hele nacht een patrouille voor de deur staan en iemand van de rijkswacht houdt de wacht bij de telefoon.'

Van In sprak met Beheyt en D'Hondt af op het politiebureau, om zeven uur precies. Alleen als er voor die tijd meer nieuws was zou hij hen opbellen.

Het verwonderde hem dat er niemand bezwaar maakte.

Maar waarom zouden ze ook? Niemand had enige ervaring met ontvoeringen. Beheyt werd als expert geraadpleegd, maar had uiteindelijk maar één keer onderhandeld. En zoals de kaarten nu lagen, zou er niet veel te onderhandelen vallen. Het strakke tijdschema en de bizarre eis om de schilderijen te vernietigen maakten de zaak nog ongewoner.

Van In wist uit de literatuur die hij over het onderwerp had geraadpleegd dat de meeste ontvoeringszaken via de overdracht van het losgeld werden opgelost en daar zou hier geen sprake van zijn.

Ze waren bijgevolg allemaal even onervaren.

'Krijg ik een lift van u, mevrouw?' vroeg Van In toe ze buiten waren.

'Tot uw dienst, Holmes,' zei ze laconiek.

14

'Waarom heb je niets verteld over Aurelie?' vroeg Hannelore toen Van In thuis twee Duvels inschonk.

Hij trok een verongelijkt gezicht.

'Ik dacht dat jij anders ook nog iets te melden had. Maar nee, mevrouw moest vrijdag per se persoonlijk een belangrijke tip natrekken.'

Hannelore voelde dat ze bloosde.

'Ik kon niet anders, Pieter. Ze drong erop aan dat ik alleen zou komen.'

'En ik moet dat geloven.'

'Je gelooft maar wat je wilt geloven.'

'Nu ja,' suste Van In. 'Zo erg is het ook weer niet.'

Hij trok de schuifdeuren open en stak zijn neus buiten.

'Het regent niet meer. We kunnen even goed nog wat buiten zitten. Dan kan je me rustig alles vertellen.'

Hannelore was te moe om te bekvechten en bovendien geloofde ze niet dat hij haar echt had willen kwetsen.

'Vooruit dan maar. Veel slapen zit er toch niet meer in.'

Van In nam een keukenhanddoek mee en wreef twee stoelen droog.

'Van der Eyck belde me donderdagavond op,' zei ze toen ze aan de tuintafel zaten. 'Hij was het die me op het idee bracht.'

'Welk idee?'

'Om contact op te nemen met Nathalie Degroof. Van der Eyck wist dat ze op haar zeventiende van huis was weggelopen.'

'Dat wist hij zomaar.'
'Sorry, Pieter. Ik kan je maar beter alles vertellen. Laat me beginnen bij het begin. Heb je soms een sigaret te veel?'
Van In schoof haar zijn pakje en aansteker toe.
'Wil je er ook een?'
Van In schudde het hoofd.
'Ik probeer wat te minderen. Soms krijg ik pijn in mijn borst als ik de trap oploop en ik heb een hekel aan ziekenhuizen.'
Hannelore nam een stevige trek van haar sigaret, inhaleerde diep en blies een onzichtbare rookwolk uit.
'Van der Eyck zoekt al maanden naar een schandaal waarmee hij een kopstuk van de CVP onderuit kan halen vlak voor de verkiezingen. In Italië is het verleden jaar gelukt bij de gemeenteraadsverkiezingen, dus waarom in België niet, zo redeneert hij. En zoals we weten is dit ook al door de actualiteit achterhaald. De wentelwieken van Agusta hebben de PS onthoofd en als men nog dieper gaat graven, blijven er straks geen PS-mandatarissen meer over.'
'De nieuwe Ancia aan het woord,' spotte Van In.
'Lach niet, Pieter Van In,' snoof ze. 'Geef me de naam van een politiekorps dat niet corrupt is en ik...'
'Ja,' zei Van In gretig. 'En dan liefst voor mij alleen.'
'Mannen toch! Jullie denken altijd aan hetzelfde.'
'Sorry, maar jij gaf duidelijk aanleiding.'
'Dat zeggen ze allemaal,' protesteerde ze.
'Ik zal je niet meer onderbreken, Hannelore, ik heb geen zin in een feministische discussie.'
'Waar was ik gebleven?'
'Bij Van der Eyck en zijn speurtocht naar een schandaal.'
'Die man is gefascineerd door macht. Hij zou zijn linkeroog opofferen voor de burgemeestersjerp,' ging Hannelore verder. 'Ik heb hem leren kennen op een nieuwjaarsreceptie. Ik was advocaat zonder werk en als pas afgestudeerde arbeidersdochter vol vuur om de weegschaal van

Justitia wat beter in balans te krijgen. Ik had een paar glazen schuimwijn op en we kletsten wat. Na een kwartier liet hij doorschemeren dat hij eventueel iets voor me kon ritselen.'

'En dat mannetje gaat op zoek naar een schandaal bij de tegenpartij,' zei Van In sarcastisch, maar hij meende niet wat hij zei. Voor hij tot adjunct-commissaris was benoemd, had hij ook een paar karweitjes moeten opknappen.

'Drie maanden later belde Van der Eyck me op. Er zou eerlang een nieuwe substituut aangesteld worden. Het was de beurt aan de VLD om een kandidaat naar voor te schuiven en ik was het beu kruiswoordraadsels op te lossen.'

'Niemand is perfect,' zei Van In filosofisch.

Hij schopte zijn schoenen uit en smeet zijn benen op een stoel.

'Dat komt ervan als een mens een dagje ouder wordt.'

Hij trok zijn rechtersok naar beneden en begon zijn pijnlijke voet te masseren.

'Je vraagt je waarschijnlijk af waarom ik jou die dingen toevertrouw.'

Van In was blij dat hij met zijn voet bezig was. Op die manier hoefde hij haar niet in de ogen te kijken.

'Toen ik je verleden zondag voor het eerst ontmoette, voelde ik een... hoe zal ik zeggen...'

'Een verwantschap?'

'Precies,' zei ze opgelucht. 'Jij ook misschien?'

'Zo zou je het kunnen noemen,' gromde hij tussen zijn tanden.

'Wat ik wou zeggen...'

Ze aarzelde en pikte een sigaret. Van In wachtte gespannen. Hij kon zijn oren haast niet geloven.

'Ik mag je wel, Pieter Van In. En denk nu maar niet dat ik dat tegen iedere man zeg.'

'Gelukkig maar,' zei Van In onhandig.

'Kom, laat mij die verrekte voet even onder handen nemen.' Ze trok haar stoel dichterbij en legde zijn opgezwollen voet in haar schoot.

'Op de rechtbank werken valt niet mee, hoor. De mannen willen je alleen maar versieren en als dat niet lukt spuwen ze je uit.'

'Wauw! Dat doet deugd,' kreunde Van In. 'Je kunt er wat van, zeg.'

'Geleerd tijdens mijn studententijd. Ik moest toch iets uitrichten om mijn studies te betalen.'

'Je bedoelt toch niet dat...'

Hij sprong bijna overeind. Hannelore schoot in de lach.

'Rustig maar. Ik werkte in een heel chique tent, vlakbij een fitnesscentrum. De meeste klanten waren sportlui en ik droeg altijd een lange broek, zo'n soort van verpleegstersuniform.'

'Doorschijnende blouse? Au, dat doet pijn, verdomme!' schreeuwde hij toen ze met beide duimen keihard op de zwelling drukte.

'Dat zal je leren, jaloers beest.'

Van In voelde hoe de vermoeidheid plaats maakte voor tintelende zaligheid. Hij dacht aan Sonja en de kriebels die hij al die jaren had gemist.

'Het is niet evident dat een politieman aanpapt met het Openbaar Ministerie,' zei hij plotseling half ernstig.

'Dan houden we dat toch lekker geheim.'

'Ja, geheimhouding, spannend! Waarom heb ik daar zelf niet aan gedacht?'

Hij nam een slok van het bier. Nooit tevoren had een Duvel hem zo goed gesmaakt.

'Maar voor we romantisch worden, heb ik nog altijd een verhaaltje van je te goed.'

Ze staakte abrupt de voetmassage.

'Benson im Himmel, dat was ik bijna vergeten,' meesmuilde ze.

'Ogenblikje, juffrouw, maar met een zere voet kan ik niet goed luisteren.'

Hannelore pakte zijn voet stevig vast en hervatte vlijtig de massage.

'Mannen!'

Van In luisterde aandachtig naar Hannelore die het gesprek met Nathalie vrij accuraat reconstrueerde.

'De smerige bok,' snoof hij, toen ze uitgepraat was. 'Maar eigenlijk weten we nog altijd niet met zekerheid of het ene iets met het andere te maken heeft. Daarom vond ik het ook beter om vanavond niet over Aurelie te praten. Trouwens, in de meeste van die families zit iets scheef. Daarom trekken ze altijd van die prachtige façades op. Daarachter kunnen ze hun vuiligheid wegstoppen.'

'Wat ben je nu van plan?'

Ze aaide zijn voet met de ene hand en met de andere hield ze haar glas vast. Van In zou niet protesteren zolang zijn voet op haar schoot mocht rusten.

'Ik denk dat ik Ludovic Degroof botweg met de feiten ga confronteren. Onder vier ogen welteverstaan.'

Hannelore beet op haar lip.

'Begrijp me niet verkeerd. Het lijkt me veiliger dat Degroof in de waan verkeert dat er maar één persoon over die informatie beschikt. In zijn ogen ben ik toch maar een onbenullig politieagentje. Als hij iets loslaat tijdens een gesprek, weet hij drommels goed dat die verklaring nooit rechtsgeldig tegen hem gebruikt kan worden.'

Ze knikte opgelucht.

'Als er een getuige bijzit lost hij gegarandeerd niets, zeker niet als die getuige toevallig een substituut is.'

'Klinkt logisch. Maar waarom denk je dat er een verband bestaat tussen de incestueuze verhouding van Degroof en de ontvoering van zijn kleinzoon?'

'Er zijn een paar dingen die me blijven dwarszitten. Die absurde overval bij zijn zoon Ghislain zat me van in het begin al niet lekker. Daarom opperde ik dat de hele operatie misschien wel tegen de familie Degroof was opgezet en niet tegen Ghislain Degroof persoonlijk. Als de daders geen gekken zijn, kan het motief voor een dergelijke daad alleen maar wraak zijn. Maar wraak waarvoor? Ik dacht eerst dat de sleutel in de Latijnse boodschap verborgen zat, maar ik betwijfel sterk dat we iets achter die tekst moeten zoeken.'

'Een bewust uitgezet dwaalspoor.'

'Ja en neen. Met die tekst kun je alle kanten uit. Ik denk eerder dat het zogezegde vierkant van de tempeliers als een handtekening was bedoeld.'

'Een handtekening die alleen de oude Degroof kon begrijpen. Wil je daarmee zeggen dat hij de daders kent?'

'Ik denk het wel,' zei Van In. 'Ook om die reden hield ik mijn mond. De procureur zou me niet geloofd hebben en D'Hondt en Beheyt evenmin. Ik kan me voorstellen dat jij er ook moeite mee hebt.'

'Moeite wel,' grinnikte ze. 'Niemand belet je echter om mij te overtuigen. Maar als Degroof de daders kent, waarom houdt hij dan in 's hemelsnaam zijn mond? Ze hebben zijn kleinzoon gekidnapt en dreigen hem te vermoorden.'

'Misschien denkt hij dat alles in orde komt als ze de losprijs betalen, of beter gezegd verbranden. Ik weet het echt niet. Volgens mij willen de daders de oude Degroof treffen en passen ze daarvoor dezelfde tactiek toe als Van der Eyck. Ik denk dat het louter toeval is dat beide zaken elkaar kruisen. Het is trouwens door de manipulaties van jouw beschermheer dat ik op dat idee ben gekomen.'

'Maar als ze over bezwarende feiten beschikken kunnen ze toch zo naar de pers stappen?'

'Dat dacht ik ook. Ik heb de kwestie eergisteren nog met Leo besproken. Waarom stapt Van der Eyck dan ook niet gewoon naar de pers? Nee, wat ze doen is perfect logisch. De wereld stikt van de schandalen. We krijgen ze dagelijks geserveerd en we vergeten ze even vlug. Je moet dus het publiek opwarmen. Het oplossen van het goud vestigde de aandacht van de mensen op de naam Degroof. De ontvoering, nog geen week later, zal de wereldpers halen. Hun timing is grandioos: binnen de week presenteren ze de soep, het voorgerecht en de hoofdschotel. De pers zal smeken om een follow-up.'

'Net wat Van der Eyck plande. Als iemand dán de vuile was buiten hangt wordt Degroof genadeloos afgemaakt.'

'Daarom dacht ik dat Van der Eyck ook in het komplot zat of minstens op de hoogte was van wat er zou gebeuren.'

'Maar dan had hij ons niet nodig gehad, dat zei ik je toch al,' zei Hannelore. 'Van der Eyck boft gewoon dat iemand anders de kastanjes uit het vuur haalt. Ik geloof dat je moe wordt, Pieter.'

'Kan zijn,' gaf Van In toe. 'Maar er is nog meer. Ik durf er mijn hand voor in het vuur steken dat de daders een medeplichtige binnen de familie hebben.'

'Je zegt maar. Ik kan er alvast geen touw meer aan vastknopen. Misschien slaan we de bal wel helemaal mis.'

'Ja,' zei Van In. 'Het wordt stilaan tijd dat we eens over iets anders praten.'

'Vind ik ook,' zei ze. 'Je zou me bijvoorbeeld dat prachtige huis van jou kunnen laten zien.'

'Probeer nu toch te slapen, lieve. Piekeren lost niets op. Dat weet je best.'

'Slaap jij dan,' antwoordde Patrick Delahaye korzelig.

'Wil je dat ik wat melk opwarm?' Charlotte steunde op haar elleboog en tastte naar het knopje van de nachtlamp.

'Hij vergoedt de schilderijen toch. Waarom maak je je dan nog langer zorgen? Over vijf jaar kan je al pronken met je nieuwe collectie.'

'Daar gaat het toch niet om,' kniesde hij. 'Waarom vragen die kerels geen geld? Wat hebben ze er in godsnaam aan dat ik de doeken in brand steek? Ze hebben ons trouwens geen enkele garantie gegeven dat...'

'Hou daar mee op,' onderbrak Charlotte hem nijdig. 'Ik wil niets horen over uitstel of andere vertragingsmanoeuvres. Denk verdomme aan je zoon.'

Patrick Delahaye knipperde met de ogen toen ze ook nog de staande lamp aanstak. Hij wreef misprijzend over zijn stoppelbaard. Hij had zich vanavond niet geschoren, hoewel hij dat anders altijd deed voor het slapengaan.

'Neem me niet kwalijk, Lot. Je hebt gelijk. Wat stom van me om een andere mogelijkheid te overwegen. Maar ik vind het afschuwelijk dat ze me dwingen om het zelf te doen.'

Van op de rand van het bed wierp Charlotte hem een kushandje toe. Ze droeg enkel een oud T-shirt, een gewoonte uit haar studententijd.

'Doe er voor mij maar een scheut whisky in,' riep hij haar na.

Het T-shirt was door de ontelbare wasbeurten flink gekrompen en toen ze de deur uitliep, voelde hij plotseling de behoefte om straks heel dicht tegen haar aan te kruipen. Het was maanden geleden dat hij nog op haar billen had gelet. Misschien kalmeerde dat zijn zenuwen. Vroeger hielp het in ieder geval uitstekend.

Charlotte vulde een pannetje met melk. De inductiekookplaat reageerde meteen. Een magnetron kwam er bij hen niet in. Ze haatte die dingen. In de barkast vond ze nog een restant Teacher Highland Cream. Ze kwakte een flinke maat in een grote, met bloemetjes gedecoreerde kop. Ze herinnerde zich dat ze nog een beetje marsepein over had van een portie die ze de week voordien voor een goed doel had gekocht. De suiker zou haar deugd doen, want sinds gistermiddag had ze niets meer gegeten.

Patrick dronk met gulzige teugen van zijn grog. Er zat zoveel whisky in dat de kokende melk er grotendeels door afgekoeld was. Charlotte blies voorzichtig in haar kop en knabbelde aan een stukje marsepein.

'Ook een stukje?'

Ze zat met gekruiste benen op het bed met haar gezicht naar hem toegekeerd.

'Wat eet jij nu midden in de nacht?'

'Marsepein. Ik heb honger, jij niet?'

'Nee, laat maar.'

'Wacht even. Marsepein! Het schiet me plotseling te binnen. Daarom kon ik niet slapen.'

'Wat?' vroeg hij.

'Marsepein. Het syndroom van Marsan. Een van de ontvoerders... Op die manier kunnen ze hem opsporen. Die dingen worden geregistreerd,' hakkelde ze onsamenhangend.

'Waar héb je het over?' vroeg hij verwonderd. Er was hem bijna niets bijgebleven van de gesprekken van gisteren.

'De lange slungel, een van de ontvoerders, de jongeman die in Oostkamp de bus naar Brugge nam en de eis tot losgeld aan de pers heeft doorgespeeld.'

'Sorry, maar ik vrees dat ik je niet kan volgen.'

De sterke drank op zijn lege maag werkte verrassend snel.

'Twee getuigen beschrijven hem als buitenmaats groot. Hij draagt een bril met dikke glazen en pompt voortdurend druppels in zijn ogen. Het zou perfect kunnen. Voor zoiets moet hij behandeld worden. Misschien heeft hij al een paar operaties achter de rug. Bovendien is het syndroom van Marsan, voor zover ik het me herinner, een uiterst zeldzame aandoening. Dat moet toch op te sporen zijn,' gilde ze euforisch.

'Ik dacht nochtans dat jij een fervent tegenstander was van artsen die een diagnose stellen zonder de patiënt ooit gezien te hebben,' merkte Patrick sceptisch op.

'Maar het is een kans, een waterkans, een lot uit de loterij. Het kan me niet schelen. Ik bel Van In op.'

'Nu nog, om halfdrie?'

'Als ze de daders oppakken, hoef jij je kostbare schilderijen niet in de fik te steken,' zei ze nijdig.

Van In en Hannelore zaten beneden op de koer aan de Reie. Hij had eerst wat over zijn scheiding gebabbeld en toonde haar nadien het huis.

Vooral de voutekamer beviel Hannelore mateloos. Ze moest toegeven dat Van In – of was het zijn ex-vrouw – over een goede smaak beschikte.

'Na de scheiding heeft Sonja alle meubelen meegenomen. Anders kon ik het huis niet houden.'

Hij heeft dus smaak, dacht ze.

'De open haard heb ik zelf gemetseld.'

Hannelore voelde er zich heel goed thuis. In tegenstelling met de rest van het huis was de voutekamer bijzonder netjes.

'Prachtige kast,' zei Hannelore, naar een zacht glanzende antieke commode wijzend. 'Gekocht?'

'Ja, van een gescheiden stel dat het niet eens werd over de verdeling van de inboedel.'

'Oh, ironie,' lachte ze.

'Pas op voor het trapje,' waarschuwde Van In toen ze naar de salon liepen. Hannelore liet zich in een van de fauteuils vallen. Ze zakte er bijna compleet in weg.

'Gecapitonneerd schuimrubber,' legde hij uit.

'Duur?'

'Nogal. Ik kan het niet laten. Ik ben verslaafd aan mooie dingen.'

Tegen de zoldering hingen twee piepkleine Bose-luidsprekers.

'Waar zit de rest?'

Van In wees naar de kast.

'Straks leg ik de *Carmina Burana* voor je op.'

Ze worstelde zich uit de Ligne Roset en liep naar de andere kant van de kamer. De hele muur recht tegenover de muziekkast werd ingenomen door een massief beukehouten boekenrek. Ze liet haar vinger over de ruggen glijden.

'Kunstminnend en intellectueel ook nog,' zei ze een tikkeltje spottend. 'Eco, Dante, Ruusbroec, Jung – wat doe jij eigenlijk bij de politie?'

'Niet overdrijven. Je verwart ons met rijkswachters. Zíj zijn het die niet kunnen lezen of schrijven.'

Ze lachten allebei om zijn versleten grap en Van In besefte nu pas hoe ontspannen hij zich voelde in haar gezelschap.

'Kom, laten we de rondleiding afmaken.'

Hij vermeed opzettelijk de slaapkamer, zij vroeg er ook niet naar, en leidde haar naar de eetkamer annex keuken.

'Sorry voor de rotzooi. Maar je weet hoe dat gaat bij vrijgezellen.'

'Zal mij een zorg wezen,' zei ze. 'Ik woon trouwens zelf alleen. Je zou mijn keuken eens moeten zien.'

Ze stond nu voor de grote spiegel op de schoorsteenmantel. Ze ging in profiel staan en bekeek zichzelf precies op dezelfde manier als Van In dat placht te doen.

'Jeetje, een ontwerp van Martens.'

'Ken je die?' vroeg Van In verrast.

'Toevallig ben ik verleden week naar een tentoonstelling van Martens geweest en ik had net genoeg geld bij om me een klein toiletspiegeltje aan te schaffen.'

'Ja,' mopperde hij. 'Je zou eens moeten weten hoeveel ik bij de banken in het rood sta.'

'Kan haast niet anders of ik zou moeten aannemen dat je corrupt bent.'

'Was dat maar waar.'

Hij nam haar bij de hand.

'Een gevaarlijke trap,' gaf hij als excuus.

Via een uitspringend trappenhuis gingen ze naar beneden.

'Wat schattig, die ovale vensters. Zijn ze origineel?'

'Alles is hier origineel. Wacht maar tot je de kelder hebt gezien.'

De trap kwam uit naast de kelder. Een andere deur leidde naar de koer.

‘Staan we hier onder de voutekamer?’ vroeg Hannelore terwijl ze naar het witgekalkte tongewelf keek. ‘Lijkt me vijftiende-eeuws, of niet?’

‘Dat is het waarschijnlijk ook. De Vette Vispoort dateert van 1434. Aan de ene kant staan vijf godshuisjes uit die tijd en aan de linkerkant staat mijn huis.’

‘Je kan dit toch bezwaarlijk een godshuis noemen,’ zei ze verontwaardigd.

‘Zeer zeker niet,’ haastte Van In zich. ‘Niemand weet met zekerheid waarom dit huis hier bij die godshuizen werd gebouwd. Wellicht was het pand bestemd voor een vishandelaar.’

‘Lijkt me logisch als het straatje Vette Vispoort heet,’ zei ze.

‘Maak dat een historicus maar wijs. Die kerels trekken nooit een voor de hand liggende conclusie. Die hebben bewijzen nodig.’

‘Net als wij,’ grijnsde ze.

Vanuit de kelder kwamen ze via een deur op de koer terecht. Die koer was niet meer dan een lange, smalle strook tussen de kaaimuur van de Reie en een hoge, blinde muur.

De stilte van de zomernacht, de met sterren gestipte hemel en het zachte kabbelen van de Reie maakten van de kale plek een idyllisch oord. Hannelore wou dat het nooit meer morgen werd.

‘Ik wist niet dat de Reie hierlangs stroomde. Alles klopt dus toch. Waar water is, vindt men ook vissers.’

‘Niet echt. Het lijkt erg onwaarschijnlijk dat hier veel vis werd gevangen. Ik denk dat de vis eerder via de Reie werd aangevoerd. Dit stuk valt trouwens precies samen met de oude omwalling van 1127 en op die manier...’

Het eerste belgerinkel van de telefoon deed hen allebei verstijven.

‘Gelukkig dat we nog wakker zijn,’ grapte ze. Maar Van In sloeg geen acht op haar opmerking en rende naar boven. Ze volgde hem op de voet.

‘Alle ziekenhuizen opbellen?’ hoorde ze hem vragen toen ze in de salon kwam.

Voor hij kon zeggen: weet je hoeveel ziekenhuizen er zijn in België, zei Charlotte: ‘Je kunt beginnen met de universitaire ziekenhuizen en als dat niet lukt kunnen we nog altijd de algemene ziekenhuizen contacteren.’

‘In de veronderstelling dat de jongste dader inderdaad aan het syndroom van Marchand lijdt,’ antwoordde Van In met een zekere scepsis.

‘Marsan, met een s,’ corrigeerde ze.

Van In besefte dat hij haar verzoek niet openlijk naast zich neer kon leggen.

‘Om zeven uur zet ik mijn mannen aan het werk. Desnoods roepen we via Binnenlandse Zaken de hulp in van de politiekorpsen uit de regio van de ziekenhuizen. Ja, we mogen inderdaad geen enkele kans onbenut laten. Zal ik doen,’ zei hij tot besluit. ‘En probeer zelf ook nog een paar uur te slapen. We hebben morgen, ik bedoel straks, nog heel wat werk voor de boeg.’

Hannelore keek hem vragend aan toen hij de hoorn neerlegde.

‘Het wordt pas echt lastig als de ouders ook voor detective gaan spelen,’ zuchtte hij.

Hij bracht haar in enkele woorden op de hoogte.

‘Denk je dat er iets inzit?’

Van In haalde de schouders op.

‘Het stikt in dit land van grote kerels met een bril op.’

Bertrand Delahaye ontwaakte met een bonzend hoofd. In de opwinding had Laurent hem een veel te grote dosis toegediend.

Het eerste wat hij door het onooglijke dakvenster zag, was een blekende sterrenhemel. Hij lag op een bed en het was zijn bed niet, dacht hij angstig. Het was zelfs zijn kamer niet.

Bertrand wilde opspringen, maar een loodzware loomheid overviel hem. Hij hoorde iets rinkelen. Het leek alsof hij aan de matras vastgezogen was. Hij ondernam drie pogingen voor hij met veel moeite kon opstaan. Hij zette een paar wankele passen maar werd plotseling door een onzichtbare hand gestuit. Zijn arm zat vast aan iets en zijn pols deed pijn. Hij voelde zich hulpeloos en wist niet goed of hij terug naar het bed zou lopen of blijven staan.

Iets belette hem om na te denken alhoewel hij evenmin in paniek raakte. Hij besefte vaag dat er iets ergs met hem was gebeurd, maar het kon hem niet veel schelen.

De ketting zat stevig vastgeklonken in de muur. Hij rukte er een paar keer aan, maar kreeg last van een barstende hoofdpijn. Gelaten ging hij op de rand van het bed zitten.

Zijn ogen geraakten gewoon aan de duisternis en met toegeknepen oogleden tuurde hij in het rond. De kamer was leeg, op het bed na. De binnenmuren waren van hout en op de vloer lag een rechthoekig kleed. Toen hij weer opstond en om het bed heen liep stootte hij zich aan een chemisch toilet. Zijn ouders hadden er ook een voor het kamperen. Daarom herkende hij het ding onmiddellijk. Zijn hoofd tolde.

Hij moest weer gaan zitten. Hij registreerde alles zonder na te denken. Hij had geen benul van de tijd en bleef lusteloos voor zich uit staren. Een streepje licht onder de deur trok plotseling zijn aandacht. Aan de andere kant slofte iemand de gang af. Bertrand hoorde de sleutel in het slot omdraaien. Vreemd genoeg was hij niet bang.

'Ik breng je wat koekjes en limonade, jongen,' zei Laurent zacht toen hij binnenkwam. 'Je moet hier een paar dagen blijven, maar wees gerust. Je ouders zijn op de hoogte gebracht.'

Laurent plaatste de fles en de koekjes op de grond net binnen het bereik van Bertrand.

'Je hoeft niet bang te zijn. Jou overkomt heus niets.'

‘Wil je dan wat licht maken,’ zei Bertrand. ‘Het is hier zo donker.’

Laurent tastte naar de schakelaar. Alhoewel het licht afkomstig was van een kaal peertje van amper veertig watt, knipperde hij met de ogen.

Bertrand stond op en schuifelde naar de limonade en de koekjes. De kale, oude man zag er ongevaarlijk uit.

‘Als je wilt kunnen we een spelletje dammen of schaken spelen,’ stelde Laurent voor. ‘Tenzij je nog wat wilt slapen.’

Bertrand keek op van het vreemde voorstel. Het bracht hem in de war.

‘Jullie hebben me ontvoerd. Jij zat in de politiewagen. Ik herken je.’

Terwijl hij dat zei, griste hij vlug de koekjes en de limonade weg. Daarna verschanste hij zich op het bed.

Laurent verroerde geen vin en keek goedkeurend toe hoe Bertrand de koekjes verslond en haastig met limonade doorspoelde.

Terwijl hij at verminderde het bonken in zijn hoofd. De laatste dosis Haldol raakte uitgewerkt. De eerste emotie die de kop opstak was woede, blinde woede.

‘Ik wil hier weg,’ schreeuwde hij. ‘Je hebt het recht niet om mij hier op te sluiten.’

Hij pakte de fles beet en stak die dreigend in de lucht.

‘Het is de enige fles limonade die ik heb,’ zei Laurent rustig. ‘Als je die stuk gooit, moet je de hele dag water drinken.’

‘Waarom heb je dan niet meer flessen gekocht?’ riep Bertrand woedend. Hij liet de fles zakken. Er zat trouwens een Frans etiket op en hij smaakte veel lekkerder dan de limonade thuis.

‘Ik heb ook nog chocolade,’ zei Laurent. ‘Als je nog honger hebt, haal ik er wat voor je.’

Bertrand zette de fles op de grond, heel dicht bij het bed. De vriendelijke houding van de oude man irriteerde hem. Was dit nu een ontvoering?

'Is het Côte d'Or?' vroeg hij op een aanmatigend toontje.

'Toevallig wel,' glimlachte de oude man. 'Wacht, ik ben zo terug.'

Terwijl Laurent naar de keuken liep, controleerde Bertrand de handboei. Rond zijn pols was een strook mousse getapet en pas daarboven zat de boei. De ketting was een meter of twee lang en eindigde in een smeedijzeren ring die stevig in de muur was gemetseld. De buitenmuur was in tegenstelling tot de andere wanden van steen. De ring en de ketting konden ongetwijfeld het geweld van een stier bedwingen.

Toen de oude man terugkwam had hij niet alleen chocolade bij. Onder zijn arm hield hij een schaakbord geklemd.

'Ik heb het schaakbord toch maar meegebracht,' zei hij haast verontschuldigend.

'Hoe weet jij dat ik kan schaken?' vroeg Bertrand achterdochtig.

Laurent haalde zijn schouders op.

'Zomaar,' zei hij. 'Maar als je niet wilt spelen, ga ik hoor.'

Als Bertrand op het aanbod inging, zat hij tenminste niet meer alleen. Maar als hij weigerde zou de oude opstappen en dan kon hij proberen de mousse onder zijn handboei los te prutsen en het ding over zijn pols te wringen. De oude man zag er niet sterk uit. Eenmaal los gaf Bertrand zichzelf een goede kans hem te verrassen en uit te breken.

Bertrand controleerde stiekem de handboei. Laurent liet hem begaan. Hij wist dat de jongen nooit zou losraken.

'Je weet zeker dat ik over twee dagen weer thuis ben?' vroeg Bertrand aarzelend.

'Heel zeker, jongen.'

'Vooruit dan, maar ik speel met wit.'

'Geen probleem, jongen. Heb je er bezwaar tegen dat ik naast je kom zitten, anders moet ik nog een tafel en een krukje halen en die zijn hier bijzonder kloek gemaakt. Ik heb een beetje last van mijn rug.'

Laurent had zich bijna een breuk getild toen hij Bertrand uit de Transit had gesleept.

Bertrand nam het schaakbord en de stukken aan. Laurent liet zich op het bed neerzinken. Het gewricht in zijn rechterknie kraakte als een dorre tak.

15

Toen Van In die zondagmorgen om vijf over zeven de trap opstormde, zaten Beheyt, D'Hondt en Hannelore al op hem te wachten. Hoewel Hannelore niet langer had geslapen dan hij zag ze er behoorlijk monter uit.

'Goeiemorgen,' zei hij opgewekt.

Beheyt keek nauwelijks op. Hij had voor hem op de tafel een dikke bundel papieren liggen, waarin hij zenuwachtig grasduinde. D'Hondt stond bij het raam en beantwoordde Van Ins groet met een ondefinieerbaar gebaar.

'Prachtige dag, is het niet commissaris?' zei Hannelore opgeruimd.

'Is er al nieuws over de exacte plaats waar de jongen ontvoerd is?' opperde Van In toen verder niemand zijn mond bleek open te doen.

'Ergens in de buurt van het Boudewijnpark. Dat veronderstellen we toch. Een paar van zijn vrienden hebben hem rond halftwee nog op de rolschaatsbaan gezien,' zei Beheyt zonder zijn hoofd op te richten. 'Er is nog geen enkele reactie op de oproep die we via de radio hebben verspreid. BRTN en VTM hebben beloofd vanmorgen om acht uur een extra journaal in te lassen.'

'Misschien levert dat iets op,' zei D'Hondt koel.

Een verdieping hoger had De Kee de districtscommandant van de rijkswacht aan de lijn. Die was niet te spreken over adjunct-commissaris Van In en de stuntelige manier waarop hij het onderzoek leidde.

De Kee aanhoorde geduldig de argumenten van de verbolgen rijkswachtcommandant. Iedereen wist toch dat de rijkswacht over veel meer ervaring en know-how beschikte en dat zware misdrijven zoals ontvoering altijd aan de rijkswacht en de gerechtelijke politie werden toevertrouwd.

Toen de man na een paar minuten uitgeraasd was, probeerde De Kee hem te kalmeren.

'Ik vrees dat dit op een hoger echelon beslist is, Jacques,' zei hij zoetsappig. 'Procureur Lootens heeft de taskforce gisteren persoonlijk benoemd. Het is de procureur zelf die Van In met de leiding heeft belast. En misschien kan het u troosten dat hij zelfs geen onderzoeksrechter heeft aangesteld.'

'Dat verbaast me niet,' mopperde de districtscommandant. 'Iedereen weet toch dat het niet botert tussen Lootens en onderzoeksrechter Creytens.'

De Kee grinnikte. Roddelen over magistraten is een geliefkoosd tijdverdrijf van officieren van politie.

'Ik kan u alleen maar adviseren contact op te nemen met procureur Lootens. Hij brengt de dag in Knokke door heb ik vernomen. Maar niemand verbiedt u om naar hier te komen. Om acht uur evalueren we samen de situatie en u bent van harte welkom.'

Met een vals glimlachje legde De Kee de hoorn op de haak. De zoemer ging onmiddellijk weer over.

'Mijnheer de burgemeester, blij dat u opbelt.'

De Kee leunde achterover in zijn stoel en genoot van de eerste warme zonnestralen van de dag.

Van In kreeg de indruk dat hij voor de stoelen aan het praten was.

'Ik hoorde net van brigadier Versavel dat niemand in de omgeving van het Boudewijnpark iets verdachts heeft opgemerkt. Als mijn informatie correct is, heeft de rijkswacht bijna vierhonderd personen uit de buurt verhoord.'

D'Hondt schikte zenuwachtig zijn das en bevrijdde zijn adamsappel van een knellende boord.

'De verhoren gaan onverminderd door,' zei hij. 'Iemand moet toch iets gezien hebben.'

'Als we aannemen dat de jongen daar is ontvoerd,' merkte Hannelore nuchter op. 'En de fiets?'

'Mijnheer Vanmaele heeft de fiets tot de laatste schroef uiteengehaald. Het resultaat is nihil. We weten alleen met zekerheid dat het om de fiets van de jongen gaat. En we hebben de mensen uit de buurt ondervraagd,' voegde D'Hondt er moedeloos aan toe. 'Ik veronderstel dat de klopjacht op de jonge dader ook niet veel heeft opgeleverd,' zei hij smalend.

'Dat heb ik u gisteren proberen uit te leggen, kapitein.'

Van In was moe en erg prikkelbaar.

'De daders nemen op het eerste gezicht ongelooflijke risico's. En als we aannemen dat ze niet door een magische kracht beschermd worden, moeten we onder ogen durven zien dat ze de operatie heel zorgvuldig hebben voorbereid. De lange wapper zit op een veilige schuilplaats, geloof me maar. Hier steekt een niet te onderschatten brein achter.'

'Daar kan ik u in bijtreden.'

Beheyt schoot plotseling wakker.

'Volgens het profiel dat ik heb opgesteld, onder andere op basis van de twee faxen, heeft de oudste dader heel zeker universitair onderwijs genoten. Volgens mij is hij ingenieur of wiskundige. Het zou me niet verwonderen dat hij gespecialiseerd is in kansberekening of statistiek. Ik denk ook dat we iemand zoeken die al jaren teruggetrokken op het platteland leeft. Het zou me verbazen indien de man tot geweld in staat is.'

Van In knikte goedkeurend. D'Hondt begreep niet goed waar Beheyt die wijsheid vandaan haalde.

'Ik ben helemaal geen waarzegger,' zei Beheyt. 'De methode om een daderprofiel op te stellen is uit Amerika overgewaaid en het FBI richt om het jaar een cursus in voor buitenlandse politiediensten. Ik kom er net vandaan en ik moet toegeven dat ik eerst even verwonderd was als jullie.'

'In hoeverre is zo'n profiel betrouwbaar?' wilde Van In weten.

'In een heleboel gevallen zijn de algemene lijnen verbluffend accuraat, alhoewel we natuurlijk moeten rekening houden met de aard van de Amerikanen. Europeanen zijn misschien een tikkeltje minder voorspelbaar.'

'Wat doet je bijvoorbeeld besluiten dat de oudste dader een wiskundige of zelfs een statisticus is?' vroeg Hannelore. 'Want als dat zou kloppen en we gaan ervan uit dat de man ouder is dan zeventig jaar, hoeven we maar een paar universiteiten op te bellen. Ik kan me niet voorstellen dat er in de jaren veertig veel mensen in die richting zijn afgestudeerd.'

'Dat lijkt me beslist de moeite waard, juffrouw,' zei Beheyt. 'Maar om uw vraag te beantwoorden. De hele methodiek van zowel de overval op de juwelier als de ontvoering wijst erop dat de zogezegde risico's die de daders nemen in feite stuk voor stuk weloverwogen stappen zijn. Indien dat niet zo was, dan zouden ze volgens de wetten van de waarschijnlijkheid al minstens een of meer blunders hebben gemaakt. Neem de overval bij de juwelier. Ze pleegden het delict voor middernacht en in een hel verlichte ruimte. Ze moeten bijgevolg geweten hebben dat iemand hen zou zien.'

Beheyt rommelde in zijn paperassen en haalde er een paar vellen tussenuit.

'Het Nederlands echtpaar en de andere getuige beschrijven de oude man heel verschillend, maar het enige waarover ze het eens zijn is dat de man lang, grijs haar heeft. Nu is het zo dat de meeste mannen boven de zeventig kort haar hebben, kalend of kaal zijn. De grijze haardos is een detail dat te fel in het oog springt. Volgens mij hebben we hier bijna zeker te doen met een vermomming. Hetzelfde kan gezegd worden van de baard van de jongste. Ook daar spreken de getuigen elkaar niet tegen.'

Beheyt keek triomfantelijk om zich heen.

'En zo zijn er een heleboel aanwijzingen. Ik wil commissaris Van In bijgevolg ook feliciteren omdat hij een aantal van die conclusies intuïtief heeft getrokken.'

'Dank u, professor.'

Van In besloot zijn mening over de professor grondig te herzien. Hannelore glunderde en D'Hondt beet warempel op zijn nagels.

'Ik geef mijn mannen onmiddellijk de opdracht om de universiteiten te bellen,' zei Van In enthousiast.

'En als hij op het platteland woont, kunnen we misschien uitzoeken welke afgelegen woningen de laatste weken voor een korte periode werden verhuurd,' zei D'Hondt die ook wilde tonen dat hij nog meetelde.

'De professor zei dat hij al geruime tijd op het platteland woont. Als hij de jongen in zijn eigen woning vasthoudt, is het haast onmogelijk om die plek te lokaliseren als we niet achter de identiteit van de dader komen,' zei Van In op een nogal arrogante toon. 'Bovendien zit hij daar alleen met die knaap. Waarschijnlijk komt hij de eerstvolgende dagen zelfs niet buiten. Als het huis er bewoond uitziet, zal niemand argwaan koesteren.'

'Niemand weet of de bende niet uit meer leden bestaat.'

D'Hondt was zenuwachtig en zenuwachtige mensen zeggen gauw domme dingen.

'Uitgesloten,' zei Beheyt formeel en daarmee was deze discussie afgelopen.

Het was nu de beurt aan Van In om hen in te lichten over de hypothese van Charlotte Degroof.

'Versavel en zijn mannen zijn de universitaire ziekenhuizen aan het afbellen. Een team van vijf man neemt de andere grote ziekenhuizen voor zijn rekening.'

'Hoelang weet u dat reeds?' snoof D'Hondt.

'Sinds vannacht, kapitein.'

'En daar komt u nu mee voor de dag. De afspraak was dat we elkaar onmiddellijk zouden contacteren als er zich een nieuwe ontwikkeling voordeed.'

'Ik ga eerst een paar kopieën maken,' zei Beheyt. Hij had geen zin om in een woordenwisseling verstrikt te raken.

Hij ervoer de situatie als bijzonder frustrerend. Als deskundige kon hij niet veel meer doen dan een hypothetisch profiel van de daders opstellen en afwachten. Misschien was hij zelfs een beetje te hard van stapel gelopen met zijn conclusies. Er zouden geen onderhandelingen meer volgen met de daders. Zijn taak zat er bijgevolg zo goed als op. De rest lag in de handen van de speurders.

Als hij moest kiezen tussen de onorthodoxe Van In en de trotse rijkswachtkapitein, koos hij beslist voor de eerste.

'Ga je de ouders nog opzoeken vandaag?' vroeg Hannelore die voelde dat D'Hondt op springen stond en op die manier de spanning wilde breken. D'Hondt begreep de hint en trok zich mokkend terug.

'Deleu zit daar momenteel,' voegde ze eraan toe.

'Dan zal dat wel moeten,' grijnsde Van In. 'De arme drommels hebben het al zwaar genoeg.'

Beheyt kruiste Versavel op de gang. De brigadier rende hem haast omver.

'We hebben net een tip binnengekregen,' riep hij nog voor de deur helemaal open was.

Versavel wees naar de telefoon. 'We hebben een mogelijke getuige van de ontvoering aan de lijn. Je kan hier ook opnemen.'

Van In liep naar zijn bureau en nam de hoorn op.

De getuige vertelde zijn verhaal voor de tweede maal in minder dan een kwartier.

Gisteren omstreeks 14 uur reed hij op de ringlaan ter hoogte van de molens. Een paar honderd meter voor de verkeerslichten stond een Ford Transit van de rijkswacht op het fietspad geparkeerd. Hij was trager gaan rijden omdat hij dacht dat er een snelheidscontrole aan de gang was. Tot zijn verbazing had hij gezien hoe een rijkswachter met een ruk de oranje strip die normaal dwars over de wagen loopt, lostrok en verfrommelde. Pas toen had hij gemerkt dat het voertuig niet voorzien was van een zwaailicht. Evenmin had hij het logo van de rijkswacht en het noodnummer 101 op de zijkant van de Transit gezien. Omdat dit vreemde gedoe hem intrigeerde was hij in zijn achteruitkijkspiegel blijven kijken.

De auto was vertrokken en hij had gezien hoe in de bestuurderscabine een oude man in burger zat. Net voorbij de verkeerslichten was de Ford Transit hem gepasseerd.

'Droeg de rijkswachter een bril?' vroeg Van In.

'Ja.'

'En hij was opvallend groot van gestalte,' herhaalde Van In toen de getuige hem een vrij goede beschrijving gaf van Daniel Verhaeghe. Beheyt zou straks tevreden zijn, want de vermeende rijkswachter had geen baard.

Op het kenteken van de wagen had de getuige niet gelet. Hij was echter wel formeel toen Van In vroeg of er nog iemand in de Transit zat.

'Nee, alleen de oude man en de rijkswachter,' zei hij overtuigd.

Van In bedankte de man en wendde zich tot de anderen.

'Nu weten we tenminste hoe en waar ze het geflikt hebben.'

'Als dit voorval iets met de ontvoering te maken heeft.'

Van In had veel zin om D'Hondt een lel op zijn raap te geven. Waarom was dat ventje zo tegendraads?

'Dat kunt u in een minimum van tijd verifiëren, kapitein,' reageerde Van In giftig. 'Of is het normaal dat bonafide rijkswachtpatrouilles aan hun voertuig prutsen als ze dienst hebben?'

'Luister eens, Van In,' siste D'Hondt. 'Ik vind persoonlijk dat u deze zaak op een hoogst onprofessionele manier aanpakt. Maar goed, daar valt mee te leven. Wat ik niet hoef te slikken zijn beledigingen aan het adres van ons korps.'

'Beledigingen,' snoof Van In. 'Iedereen weet toch dat je meer stront nodig hebt om een rijkswachter te boetseren dan om een politieagent te maken.'

D'Hondt klemde zijn kaken stijf op elkaar. Hannelore verwachtte dat hij ieder ogenblik vlam zou vatten. Zijn hoofd was bloedrood.

'Heren, heren, een beetje respect alstublieft,' klonk het vanuit de deuropening.

De Kee droeg een ruim zittend gestreept pak. Hij leek zo uit *The Untouchables* te zijn weggelopen.

'We hebben helaas andere katten te geselen.'

Van In keek naar Hannelore en toen zij een steelse blik wierp naar De Kee kon hij een glimlach niet bedwingen. D'Hondt onderwierp zich met een stugge hoofdknik.

'Dat is al stukken beter,' zei De Kee opgetogen.

Beheyt kwam weer binnen met een stapel fotokopieën onder zijn arm en vroeg opgewekt: 'Gaat de vergadering hier door?'

'Waarom ook niet,' zei De Kee. 'De procureur laat zich verontschuldigen en kolonel Verriest had hier al moeten zijn.'

Van In zuchtte. Hij haatte vergaderingen. Volgens hem was alles gezegd wat er te zeggen viel.

'Laten we dan hier aan tafel gaan zitten,' stelde hij lusteloos voor.

Gelukkig verliep het gesprek zonder incidenten. D'Hondt hield zich wijselijk op de vlakte. Van In bracht nogmaals verslag uit over de gebeurtenissen van de afgelopen week, dit op uitdrukkelijk verzoek van De Kee. Daarna stelde hij voor een signalement van Wapper vrij te geven aan de pers.

'Wapper' werd ondertussen door iedereen als roepnaam voor de jongste dader aanvaard.

'We kunnen er met redelijke zekerheid van uitgaan dat hij morgen bij het spektakel aanwezig zal zijn,' besloot Van In.

Iedereen leek het daarmee eens en Van In was blij dat het vervelendste gedeelte van de dag achter de rug was.

'Uitstekend,' beaamde Beheyt. 'Maar laat me toe nog één opmerking te maken. De jongeman waarvoor commissaris Van In de toepasselijke naam "Wapper" heeft bedacht, is volgens mij depressief en bijzonder onevenwichtig. Men zou haast kunnen denken dat de oudere medeplichtige de ontvoering heeft opgezet als een soort van levende cinema om de genaamde Wapper te behagen.'

De Kee woelde door zijn haar en D'Hondt keek de professor meewarig aan. Alleen Van In keek verrast.

'Wie weet, professor Beheyt. In deze zaak is alles mogelijk. Maar zelfs als we Wapper vóór morgen oppakken zal dat waarschijnlijk niets aan de eisen van de ontvoerders veranderen.'

'Ik laat in ieder geval de Ford Transit natrekken,' zei D'Hondt beslist. De koppige rijkswachtkapitein begreep nog altijd niet dat een traditionele aanpak van de zaak weinig effect zou sorteren.

Van In had geen zin meer om hem dat nog eens uit te leggen. Hij wenste iedereen een goedemorgen en ging naar de deur.

In de gang liep hij Versavel tegen het lijf.

'Nog geen nieuws van de universitaire ziekenhuizen?' vroeg hij terloops.

'Het is zondag en als we al een arts aan de lijn krijgen, schermt die met het beroepsgeheim. Ze willen alleen meewerken als we hen een naam kunnen bezorgen.'

'En de gewone ziekenhuizen?'

Versavel schudde het hoofd.

'Denk je waarlijk dat dit aarde aan de dijk brengt?'

'Waarschijnlijk niet, Guido, maar blijf in ieder geval proberen en vergeet niet alles op papier te zetten.'

Versavel knikte vol begrip. Hij wist uit ervaring dat iedere politieman zich met bergen papier omringde als een zaak dreigde mis te lopen.

'Wat ga je nu doen?'

'De ouders opzoeken. Er valt nog een heleboel te regelen in verband met de verbranding en ik wil de oude Degroof nog eens aan de tand voelen,' zei Van In met een geheimzinnig glimlachje. 'Bovendien zitten ze daar met Deleu op hun dak.'

'Alsof ze nog geen problemen genoeg hebben,' lachte Versavel.

'Nog iets, Guido.' Van In draaide zich om. 'Wil jij D'Hondt onder je hoede nemen? Zeg maar dat hij morgen verantwoordelijk is voor de ordehandhaving op het Zand.'

'Oké, baas, komt dik voor mekaar.'

Van In stak zijn hand omhoog en liep verder.

'Hé, commissaris. Je vergeet iemand,' hoorde hij Versavel roepen.

Gehinderd door een strakke minirok kwam ze met kleine pasjes aangehold.

'Heb ik van mijn leven! Commissaris Van In wil alleen op pad,' sakkerde Hannelore. 'Kon je waarlijk geen momentje wachten? Of bevalt mijn gezelschap je soms niet?'

'Geheimhouding,' fluisterde hij met een wijsvinger op zijn lippen. 'We hadden toch afgesproken om in het openbaar gewoon te doen,' grinnikte hij.

'Ik volg je beroepshalve,' snoof ze. 'Meer moet daar niet achter gezocht worden.'

'Goed zo, dan zijn we weg. Straks komt D'Hondt op hetzelfde idee.'

In de Bisschopsdreef moest Van In de hulp van een agent op de motor inroepen om de weg vrij te maken. Zoals hij had voorspeld, krioelde de chique buurt van reportagewagens, schotelantennes, cameraploegen en fotografen. Er was ook een talrijk publiek.

De buren waren op slag wereldberoemd geworden, want veel meer dan hun getuigenissen was er op dit ogenblik niet te melden. Patrick en Charlotte Delahaye hadden op advies van professor Beheyt besloten de pers niet te woord te staan.

Toen Van In en Hannelore eindelijk voor de bungalow konden uitstappen, werden ze onmiddellijk bestormd door een horde persmuskieten.

'Straks bieden ze je nog een contract aan,' plaagde Van In. 'Je bent net zo knap als onderzoeksrechter Ancia.'

'Net zo knap,' hoonde ze. 'Dat meen je niet. Bovendien heeft beroepsernst niets met uiterlijk te maken. Mevrouw Ancia werkt aan haar carrière, net als ik!' snoof ze.

Ze drumden zich door het bos van camera's en donsmicrofoons. Eenmaal achter de dranghekken haalde Van In opgelucht adem. Hij beklaagde de beroemdheden die dergelijke hectische toestanden iedere dag moesten ondergaan.

'Ik vraag me af wat ons morgen te wachten staat,' zei Hannelore. In tegenstelling tot Van In scheen ze toch een beetje van het circus te genieten.

Charlotte had hen zien aankomen en maakte zelf de voordeur open.

'Kom binnen, commissaris en u ook, mevrouw,' zei ze alsof ze gasten ontving voor een gezellig diner. Ze zag er ingevallen en bleek uit. In haar binnenste woekerden de zenuwen. De slordig aangebrachte make-up kon dat nauwelijks verhullen. Ze acteerde als een zombie.

'Mijn man komt zo. Hij rust nog wat,' zei ze mechanisch.

Het huis baadde in een onpersoonlijke leegte alsof de wanhoop zich materialiseerde. Het designinterieur leek vandaag op een goedkoop afkooksel van een plaatje uit *Schöner Wohnen*.

'Ik vrees dat ik niet veel te melden heb, mevrouw,' zei Van In toen ze binnen waren.

'De ziekenhuizen?' vroeg ze weifelend. Ze had zich aan dit gegeven vastgeklampt als een baby-gorilla aan zijn surrogaatmoeder.

'We bellen iedereen op, mevrouw, maar verwacht daar alstublieft niet te veel van. De smeerlappen geven ons zo weinig tijd dat intensief speurwerk haast onmogelijk is.'

Het had geen zin haar een rad voor de ogen te draaien. Door de gebrekkige coördinatie hadden ze heel wat tijd verloren met het eindeloos herkauwen van de schaarse gegevens.

'Is commissaris Deleu hier nog?' Van In gooide het gesprek opzettelijk over een andere boeg.

'Hij zit samen met papa in de tuin. Ik was net van plan koffie te zetten. Ook een kopje?'

'Graag, mevrouw.'

Van In had medelijden met Charlotte Degroof, maar ook bewondering voor de gratie waarmee ze haar last torste. Het eerste etmaal na een ontvoering, zo had Beheyt hem uitgelegd, werden de ouders in een soort van onwezenlijke roes ondergedompeld. De echte pijn kwam pas veel later. Hij vergeleek die toestand met iemand die per ongeluk zijn vinger afsnijdt. Eerst ziet hij het bloed, dan realiseert hij zich dat hij zijn vinger heeft afgehakt en pas later komt de pijn.

'Er is nog wat Otard over van gisteren,' voegde Charlotte er met een trieste glimlach aan toe.

'Waarom ook niet, mevrouw,' zei Van In opgeruimd.

Toen ze naar het keukengedeelte liep, merkte Van In op dat ze geen bh droeg. Hij vervloekte zichzelf om de vunzige gedachten die oncontroleerbaar in hem opwelden.

'Mevrouw Delahaye!'

'Ja, commissaris?'

'Is uw vader hier al lang?'

'Papa is hier blijven overnachten.'

Er klonk verwondering in haar antwoord en Hannelore vroeg zich ook af waarom Van In dat wilde weten.

De schuifdeuren die uitkwamen op het terras en de binnentuin stonden wagenwijd open. Een zachte bries beroerde de gordijnen. De onmiskenbare geur van vers afgemaaid gras vermengd met benzine dreef naar binnen. Delahaye was er om halfzes vanmorgen voor opgestaan en niemand van de buren had geklaagd over geluidsoverlast.

Toen ze op het terras stonden, trok Patrick Delahaye de schuifdeur van de slaapkamer open. In tegenstelling tot gisteren droeg hij een tot op de draad versleten trainingsbroek en een T-shirt met de opdruk van het bedrijf waarvan hij directeur en aandeelhouder was. Hij was niet geschoren en zijn ogen glommen dof in hun kassen. Hij kwam op blote voeten op hen toe.

Van In drukte zijn slappe hand. De man leek op de rand van een zenuwinstorting te staan. Als straks de beschermende roes over zou gaan, kon hij best de hulp van professor Beheyt inroepen, anders zou de man morgen nooit in staat zijn het losgeld voor zijn zoon te 'betalen'.

De oude Degroof zat op een krukje, de rug kaarsrecht, met onberispelijk gestrikte das.

'Commissaire, madame,' zei hij met een karig hoofdknikje.

Deleu zat ijverig te pennen en nam nauwelijks de moeite hen te begroeten. Van In kon zich niet voorstellen wat hij zo krampachtig zat te noteren.

Hij ging naast Degroof zitten en wreef nadenkend over zijn neus. Hij dacht na over de manier waarop hij het gesprek zou openen. Hij moest voor de zoveelste keer toegeven dat de Brugse politie in dit soort zaken geen ervaring had.

Het publiek denkt altijd dat bij misdrijven een ingenieus systeem in werking treedt. In feuilletons en misdaadfilms laten de daders opvallende sporen na of meldt een kroongetuige zich net op tijd. De realiteit is natuurlijk anders. Het oplossen van de meeste misdaden hangt van toeval af of van minutieus speurwerk dat vaak maanden aansleept.

Van In beschikte over welgeteld achtenveertig uur waarvan bijna de helft was verlopen.

Bij ontvoeringszaken hangt het welslagen van een onderzoek vaak af van een tip uit het milieu zelf. De gebruikte procedure is heel eenvoudig. De politie voert in het wilde weg razzia's uit in de gekende criminele circuits tot iemand het op zijn heupen krijgt en een anoniem telefoontje pleegt. Daar zijn twee redenen voor. De echte criminelen houden niet van ontvoeringen, en razzia's in goktenten en bordelen zijn nadelig voor de handel. Voor hen is geld verdienen belangrijker dan solidariteit.

Maar Van In beschikte over geen enkel gegeven waardoor hij een verband kon aantonen tussen de ontvoering en de georganiseerde misdaad. De daders opereerden alleen. Dat was het enige wat hij zeker wist.

'Zijn de verklaringen van mijnheer en mevrouw klaar?' vroeg hij plotseling op een autoritaire toon. Zelfs Degroof trok even de wenkbrauwen op. Deleu keek hem aan als een hyena die de laatste stuiptrekkingen van zijn prooi afwacht.

'Mag ik ze inzien?' drong Van In aan toen Deleu zijn vraag niet beantwoordde. Hij hield ervan om Deleu voor schut te zetten, maar nu deed hij het alleen maar omdat hij niet wist hoe hij de oude Degroof moest aanpakken.

Hannelore voelde de ogen van Degroof op haar lichaam branden. De zonnestralen vielen schuin in en ze wist dat haar blouse op die manier quasi doorschijnend was.

Deleu gromde een onverstaanbare verwensing en reikte naar zijn dure aktentas die vlakbij op een stoel stond.

'Uw stilzwijgen laat vermoeden dat er geen vooruitgang wordt geboekt,' zei Degroof scherp.

Benson im Himmel, dacht Van In. Hij heeft me door.

Hij nam de bundel van Deleu aan.

'Dat kan ik helaas niet ontkennen, mijnheer Degroof.

Daarom ben ik ook naar hier gekomen. Ik denk dat het verstandig is eerst de kwestie van het losgeld te regelen. Als er voor morgen iets uit de bus komt kunnen we onze plannen nog altijd aanpassen.'

'Goed,' snoof Degroof. 'En wat moet ik me daarbij voorstellen?'

Van In wierp een blik op de eerste regels van het procesverbaal, waaraan Deleu zoals gewoonlijk veel te veel tijd had verknoeid.

'Mevrouw Delahaye komt zo dadelijk. Ik heb liever dat beide ouders aanwezig zijn.'

Degroof reageerde bijna als een duiker op de schok van een sidderaal. Hij kromp ineen. Zelfs Delahaye keek hem ongelovig aan. Zijn schoonvader was niet de man die je zomaar even op zijn plaats zette.

Maar Van In kon niet meer terug. Vannacht had hij een kloek besluit genomen. Als hij gelijk had zou de oude straks een toontje lager zingen. Als hij zich vergiste kon hij overmorgen aan de slag als parkeerwachter.

Terwijl Van In de verklaringen doornam, bleef het ijselijk stil op het terras. De lectuur van Deleu's hoogdravend proza maakte hem niet veel wijzer. Dat had hij ook niet verwacht.

Bertrand ging tijdens de vakantie iedere donderdag en zaterdag schaatsen op de ijspiste van het Boudewijnpark. Tijdens de maand juli moest hij noodgedwongen rolschaatsen omdat de directie het openhouden van een ijsbaan dan te duur vond. Op donderdagnamiddag ging hij met een vriend. Op zaterdagvoormiddag ging hij alleen. Dan was hij omstreeks 14 uur thuis. Af en toe bleef hij wel eens langer weg. Geen van beide ouders had zich bijgevolg zorgen gemaakt. De rest beschreef de gebeurtenissen tussen de ontvangst van de eerste fax en de komst van de politie. Het argument dat Bertrand wel eens een practical joke met zijn ouders uithaalde en misschien zelf de hele zaak had opgezet, werd grotendeels ontkracht door de getuigenis van de automobilist die de gecamoufleerde patrouillewagen signaleerde en daarbij een accurate beschrijving van Wapper gaf.

Bertrand lag op het bed. In de chalet was het om te smoren en hij had zijn T-shirt uitgetrokken. De oude man was een minuut of tien geleden een fles limonade gaan halen. Bertrand begon zich af te vragen waar hij bleef.

Ze hadden drie partijen gespeeld en zijn tegenspeler bleek bijzonder sterk. Hij bekeek de stukken op het bord. Zoals de man nu speelde zou het nog hoogstens vier zetten duren voor hij hem te pakken had en dat vond Bertrand verdacht. Hij had de indruk dat de oude hem opzettelijk liet winnen. Hij probeerde zijn strategie uit. Wat de oude ook deed, hij zou schaakmat staan binnen de vier zetten en dat was te mooi om waar te zijn.

Het schaakbord hield zijn aandacht nog een kwartier vast. Daarna werd hij pas echt ongerust.

Uit pure frustratie trok hij aan de ketting. De beschermende mousse in de handboei begon te irriteren. Door de hitte was zijn pols flink gaan zwellen. Wanhopig gooide hij zich op het bed. Met tranen in de ogen keek hij door het dakvenster naar de voorbijdrijvende wolken.

Hij mocht absoluut niet panikeren. Hij besloot om tot honderd te tellen en daarna zou hij beginnen schreeuwen.

Terwijl hij telde, luisterde hij scherp naar de geluiden in het huis. Misschien was de man in slaap gevallen of had hij geen limonade meer en was hij een paar flessen gaan kopen. Maar waarom had hij dan niets gezegd?

In de verte hoorde Bertrand het moeizaam optrekken van een vrachtwagen. De wind ruiste in de heesters en een paar mussen tsjilpten in de dakgoot. Binnenshuis echter bleef het onnatuurlijk stil: geen sloffende voetstappen, geen krakende scharnieren, geen gekletter van koppen of borden. Bertrand dronk het laatste beetje lauwe limonade uit de fles. Het goedje smaakte nu afschuwelijk. Op 78 gaf hij de brui aan het tellen. Bertrand ging midden in de kamer staan, dichter bij de deur kon hij niet komen, zette zijn handen als een roephoorn voor zijn mond en begon te schreeuwen.

'Hallo, mijnheer, wakker worden, mijn-heer wak-ker worden!' Hij wachtte even en herhaalde zijn kreet met tussenpozen van een halve minuut.

Maar er kwam geen reactie, ook niet na de honderdste keer.

Bertrand was kletsnat van het zweten. Zijn keel was schor en het geroep verzwakte tot een hees gefluister. Trillend van woede liep hij op het bed af en begon aan de ketting te snokken tot hij hijgend voorover viel en zijn hoofd aan de muur bezeerde. Snikkend begroef hij zijn hoofd in het kussen.

Toen hij uitgehuild had, ging hij rechtop zitten. Bertrand had het karakter van zijn moeder. Een probleem is nooit hopeloos, had ze hem vaak voorgehouden. Als je de moed laat zakken, heb je geen enkele kans. Hij probeerde dus nuchter te denken. Hij keek op zijn polshorloge en schrok. Het was pas tien voor negen. Het huis lag waarschijnlijk ver van de bewoonde wereld. Kidnappers kiezen altijd een eenzame plek om hun slachtoffer vast te houden.

Slachtoffer, br... wat een eng woord. Het huis moest ook een heel eind van de openbare weg liggen, anders hadden ze hem wel een prop in de mond gestopt.

Bertrand hield zich taai tot halverwege de voormiddag. Paniek is net als angst een gevoel dat je plotseling overrompelt. Paniek overspoelt je als een vloedgolf en reduceert de standvastige mens tot een wrakkige hoop ellende. De relatieve kalmte waarmee hij de eerste uren van zijn ontvoering had doorstaan, was hoofdzakelijk te wijten aan de Haldol, maar dat wist Bertrand niet. Totaal in de war lag hij op het bed te beven. De oude had hem achtergelaten en wie weet wanneer hij terug kwam. Misschien had hij Bertrand willen straffen voor zijn onbeschoft gedrag. De jongen bedacht de gekste verklaringen.

In de namiddag kreeg hij last van duizelingen. Zijn tong schuurde als een droge lap over zijn gebarsten lippen. De temperatuur in de kamer was ondraaglijk geworden. De mousse onder de handboei veroorzaakte een irriterende jeuk. Ten einde raad probeerde hij de slaap te vatten. Hij begon opnieuw te huilen en prevelde aan één stuk 'mama'.

Charlotte bediende hen zwijgend van koffie. Niemand zei een woord. Ze plaatste de fles Otard bij Van In en ging zitten.

'Als we nu eens foto's lieten maken van de schilderijen,' stelde Deleu voor. 'Het is zelfs mogelijk die op doek te laten afdrukken. Met de originele lijst eromheen ziet niemand het verschil.'

'Geen sprake van,' vloog Charlotte uit. Ze keek woedend in de richting van Deleu en daarna naar Van In alsof ze verwachtte dat hij hem zou terechtwijzen.

'De ontvoerders hebben die mogelijkheid voorzien,' zei Van In. 'Waarom denk je anders dat mijnheer Delahaye een strook verf van de doeken moet krabben?'

Deleu was dom en vreemd genoeg ergerde Van In zich daar vandaag niet aan. Eerlijk gezegd had hij ook even aan de mogelijkheid gedacht.

'Indien we over meer tijd beschikten, hadden we misschien kopieën kunnen laten maken,' zei hij.

Delahaye krabde zenuwachtig aan zijn stoppelbaard. Van In had gelijk. De ontvoerders lieten hen geen enkele keus. Hij had de voorbije nacht lang genoeg over een alternatief gepiekerd.

'Ik vind dat we eerst maar eens de zaken voor morgen moeten regelen,' zei Van In. 'Eén ding wou ik jullie nog voorleggen. Wat doen we als we Wapper oppakken voor de verbranding?'

'Wat bedoel je, commissaris?' vroeg Delahaye die echter zeer goed begreep wat Van In bedoelde.

'Gaan we door of wachten we in dat geval af?'

'In geen geval,' fluisterde Charlotte schor. De woedende blik was nu voor Van In bedoeld.

'Rustig, schat,' suste Delahaye. 'De commissaris is ervan overtuigd dat Bertrand geen haar wordt gekrenkt, zelfs als we de schilderijen niet afstaan.' Hij gebruikte het woord 'afstaan' omdat hij 'verbranden' niet over zijn lippen kreeg.

'Excuseer, mijnheer Delahaye, maar dat heb ik niet op die manier geformuleerd. Ik zei dat er een grote kans bestaat dat ze hun dreigementen niet uitvoeren. Dat is trouwens ook de mening van professor Beheyt. Maar honderd percent zekerheid kunnen we natuurlijk niet geven. De kans bestaat altijd dat ze gaan panikeren.'

'Genoeg! Ik zal niet toelaten dat mijn kleinzoon enig risico loopt,' mengde Degroof zich heftig. Uit de striemende vonken die uit zijn ogen spatten, kon Hannelore opmaken dat hij zijn schoonzoon wel levend kon villen. Eerlijk gezegd begreep ze ook niet veel van de dubieuze houding van Delahaye. Het was toch zijn kind, verdorie!

'Oké.'

Van In sloeg met zijn vlakke hand op het tafelblad.

'Wat er ook gebeurt, de verbranding gaat door, tenzij de jongen voor die tijd in veiligheid is. Is iedereen het daarover eens?'

'Natuurlijk is iedereen het daarover eens,' snauwde Charlotte.

'Goed. Dan gaan we als volgt te werk. Morgenochtend om zeven uur komen vier van mijn mannen de schilderijen ophalen in een gepantserde wagen. Mijnheer Delahaye vergezelt hen. Men verwacht een enorme volkstoeloop op het Zand en we kunnen ons niet permitteren dat hij er niet doorkomt.'

Van In schonk zich een bodem cognac in en stak een sigaret op, de eerste sinds gisteravond.

'Ik veronderstel dat de doeken klaar staan.'

'Ze staan allemaal in de logeerkamer. Dat heb ik vanmorgen gedaan. Ik hoefde ze toch niet in te pakken?'

Het klonk haast komisch uit haar mond. Voor Charlotte was maar een ding van belang: haar zoon terugkrijgen.

Terwijl ze verder de details bespraken rookte Van In nog drie of vier sigaretten. Hannelore hield hem scherp in de gaten. Het was pas toen Degroof opstond en aankondigde dat hij thuis nog een paar dingen moest regelen dat Van In in actie kwam.

'Er rest ons misschien nog één mogelijkheid om de jongen voor morgen vrij te krijgen,' zei hij bruusk. De mond van Delahaye viel open en Charlotte stootte haast haar kopje omver. Deleu die net van plan was om naar het toilet te gaan, bleef als versteend zitten.

'Ik hoop voor u dat dit geen flauwe grap is,' zei Degroof ijzig.

'Helemaal niet, mijnheer Degroof. Het welslagen van mijn opzet hangt zelfs uitsluitend van uw medewerking af.'

Degroof werd bleek rond zijn neus en Van In wist dat hij nu niet meer terug kon.

'Doe niet onnozel, man,' brieste Degroof. 'Natuurlijk verleen ik mijn medewerking, alhoewel ik niet inzie wat ik kan bijdragen. Vraag wat u wilt en beschouw het als toegestaan.'

Van In ledigde zijn glas in een teug.

'In dat geval, mijnheer Degroof, zou ik u graag onder vier ogen spreken.'

Charlotte stond op het punt om in tranen uit te barsten en in de ogen van Delahaye glinsterde een spatje hoop.

'Dat komt dan goed uit,' bitste Degroof. 'Ik bel mijn chauffeur dat hij ons komt ophalen. Dan kunnen we bij mij thuis praten.'

16

De luchtkoeling in de limousine van Degroof werkte perfect. Met de assistentie van een agent op de motorfiets loodste de chauffeur de Mercedes handig door de kriskras geparkeerde voertuigen. Ondanks de koelte bette Degroof zijn voorhoofd met een papieren zakdoek.

Van In wist dat hij gelijk had.

Hij stak ongevraagd een sigaret op en keek door het raam naar buiten. Degroof begreep dat Van In niet wilde dat de chauffeur meeluisterde. Tijdens de korte rit verbruikte hij een half pak zakdoekjes, die hij telkens na een paar seconden verfrommeld op de vloer gooide.

Het huis aan de Spinolarei, een wansmakelijk pand in neorenaissance, zag er aan de buitenkant verwaarloosd uit.

'Is mevrouw thuis?' vroeg Van In toen ze voor de voordeur stonden. Degroof stak de sleutel in het slot en draaide die met een nijdig gebaar om.

'Mijn vrouw heeft met deze zaak niets te maken. Ze is zwaar gehandicapt. Ik zou het bijgevolg bijzonder op prijs stellen als u haar niet lastig valt.'

'Kwam u voor haar naar huis?' In normale omstandigheden had Van In die vraag nooit durven stellen.

Degroof gromde iets tussen zijn tanden dat voor een bevestiging moest doorgaan, maar reageerde geenszins op de onbescheiden nieuwsgierigheid van Van In.

'Kom binnen, commissaire,' was alles wat hij zei.

In de ruime, zwart en wit betegelde hal was het nog een

stuk frisser dan in de geklimatiseerde Mercedes. De hal rook indringend naar muffe kleden, bruine zeep en goedkope soep. Boven de eikehouten lambrizering hingen ovale portretten van deftige heren en wit gepoederde dames.

Een monumentale trap met smeedijzeren leuningen in art deco, leidde naar de eerste verdieping. De twee glas-in-loodramen die uitkwamen op de Spinolarei lieten heel weinig licht door. Tegen de penant torende een Luikse staande klok.

Van In volgde Degroof door een drie meter hoge dubbele deur. De gang daarachter oogde nog somberder. Aan weerskanten zaten drie deuren, symmetrisch verdeeld over de lengte van de gang, die door een versleten loper overlangs doormidden werd gesneden.

In dit akelige huis was het dus allemaal gebeurd, dacht Van In.

Degroof maakte de tweede deur van rechts open en liet hem eerst naar binnen gaan.

'Neemt u maar plaats, commissaire. Ik kom zo bij u.'

De voetstappen van Degroof klonken hol en weerkaatsten in de lange gang. Hij loopt naast de loper, registreerde Van In onwillekeurig.

De salon waar hij zich bevond verschilde waarschijnlijk niet veel van de andere kamers. Ze was ouderwets gemeubileerd en haast even hoog als breed, schatte Van In. Het obligate stucwerk dat in dit soort huizen de plafonds opsmukt, was op vele plaatsen door vocht en schimmel aangetast. Het stonk er nog erger dan in de hal.

Van In liep instinctief naar de schouw, een monsterlijk gedrocht van kitscherige tegels, vervagende bas-reliëfs en bronzen leeuwekoppen. Wat op de schoorsteenmantel stond boeide hem meer. Op de tientallen foto's in krullerige lijsten herkende hij Ghislain in matrozenpak, Charlotte op ski's voor een imposante berghut en een op de vloer uitgestrekte Benedicte tijdens het afleggen van haar eeuwige kloostergeloften.

Tussen de jeugdfoto's van de kinderen ontdekte hij de huwelijksfoto van Degroof. De foto was vergeeld maar nog bijzonder scherp. De jonge barones de Puyenbroucke droeg een eenvoudige jurk en een potsierlijk tulbandhoedje met voile. Ze stonden stijf naast elkaar. Degroof in rok met hoge hoed was duidelijk herkenbaar. Zijn haar was wat dunner geworden en zijn wangen hingen nu als vlezige halve maantjes tot net onder zijn mondhoeken, maar de jaren hadden hem toch met mildheid behandeld. De kaarsrechte houding had hij bewaard, evenals de scherpe kaaklijn en de vurige ogen. Degroof keek recht in de lens. De barones hield het hoofd afgewend, alsof ze een uitweg zocht.

Van In probeerde zich haar voor te stellen zonder het ouderwetse hoedje en in de strakke jurk die Hannelore droeg toen ze hem de eerste keer thuis kwam opzoeken. Elisa de Puyenbroucke was ongetwijfeld een bijzonder knappe vrouw geweest.

'Excuseer dat ik u zo lang heb laten wachten, commissaire. Mijn vrouw is zwaar ziek en ik ben even gaan kijken hoe ze het maakt.'

'En maakt ze het goed?'

Degroof kwam naast hem staan. In zijn eigen vertrouwde omgeving zag hij er vreemd genoeg een stuk hulpelozer uit.

'Haar toestand is de laatste dagen stabiel. Ze weet natuurlijk niets van de ontvoering af.'

'Ja, dat begrijp ik,' zei Van In.

Degroof nam de foto van Benedicte vast en schudde langzaam het hoofd.

'Zoals u ziet heb ik niet veel geluk gehad met mijn kinderen.'

Van In schrok van die spontane openhartigheid.

'Geen geluk gehad?' echode hij vragend.

'Ja, commissaire, al lijkt dat misschien op het eerste gezicht niet evident. Toen we naar hier reden is het me plotseling duidelijk geworden waarom u mij per se onder vier ogen wou spreken. Ik veronderstel dat u de voorbije week een aantal dingen over mij te weten bent gekomen die, laat ons zeggen, het daglicht moeilijk kunnen verdragen.'

Degroof leek helemaal niet gegeneerd om zijn smeerlapperij toe te geven.

'Dat kunt u inderdaad zo stellen,' zei Van In koel.

'Maar vooraleer ik verder ga, wil ik u eerst bedanken voor de discretie die u aan de dag legde. U had iedereen kunnen inlichten maar dat hebt u niet gedaan.'

Van In knikte behoedzaam. Hij was niet van plan de oude te vertellen dat Hannelore Martens evenveel wist als hijzelf.

'Kom.'

Degroof wees met een ouderwets, galant gebaar in de richting van de chesterfields. Uit een moderne barkast met binnenverlichting haalde hij twee kelkglazen en een halfvolle fles Remy Martin.

'Ik heb gemerkt dat u een goed glas weet te appreciëren,' zei hij met een flauwe glimlach. Ze gingen tegenover elkaar zitten en Degroof vulde de glazen royaal.

'U hebt waarschijnlijk met mijn jongste dochter gesproken,' zei hij bedachtzaam.

'Ja,' loog Van In.

'Juist.'

De oude man walste de drank in het grote glas.

'En gelooft u de geruchten die ze rondstrooit?'

'Ik heb ook uw oudste dochter bezocht,' zei Van In ontwijkend.

'Aurelie,' zuchtte Degroof. 'En u denkt waarschijnlijk dat ik haar liet opsluiten omdat ze het kind niet wou laten weghalen.'

'Dat beweert men,' zei Van In. Hij nam een vluchtige slok van de cognac.

'Weet u dat ze zelfs Benedicte in het klooster hebben benaderd met hun vunzige roddels? Twee dagen geleden heeft ze geprobeerd zelfmoord te plegen. Een zuster die zich ongerust maakte omdat ze niet in de kapel verscheen voor de dagelijkse eucharistie heeft haar net op tijd gevonden. Ze was haast doodgebloed.'

Van de autoritaire stem bleef niet veel meer over. Degroof had een krop in de keel.

'Ze zit vast in het klooster van de monialen van Bethlehem in Marche-les-Dames, de strengste kloosterorde ter wereld. Normaliter is er geen contact tussen de zusters en de buitenwereld. Als iemand daar intreedt, worden alle banden met de familie verbroken. Ze blijven er tot ze sterven.'

De oude kreeg het moeilijk. Zijn stem stokte.

'Het is uitzonderlijk dat de overste van het klooster de familie contacteert in verband met een van de zusters. Zelfs als iemand dodelijk ziek is, brengt men de familie niet op de hoogte. Maar toen de overste de brieven in haar cel vond, heeft ze de stilte doorbroken. Ik heb ze door mijn chauffeur laten ophalen.'

Degroof tastte in zijn jaszak en overhandigde Van In de brieven van Daniel Verhaeghe.

'Deze week hadden ze een priester te gast, een grote jonge kerel met een bril met dikke glazen,' verduidelijkte hij. 'Benedicte is een uiterst gevoelig meisje, een tikkeltje zwaarmoedig zoals haar moeder. Daar hebben de smeerlappen van geprofiteerd.'

Van In las de brieven vluchtig en was geneigd Degroof gelijk te geven. Dit was echt gemeen.

'Maar waarom heeft ze dan geprobeerd zelfmoord te plegen?' vroeg Van In op een toon waaruit moest blijken dat hij ervan uitging dat de brieven wel degelijk leugens bevatten.

'Aurelie heeft destijds haar geest vergiftigd met allerlei absurde verhalen. U moet weten dat ze in die tijd onafscheidelijk waren. Aurelie leefde in een fantasiewereld waar ze haar zuster bij betrok. Ze is net als Nathalie van huis weggelopen.

Aurelie was seksueel gefrustreerd. Ze had jongens nodig en ik vond dat ze daarvoor nog te jong was.'

'Was u een strenge vader?'

'Dat denk ik wel,' mijmerde Degroof. 'Maar dat hoorde toen ook zo. Ik heb Charlotte trouwens op dezelfde manier opgevoed en neemt zij mij dat nu kwalijk?'

Hij repte met geen woord over Ghislain. Toegeven dat zijn enige zoon een homo was, viel hem blijkbaar zwaar. Hij had er zich waarschijnlijk nooit bij neer kunnen leggen.

'Aurelie is getrouwd met de eerste de beste leegloper toen ze eenentwintig was en dat alleen maar om me te kwetsen.'

'U kon het huwelijk niet verhinderen omdat ze meerderjarig was.'

'Inderdaad,' zei Degroof opgelucht. 'En ik heb haar onterfd. Daar heb ik tot op heden geen spijt van.'

'Toch kwam ze een tijd later weer bij haar ouders aankloppen?'

'U hebt zich goed geïnformeerd, commissaire. Tant mieux. Elisa, mijn vrouw, smeekte me haar terug op te nemen en dat heb ik ook gedaan, onder bepaalde voorwaarden uiteraard. Zoals ik had voorspeld was het huwelijk op de klippen gelopen toen haar echtgenoot erachter kwam dat ze geen rode duit bezat. Ze zat onder de blauwe plekken toen we haar binnenhaalden. Gedurende zes maanden ging alles relatief goed. Toen verviel ze weer in haar oude leefpatroon. Ze bracht iedere nacht door in bars, trok met iedere man op die haar hebben wou en raakte ten slotte zwanger. Ik ben toen heel kwaad geworden en eiste dat ze het kind liet weghalen. Daarna is Aurelie hysterisch geworden. Ze liep naar de keuken, haalde een broodmes uit de la en ging me te lijf.'

Degroof knoopte zijn overhemd los en trok zijn onderlijfje omhoog. Zijn gerimpelde buik was bezaaid met witte littekens.

'Een bevriende dokter heeft alles keurig dichtgenaaid. De mensen dachten dat ik aan de blindedarm was geopereerd, want ik wilde absoluut geen klacht neerleggen tegen mijn eigen dochter.'

Naarmate de oude vertelde, voelde Van In zijn hypothese afbrokkelen als een zandkasteel bij vloed.

'Ze maakte haar zusters wijs dat ze eindelijk wraak had genomen. Ze verzon het verhaal dat ik haar vanaf haar elfde tot haar zeventiende bijna dagelijks verkrachtte.'

Degroof nam een fikse teug van de Remy Martin.

'Ze stookte Benedicte en Charlotte tegen mij op en verzekerde hen dat ze nooit eerder iets had verklapt om hen op die manier tegen mij te beschermen. Ze vertelde hun dat als ze maar iets had laten merken of me niet ter wille was geweest, zij hetzelfde lot hadden moeten ondergaan.'

Degroof keek Van In recht in het gezicht, als om hem duidelijk te overtuigen dat hij de waarheid sprak.

'Toen besloot ik haar te laten opnemen en de psychiaters die haar behandelden, gaven me groot gelijk. Ze verweten me zelfs dat ik veel te lang had gewacht. Mijn vrouw heeft zich dit drama heel erg aangetrokken. Sinds die dag is ze nooit meer geweest wat ze was. Ze kwijnde weg en begon de opvoeding van onze jongste te verwaarlozen. Ik moest met lede ogen toezien hoe Nathalie op het slechte pad kwam. Ik zat in die jaren nogal veel in het buitenland en kon me onmogelijk met haar opvoeding bezighouden. Op haar vijftiende was ze aan de drugs verslaafd geraakt. Twee jaar later vertrok ze, nadat ze me had uitgescholden voor viespeuk en me had toegeschreeuwd dat ik zeker niet met mijn poten aan haar lijf zou zitten. Ik kon me alleen afvragen wie haar de roddels had ingefluisterd.'

Van In slaakte een diepe zucht. Het verhaal van de oude Degroof vereenvoudigde de zaak allerminst. Hij had iets totaal anders verwacht en wist niet meer wat te denken van de deftige, onbuigzame man voor hem.

'Ik veronderstel dat men u een ander verhaal heeft opgedist,' opperde Degroof terwijl hij Van In strak aankeek.

'Het is niet mijn bedoeling om daarover met u van gedachten te wisselen,' zei Van In ontwijkend. 'Alhoewel ik vermoed dat er een verband bestaat tussen uw verleden en het drama dat zich nu afspeelt, zij het dan op een ander vlak.'

Degroof veinsde verwondering, wat hem nauwelijks lukte.

'Gaat u verder, commissaire.'

Van In schraapte zijn keel.

'Toen uw zoon verleden week het slachtoffer werd van een nogal bizarre overval dacht ik onmiddellijk aan een wraakactie. En het werd mij al gauw duidelijk dat de daders op de steun konden rekenen van iemand binnen de familie.'

Degroof aanhoorde hem zonder verpinken. Als hij iets wist dan liet hij het in ieder geval niet merken.

'De daders kenden de code van het inbraakalarm maar voor het openen van de brandkast moesten ze beroep doen op springstof.'

'Ja,' zei Degroof afwachtend.

'Volgens uw zoon was de combinatie van de safe sedert twintig jaar niet veranderd. Zowel u als uw zoon kenden die uit het hoofd. U was in die tijd pas zestig jaar. Het inbraakalarm daarentegen werd een jaar of zeven geleden geïnstalleerd. U was toen drieënzeventig.'

Degroof knikte.

'Ghislain weet dat ik moeite heb om cijfers te onthouden. Hoe ouder men wordt hoe vlugger men de eenvoudigste dingen vergeet. Ghislain stelde bijgevolg voor een gemakkelijke code te kiezen, een getal dat ik nooit zou vergeten.'

'Uw geboortedatum, is het niet?'

'Dat is correct, commissaire: 1905. Ik ben geboren op 19 mei 1914.'

'Uw zoon beweert dat, behalve u beiden, niemand de combinatie van de brandkast kent. Geldt dat ook voor de code van het inbraakalarm, mijnheer Degroof?'

Degroof schrok zichtbaar.

'Ghislain deed het voorstel op een kerstfeest bij hem thuis. We hadden al iets gedronken en...'

'De hele familie zat aan tafel,' vulde Van In aan.

'Inderdaad,' gaf Degroof toe. 'Iedereen zal het wel gehoord hebben. Het ging er nogal luidruchtig aan toe.'

'Onderhoudt Nathalie nog contact met de familie?'

'Commissaire, u gaat toch niet beweren dat een van mijn kinderen deze maskerade heeft opgezet?'

'Uw vrouw stuurt haar geld.'

Degroof boog het hoofd.

'Dat weet ik. Maar dat doet Charlotte ook en naar het schijnt gaat ze zelfs af en toe op stap met Anne-Marie, mijn schoondochter.'

'Dus kan ze er op die manier achter gekomen zijn?'

'Toch kan ik het niet geloven. Waarom zou ze zoiets doen? Het brengt haar niets op en Nathalie heeft maar aan een ding behoefte en dat is geld.'

Degroof kruiste de armen en bleef zo een paar seconden zitten als een gestrafte schooljongen.

'Ze heeft de code van het inbraakalarm misschien verkocht aan de daders,' zei Van In zacht. 'En over de daders wilde ik u nog een paar dingen vragen.'

Het hoge woord was er eindelijk uit. Als hij de bal nu missloeg, maakte hij zich hopeloos belachelijk.

'Ik heb namelijk ernstige vermoedens om aan te nemen dat u de daders kent. Ik begrijp echter niet waarom u hen dekt.'

Degroof begon niet te schreeuwen of te schelden. Hij versteende.

'Ik heb me dus toch niet in u vergist, commissaire.'

Van In knipperde met zijn ogen. Hij had een heel andere reactie verwacht.

'Mag ik vragen hoe u tot die conclusie bent gekomen, commissaire?'

Het gevoel van triomf dat door zijn hersens raasde als pure cocaïne zou hij wellicht nooit meer vergeten. Eindelijk moest een van de onaantastbaren toegeven dat hij, Pieter Van In, het bij het rechte eind had.

'Het vierkant van de tempeliers,' zei hij beheerst. 'Ik dacht dat het een cryptische boodschap was, waarvan de oplossing enig licht kon werpen op de motieven van de daders. Maar dat is het niet. Het is een handtekening, een teken dat alleen voor u is bedoeld.'

Degroof hees zich uit de fauteuil en vulde de glazen bij.

'Gezondheid, commissaire.'

Hij bood zijn glas aan en ze tikten als twee oude bondgenoten.

'Ik ken de man inderdaad. We studeerden samen in Leuven en hij was mijn beste vriend. We waren beiden gefascineerd door alles wat met alchimie en esoterie te maken had. We discussieerden nachtenlang over de geschriften van Blavatsky, Papus, De Guiata, Steiner, Crowley, de Egyptische mysteriescholen, de neoplatonisten en de tempeliers. Het Latijnse vierkant was een geheim dat we met elkaar deelden. We zwoeren een eed dat we er nooit met iemand anders over zouden spreken. Toen ik een paar weken geleden een brief ontving die bol stond van de dreigementen wist ik dat die van Aquilin Verheye afkomstig was.'

'Hij heeft u dus verwittigd,' stelde Van In vast. 'En u besteedde er geen aandacht aan.'

Degroof barstte in een hees gelach uit.

'Toch wel, commissaire. Ik nam de brief bijzonder ernstig. U moet weten dat Aquilin en ik destijds verliefd waren op hetzelfde meisje. Zij hield oneindig veel meer van hem dan van mij, maar de familie de Puyenbroucke koos voor het fortuin. Zij beschikten over de naam en mijn vader had geld, heel veel geld. Elisa had weinig keus en werd uiteindelijk mevrouw Degroof. Aquilin was wanhopig en vervloekte mij. Hij zwoer dat onrecht te wreken.'

Van In schudde het hoofd.

'Maar dat is meer dan vijftig jaar geleden,' zei hij ongelovig. 'Die Aquilin is waarschijnlijk even oud als u.'

'Hij is twee dagen ouder,' monkelde Degroof. 'Maar zelfs al was hij honderd, dan nog zou ik hem niet durven onderschatten. Indien ik hem niet zo goed kende, had ik inderdaad geen aandacht besteed aan die onnozele dreigbrief. Maar Aquilin Verheye was een fanaticus. Iedere student destijds wist dat Aquilin nooit op een belofte terugkwam. Hij uitte nooit een loze bedreiging. Daarvan zou ik u een paar sterke staaltjes kunnen vertellen, commissaire.'

Degroof was opgestaan en ijsbeerde door de kamer, het glas cognac stevig in de vuist geklemd.

'Ik had natuurlijk de politie kunnen aanspreken en hem laten vervolgen.'

'Maar dat deed u niet.'

'Nee, dat deed ik niet, commissaire. In onze familie handelen wij onze zaken liever zelf af. Trouwens ik beschik over geen enkel substantieel bewijs.'

'Had u ooit nog contact met hem?'

'Nee, na mijn huwelijk ben ik hem uit het oog verloren. Ik wist absoluut niet wat er van hem geworden was en huurde een privé-detective in om hem op te sporen.'

'Daarom wou u niet dat de politie zich met de zaak bemoeide,' floot Van In die nu begreep waarom hij eerst in ongenade was gevallen.

'Inderdaad. Toen Ghislain me opbelde en vertelde wat er gebeurd was, vermoedde ik onmiddellijk dat Aquilin hier achter zat. Het oplossen van het goud ligt helemaal in zijn lijn. Omdat het er allemaal zo ludiek uitzag, wilde ik hem per se zelf vinden. De man was misschien gek en wie weet kon ik hem helpen.'

'En is dat u gelukt, mijnheer Degroof?'

'Het is me inderdaad gelukt,' zei Degroof langzaam. 'De privé-detective bracht woensdag verslag uit. Aquilin Verheye is twee jaar geleden gestorven. Hij ligt begraven in een klein dorp in de Ardennen.'

Degroof liep naar een commode bij het raam en haalde een kartonnen map uit een van de laden.

'De detective was zelfs zo attent een paar foto's van het graf te maken.'

Van In nam de map aan. Er staken een drietal foto's in op groot formaat. De detective had het graf van op een afstand tussen de andere graven gefotografeerd en had daarna twee close-ups gemaakt met een telelens. De tekst was heel duidelijk leesbaar: Aquilin Verheye. De data van geboorte en overlijden waren iets minder scherp, maar de jaartallen kon Van In zonder moeite ontcijferen: 1914 en 1992. Het was een eenvoudige grafsteen van arduin, waarschijnlijk het goedkoopste model.

'Begrijpt u nu ook waarom ik zaterdag uw hulp opnieuw inriep?'

Van In wist niet goed of hij zich vereerd moest voelen of de smeulende achterdocht moest aanwakkeren.

'Toen mijn kleinzoon werd ontvoerd en ik nu zeker wist dat Aquilin daar niets mee te maken had, wilde ik iemand die ik kon vertrouwen. Ik had vernomen dat u ondanks uw gedwongen vakantie toch in het verleden van de familie begon te snuffelen, en niet zonder resultaat hoor ik nu.'

'Ik zie niet in hoe mijn optreden een eventueel schandaal zou kunnen vermijden,' zei Van In op zijn hoede. Het was hem niet duidelijk waar de oude Degroof op aanstuurde.

'Uw discretie, commissaire. Uw discretie bevalt me opperbest. Het is een zeldzame eigenschap die ik bijzonder hoog aansla en ook kan belonen. Begrijpt u? Laten we eerlijk zijn, commissaire. Iedereen houdt van luxe, uitgaan en een mooi huis. Maar niet iedereen kan dat betalen.'

En of Van In hem begreep. Degroof was een oude, sluwe vos en het aanbod was heel verleidelijk. Jammer dat Hannelore ook alles wist. Zou zij haar mond houden?

'Ik ga al jaren met allerlei mensen om en velen benijden me mijn mensenkennis,' zei Degroof opgetogen.

'Dat geloof ik best, mijnheer. Maar ik vrees dat mijn discretie u niet veel vooruit helpt. De identiteit van de briefschrijver was tot dusver mijn enige spoor. Ik zie niet goed in hoe er voor morgen een oplossing kan gevonden worden. Onze enige hoop is dat de jonge medeplichtige zich blootgeeft, maar zelfs dat zal de verbranding van de schilderijen niet kunnen verhinderen. Bovendien brengen we misschien het leven van de jongen in gevaar als we hem voortijdig arresteren.'

'Dat is waar, commissaire. Maar stel dat hij gezien wordt.'

'Dan wordt hij discreet geschaduwd,' zei Van In.

'Laten we in 's hemelsnaam hopen dat Bertrand gezond en wel terugkomt,' zei Degroof. 'Wat er ook mag gebeuren, ik wens dat de veiligheid van mijn kleinzoon niet in het gedrang komt. Daarvoor reken ik op u, commissaire. Als u daarin slaagt, sta ik voor altijd bij u in het krijt.'

'We doen ons best,' grijnsde Van In schaapachtig.

'Nog een cognacje, commissaire?'

Van In raadpleegde zijn polshorloge.

'Och, waarom ook niet,' zei hij.

Toen er op de deur van de hotelkamer werd geklopt, sprong Daniel Verhaeghe van het bed op en liet zich in de rolstoel neerploffen.

'Binnen,' riep hij.

Een smetteloos geklede ober maakte de deur open en duwde de serveerboy naar binnen.

'Wenst mijnheer bij het raam te eten?' vroeg hij hoffelijk.

'Als dat kan,' zei Daniel.

'Natuurlijk, mijnheer.'

De ober schoof een tafel bij het raam zodanig dat Daniel nog voldoende plaats overhield voor zijn rolstoel.

'Zo goed, mijnheer?'

Daniel knikte. De ober legde een fijn linnen kleed op de tafel en schikte het verzilverde bestek naast het bord. Hij schoof de kommen en schalen dicht bij elkaar zodat Daniel er vanuit de rolstoel bij kon.

'Eet smakelijk, mijnheer, en bel gerust als u iets nodig mocht hebben.'

'Zal ik doen. Vriendelijk bedankt.'

Daniel haalde een biljet van honderd boven en stopte het de man toe.

Van zodra de ober de deur uit was, stond Daniel op en verving de rolstoel door een gewone stoel. Vanuit zijn kamer op de derde verdieping had hij een prachtig uitzicht over het Zand. Terwijl hij van de gerookte zalm smulde, hield hij de talrijke politiewagens die de Hauwerstraat indraaiden scherp in het oog. De zoekactie bleef onverminderd doorgaan. Gisteravond was hij met de scooter van de Bisschopsdreef naar de Boeveriestraat gesnord. De Boeveriestraat loopt parallel met de zijkant van het Park Hotel en daar had Laurent voor hem een kamer gereserveerd. De reporters hadden zijn boodschap op het juiste moment ontdekt en hij zou net op tijd komen voor het laatavondjournaal. Hij stalde de scooter voor het klooster van de kapucijnen en liep daarna naar de donkerblauwe Ford Transit die een eindje verderop stond geparkeerd. Met behulp van een stuk spaanderplaat dat hij schuin op de achterbumper plaatste, loste hij de elektrisch aangedreven rolstoel.

Laurent had de receptie verwittigd dat de gast van kamer 306 rolstoelgebruiker was en pas heel laat zou arriveren. De zitting van de rolstoel was acht centimeter lager gemaakt, zodat Daniels lengte van 2.04 meter minder opviel. Bovendien zette hij bij het binnenkomen van het hotel zijn bril af tot hij op zijn kamer was.

In de loop van de zondagvoormiddag was er een keer een patrouille langsgekomen. Daniel zat net in de lounge en had met ingehouden adem kunnen opvangen hoe de receptioniste beide agenten verzekerde dat het hotel niemand herbergde die aan zijn beschrijving beantwoordde.

Daniel voelde een onbeschrijfelijke euforie toen hij hieraan terugdacht. Hij bediende zich van de muscadet en verwisselde het lege bord van de zalm voor een portie oesters.

Tot nu toe was alles van een leien dakje gelopen. Laurent had woord gehouden. Hij zou iedere fase van het plan van dichtbij kunnen meemaken.

'De politie zal je nooit vinden,' had Laurent hem verzekerd. 'Tenzij ze *The Purloined Letter* van Poe hebben gelezen. En dan nog zullen ze de link tussen fictie en werkelijkheid moeten leggen.'

Laurent De Bock had een doctoraat in de Toegepaste Wiskunde en was gepromoveerd op het proefschrift *Complexiteit van de Methodiek als Oorzaak van Inefficiëntie*. Wat Edgar Allan Poe met een intrigerend verhaal aantoonde, had hij mathematisch gestructureerd en wetenschappelijk geanalyseerd. Hij was erin geslaagd te bewijzen dat geijkte procedures zelden iets uithalen als ze aangewend worden voor het oplossen van een origineel probleem.

De schijnbare driestheid waarmee Laurent en Daniel opereerden, was alleen bedoeld om zand in de ogen te strooien. De politie tastte bovendien volledig in het duister wat het motief betrof. Daardoor leken de acties tegen de familie Degroof onverklaarbaar. Het enige gegeven waarover de politie beschikte was een vage persoonsbeschrijving. Het onderzoek was gefocust op een buitengewoon grote jongeman met een bril op en dat had Laurent speciaal zo gearrangeerd om het voor Daniel nog spannender te maken.

Toen Daniel klaar was met zijn exquise maaltijd rookte hij een sigaret en toetste daarna het nummer in van de chalet in Namen.

Bertrand hoorde de telefoon rinkelen. Het was halfzes. Zijn ogen draaiden wild in hun kassen en zijn hart bonsde zichtbaar tegen zijn ribben. Hij schreeuwde zonder veel geluid te produceren en snokte hysterisch aan de ketting. Ondanks de mousse haalde hij zijn pols open. Het bloed maakte hem misselijk.

Hij kon zich onmogelijk herinneren hoelang hij had geslapen. De telefoon had hem wakker doen schrikken. Zijn lippen waren gebarsten en zijn tong zat onder de korsten. Als iemand hem niet gauw bevrijdde, zou hij zeker van dorst omkomen, dacht hij in paniek. Door de onnatuurlijk hoge temperatuur in het kamertje transpireerde hij hevig. In de woestijn hield bijna niemand het zonder drinken meer dan vierentwintig uur vol, had hij ooit gelezen. Zijn situatie was vergelijkbaar. Hij had niets te drinken en verloor liters vocht.

Daniel liet de telefoon gedurende vijf minuten overgaan. Misschien zat Laurent op het toilet of had hij zich toch naar buiten gewaagd?

Daniel rookte twee sigaretten en probeerde opnieuw.

Om acht uur begon hij zich echt zorgen te maken. Laurent had een zwak hart en misschien was die laatste inspanning hem fataal geworden. Naar Namen rijden was uiterst riskant en dat had Laurent hem trouwens ten strengste verboden.

'Ik heb alles piekfijn geregeld, jongen. Ons kan niets overkomen. In de chalet is er trouwens voldoende voedsel en drank,' had Laurent hem op het hart gedrukt. 'Wat er ook gebeurt, blijf in het hotel tot ik je kom ophalen.'

Misschien is de telefoon defect, redeneerde Daniel met simplistisch optimisme. Een storing op de lijn zou wellicht pas maandagochtend hersteld worden, dacht hij.

'Dan probeer ik het morgen nog maar eens,' zei hij halfluid.

Hannelore was een half uur vertrokken toen Van In door de chauffeur van Degroof voor de bungalow werd afgezet. Het was een stuk rustiger geworden in de Bisschopsdreef. De crews van de meeste buitenlandse televisieploegen hadden hun intrek genomen in hotels in de stad. Het zware materieel hadden ze naar het Zand verhuisd voor de show van morgen.

Van In zag er afgetobd uit en Charlotte bood onmiddellijk aan om koffie te zetten. De politiebewaking was tot twee man beperkt en toen de koffie klaar was, bood ze de agenten buiten ook een kopje aan.

Van In installeerde zich in de tuin. Charlotte kwam bij hem zitten.

'Patrick slaapt,' zei ze zacht. 'Ik heb hem een paar slaaptabletten gegeven, anders komt hij morgen de dag niet door.'

'En hoe gaat het met jou?'

Van In liet voor het eerst de beleefdheidsvorm vallen en dat scheen ze niet erg te vinden.

'Ik tel de uren af,' zei ze dapper. 'Het enige wat me verontrust is de mogelijkheid dat de ontvoerders geestelijk gestoord zijn, dat ze een spel spelen en Bertrand niet zullen vrijlaten.'

Ze sloeg haar ogen op. Ze hoefde niet te wenen om haar verdriet tastbaar te maken.

Een paar uur geleden had Van In haar verzekerd dat ze zich over de vrijlating geen zorgen hoefde te maken, maar nu was hij daar niet meer zo zeker van. Hij dronk van de koffie. Hun ogen ontmoetten elkaar. Ze moest niets vragen. Van In begreep dat hij haar een verklaring schuldig was.

'Ik ben bang dat we niet echt opgeschoten zijn. Ik dacht dat er nog een uitweg was,' zei hij langzaam.

Ze vroeg niet onmiddellijk wat hij had geprobeerd, maar Van In zag die vraag in haar ogen branden. Er rolde een traan over haar wang. Ze snikte.

Toen deed Van In iets wat hij vroeger zelfs niet had durven dromen: hij nam haar hand vast. Hij vertelde haar wat hij met haar vader had besproken en Charlotte luisterde zonder hem te onderbreken.

'Ik had gehoopt dat ik hem ervan kon overtuigen de identiteit van de dader prijs te geven, maar je vader had zelf al een onderzoek laten instellen. De man in kwestie is twee jaar dood. Ik heb de foto's van zijn grafsteen bij me.'

Van In liet haar de foto's zien.

'Heeft je vader jou ooit seksueel misbruikt?' vroeg hij plotseling plomp.

Ze schrok niet van zijn vraag. Ze hief het hoofd en veegde haar ogen droog.

'Nee,' zei ze resoluut.

'En je zusters?'

Nu duurde het een poos voor ze antwoordde.

'Ik denk van niet. Iedereen weet natuurlijk dat mijn vader achter de vrouwen zit. Hij heeft nota bene zelfs een verhouding met mijn schoonzuster. Mijn vader heeft haar aan Ghislain gekoppeld. Op die manier was ze altijd in zijn buurt. Maar eerlijk, van Aurelie weet ik niets. Mij heeft ze in ieder geval nooit iets verteld. Ik zat immers vanaf mijn twaalfde op kostschool.'

'Weet je dat Benedicte een zelfmoordpoging heeft ondernomen?'

Nu schrok ze wel.

'Heeft hij jou dat verteld?'

Van In knikte.

'Een van de daders, de jongste, is er in geslaagd haar in het klooster te benaderen. Wist zij misschien iets?'

Charlotte zweeg. Van In werd opnieuw bevangen door een beklemmende onrust.

'Blijkbaar draait het hele drama om Aurelie. Je vader beweert dat ze gek is geworden toen hij haar tot abortus dwong.'

'Abortus? Aurelie heeft helemaal geen abortus gepleegd! Mijn vader heeft haar na het incident naar ons buitenverblijf in Loppem verbannen. Ze is daar trouwens ook bevallen. Het kind is via de bemiddeling van de pastoor in een gezin geplaatst. Dat heeft ze hem bijzonder kwalijk genomen. Omdat ze steeds agressiever werd, heeft mijn vader haar laten opnemen.'

'Is dat waar?' schreeuwde Van In opgewonden.

'Natuurlijk is dat waar!'

Ze sprak nu op de toon van een dokter die geen tegenspraak duldt na het stellen van een diagnose.

'Maar wat heeft dat te maken met de ontvoering van Bertrand?'

Er zijn van die ogenblikken waarin de oplossing van een probleem zich als in een flits manifesteert om dan even plots te vervagen, voor men de essentie ervan kan vastleggen. Van In had die frustrerende ervaring al meer dan eens gehad. Hij moest dus snel handelen.

'Neem me niet kwalijk, mevrouw, maar ik denk dat we eindelijk over een tastbaar spoor beschikken.'

'Meen je dat echt, commissaris?' was alles wat Charlotte kon uitbrengen.

Ze bleef als versteend zitten toen Van In naar binnen rende.

Hij belde achtereenvolgens Hannelore, procureur Lootens en De Kee.

In minder dan een half uur draaide het recherche-apparaat op volle toeren.

17

De oude huisbediende liet brigadier Versavel met zichtbare verbazing binnen in het bisschoppelijk paleis.

De bisschop in hoogsteigen persoon stond Versavel op te wachten en leidde hem naar het archief dat sedert een paar jaar in de gerenoveerde stallingen van het eerbiedwaardige patriciërshuis was ondergebracht.

'De archivaris is onderweg,' verklaarde de bisschop zenuwachtig. 'Jammer dat ik u niet persoonlijk kan helpen, maar van het archief weet ik helaas niets af.'

'Geeft niet, monseigneur, ik wacht wel.'

De archivaris, een schrale kanunnik, arriveerde een paar minuten later. De man hijgde als een lekke blaasbalg, want hij had het traject tussen zijn woning in de Hoogstraat en de H.-Geeststraat rennend afgelegd.

'1964,' pufte hij. 'Loppem. Daarvoor hoef ik het archief niet te raadplegen. Fernand Debrabandere was er pastoor tussen '63 en '72.'

'Leeft hij nog?' vroeg Versavel hoopvol.

'Even nadenken.'

De kanunnik fronste het voorhoofd en hield de hand voor de ogen. Hij herinnerde zich blijkbaar niet alles, want na een paar seconden beende hij naar een metalen archiefkast en trok de onderste lade open.

'Debrabandere Georges, Debrabandere Adolf, Debrabandere Fernand.'

Hij nam de map uit de lade en sloeg die open.

'Pastoor emeritus sinds 1982. Hij woont bij de Zusters van Liefde in Ruiselede,' kraaide hij triomfantelijk.

De bisschop produceerde een ingeoefende tandpastaglimlach, het soort waarop hij de gelovigen slechts op hoogdagen trakteerde, en keek met glinsterende oogjes in de richting van Versavel. Hij hoopte dat als de ontvoeringszaak straks was opgelost, de media de spontane medewerking van het bisdom niet over het hoofd zouden zien.

Versavel riep het commissariaat in de Hauwerstraat op via de radio en gaf de informatie door.

'Misschien wil monseigneur zo goed zijn het klooster persoonlijk te contacteren.'

Versavel betrapte er zichzelf op dat hij een zalvende toon aansloeg.

'Commissaris Van In staat erop pastoor Debrabandere vanavond nog te verhoren. Hij vertrekt op dit ogenblik naar Ruiselede in het gezelschap van substituut des konings Martens.'

'Maar natuurlijk, inspecteur.'

'Brigadier, monseigneur,' zei Versavel. 'Ik ben brigadier.'

Toen de telefoon om halfacht rinkelde, vloog Hannelore als een tijger naar het toestel.

Ze had de hele tijd lopen sakkeren over de stunt die Van In met haar had uitgehaald. Ze kon zich niet voorstellen dat het gesprek met Degroof zolang zou aanslepen. Als hij iets had ontdekt, waarom belde hij dan in 's hemelsnaam niet?

Van In stond te trappelen van ongeduld tot ze in de Bisschopsdreef was. De adrenaline spoot door zijn lijf. In heel zijn carrière was hij er nooit in geslaagd zo'n doorbraak te forceren. Hij moest er eerlijkheidshalve ook aan toevoegen dat hij in heel zijn loopbaan bij de Brugse politie nooit eerder met een zaak van dit formaat was geconfronteerd.

Van In voelde zich als herboren. Hij was in één klap bevrijd van de drukkende last van bijna twintig jaar routineklussen. Als hij erin slaagde de zaak Degroof tot een goed einde te brengen, kon hij eindelijk zijn lang vervlogen zelfrespect herwinnen.

'Hoi, Hannelore,' zei hij opgewekt toen de meest sexy substituut van West-Vlaanderen binnenstormde. Ze zag er goddelijk uit in haar strakke jeans en ietsje te kort T-shirt.

'Heb je me nodig als chauffeur of mag ik deze keer aanwezig zijn bij het verhoor,' zei ze kattig.

Charlotte schrok van de manier waarop ze met elkaar omgingen maar vertrok geen spier. Van In verkeerde in zo'n euforische stemming dat hij zich niet aan haar sarcasme stoorde.

'Beschouw het als een gelijkspel,' zei hij monter. 'Vergeet niet dat jij er vrijdag ook tussenuit bent geknepen in het belang van het onderzoek.'

Hannelore kreeg Charlotte in het oog en beet op haar lip. Ze gedroegen zich net als een bejaard stel.

'Maar ik heb u tenminste een waarheidsgetrouw verslag uitgebracht, commissaris,' zei ze nu een stuk formeler.

'En dat mag u bijgevolg van mij ook verwachten, mevrouw de substituut.'

Charlotte vergezelde hen tot aan de voordeur. In tegenstelling tot vanmorgen ging alles nu razendsnel. Ze kreeg warempel de indruk dat er echt iets aan het gebeuren was.

'Maak je man in geen geval wakker. Wie weet brengen we nog goed nieuws voor de ochtend.'

Net voor ze de deur uitgingen, greep Charlotte hem bij de arm en drukte een warme zoen op zijn wang.

'Veel succes, Pieter. Je kan je niet voorstellen hoezeer we bij jou in het krijt zullen staan als je onze zoon gezond en wel terugvindt.'

Van In gloeide en de korte, venijnige blik van Hannelore ontging hem niet.

'En nu als de bliksem naar de Hauwerstraat,' zei hij toen Hannelore de Twingo startte.

Versavel stond hen op te wachten op de binnenplaats. Hij was net terug van het bisdom. Hij had Charlotte gebeld en van haar wist hij dat ze onderweg waren.

Zuster Marie-Thérèse hield op bevel van moeder-overste de wacht bij de ingangspoort van het klooster.

'Laat ze vooral niet te lang wachten,' had monseigneur gezegd. 'Het leven van een onschuldig kind ligt misschien in jullie handen.'

Terwijl Hannelore de kleine wagen tegen een hallucinante snelheid in de richting van Ruiselede stuurde, luisterde ze aandachtig naar het lichtjes gewijzigd relaas dat Van In opdiste. Hij zei niets van het voorstel dat Degroof hem had gedaan.

Ondertussen loodste moeder-overste pastoor Debrabandere, de geestelijke directeur van het klooster, met dwingende spoed door de gangen. De arme man lag al een uur op bed en het had haar heel wat overredingskracht gekost om de halfseniele priester ervan te overtuigen dat het bezoek van de politie van uitzonderlijk belang was.

'De bisschop heeft me persoonlijk opgebeld,' zei ze toen de koppige pastoor tegenstribbelde. Ze deponeerde Debrabandere in een stoel in een van de spreekkamers en liep dan haastig naar zuster Marie-Thérèse die bij de poort de wacht hield. Vijf minuten later, beide zusters hadden net drie weesgegroeten en drie onzevaders achter de kiezen, scheurde Hannelore door de Pensionaatstraat. De deur van het klooster zwaaide open nog voor ze het portier had opengemaakt.

'Volgt u me maar,' zei de rondborstige moeder-overste op een toon die het midden hield tussen een bevel en een verzoek.

'De eerwaarde is nog suf. Het lijkt me in deze omstandigheden beter dat ik bij het gesprek aanwezig blijf, met uw toestemming uiteraard,' voegde ze er devoot aan toe.

Debrabandere was een nukkige, oude zwartrok. Hij had zijn leven in dienst gesteld van de Kerk en als priester van die Kerk had hij zijn gelovigen ontzag ingeboezemd. De eenvoudigen hadden zijn woord aanvaard en de notabelen hadden hem het nodige prestige bezorgd.

Nu was hij tweeëntachtig. Hij had de Kerk zien afglijden van een machtig instituut naar een verkrampte organisatie, die bijna al haar krediet was kwijtgespeeld.

Pastoor Debrabandere had steeds het celibaat onderhouden. De moderne wervelwind die door de Kerk was geraasd had hem echter naar de fles doen grijpen. Toen de bisschop oordeelde dat hij zijn drankzucht niet meer onder controle had, verbande hij Debrabandere naar dit klooster.

'Ik herinner me dat geval nog heel goed,' zei Debrabandere met twinkelende ogen toen Van In voorzichtig polste naar het kind van Aurelie Degroof.

'Mijnheer Ludovic heeft me daarover persoonlijk geconsulteerd.'

'En het kind is waarschijnlijk vlak na de geboorte in een gezin geplaatst, een Loppems gezin veronderstel ik?'

Van In verhief zijn stem, want volgens moeder-overste was de pastoor hardhorig.

'Zeker, jongen,' zei Debrabandere. 'Daar heb ik indertijd voor gezorgd.'

'En hoe heetten die mensen, eerwaarde?'

De oude pastoor sloot de ogen. Er verschenen diepe groeven in zijn perkamenten voorhoofd.

'Hun naam, eerwaarde,' drong Van In aan toen het stil bleef.

De vlezige kin van Debrabandere zakte tegen zijn borst.

'Eerwaarde, niet in slaap vallen. Die mensen komen speciaal van Brugge. Er is een jongen ontvoerd.'

Moeder-overste schudde hem bij de schouder. Debrabandere trok een ooglid op.

'Neemt u mij niet kwalijk, zuster,' prevelde hij. 'Mijn geheugen speelt me af en toe parten. Ik weet uit ervaring dat alleen een goed glas bourgogne hier soelaas kan bieden.'

Van In en Hannelore keken onbegrijpend naar moeder-overste. De kloeke vrouw stond perplex.

'Maar eerwaarde,' protesteerde ze. Als Van In en Hannelore er niet geweest waren, had ze hem eens flink de levieten gelezen. Ze zou pastoor Debrabandere eraan herinnerd hebben dat de orders van monseigneur formeel waren: geen drank, zelfs niet op feestdagen.

'Als een glas wijn kan helpen, zuster,' zei Hannelore ongeduldig.

'We hebben die informatie dringend nodig,' deed Van In er nog een schep bovenop.

De non stond in tweestrijd. Het bevel van de bisschop was formeel maar aan de andere kant had hij net gevraagd de mensen van de politie op alle mogelijke manieren behulpzaam te zijn.

'Vooruit dan maar,' zuchtte ze. 'Monseigneur zal me dit wel niet al te kwalijk nemen.'

Toen ze weg was, gaf Debrabandere hen een teken. Van In en Hannelore bogen zich voorover.

'De familie heet Verhaeghe, Jan en Bea Verhaeghe. Ze woonden vroeger in de Stationsstraat in Loppem. Jan gaf les aan de dorpsschool en Bea was lid van de missiekring. Ze waren helaas kinderloos. Mijn God, wat waren ze gelukkig met het kind,' grijnsde de oude pastoor.

'Bent u daar zeker van?' vroeg Van In.

'Natuurlijk ben ik daar zeker van. In 1966 zijn ze uit Loppem weggetrokken. De jongen sukkelde met zijn gezondheid en de Verhaeghes zijn daarvoor aan de kust gaan wonen, in De Panne als ik het goed heb.'

'De Panne?'

Debrabandere ging recht in zijn stoel zitten en stak zijn benige vinger belerend omhoog.

'Luister eens, jongeman. Met mijn geheugen is er niets mis.'

En met zijn oren blijkbaar ook niet, dacht Hannelore.

'De Verhaeghes wonen in De Panne,' zei hij met uitschietende stem.

Hij liet zich weer neerzijgen in de stoel. Zijn adem stokte. Van In dacht dat de oude zich te veel had opgewonden. Hij kon niet weten dat Debrabandere zich bezorgd afvroeg of hij door zijn strenge uitval naar de politieman zijn beloning niet op het spel had gezet.

'Maar doe me een plezier,' kreunde de pastoor aandoenlijk. 'Wacht nog even tot ze terug is met de wijn.'

Van In gaf hem de gelegenheid om twee glazen leeg te slurpen, een activiteit waarvoor de oude priester bijzonder weinig tijd nodig had. Moeder-overste volgde het drinkgelag met argusogen.

Toen ze afscheid hadden genomen van Debrabandere en moeder-overste hen met ruisende rokken naar de poort begeleidde zei Van In: 'Ik weet zeker dat monseigneur het op prijs zou stellen dat eerwaarde heer Debrabandere op passende manier voor zijn medewerking wordt beloond, nietwaar mevrouw de substituut?'

'Zeker weten,' beaamde Hannelore met een knipoog. 'Ik denk dat hij zijn fles wijn dubbel en dik verdiend heeft. Bourgogne stimuleert het geheugen, zei mijn grootvader altijd. Indien ik u was zou ik hem elke dag een paar glazen geven.'

'Meent u dat echt, mevrouw?' vroeg moeder-overste met ontzag.

'Natuurlijk. Wie weet heeft die fles bourgogne het leven van een onschuldig kind gered.'

In de auto proestten ze het allebei uit.

'Naar De Panne?' vroeg ze retorisch.

'Aan de kerk staat een telefooncel. Bel Brugge op en vraag dat ze de plaatselijke politie contacteren.'

'Kunnen we hun adres niet in de telefoongids vinden?'

'Verhaeghe J. Stel dat er meer dan één Verhaeghe in De Panne woont? Het is tenslotte een courante naam. In dit stadium van het onderzoek nemen we beter geen risico. En we kunnen best eerst langs de Hauwerstraat passeren. Het lijkt me makkelijker dat we nu een politiewagen nemen.'

'Op voorwaarde dat ik mag blijven rijden,' zei Hannelore. 'En het zwaailicht opzetten,' voegde ze eraan toe.

Niemand kon de politie van De Panne verwijten dat ze niet snel en efficiënt werkten.

'De Verhaeghes zijn op reis,' schreeuwde Versavel toen ze op de binnenplaats van het commissariaat uitstapten.

'Een van de dienstdoende agenten kent toevallig de familie. Ze zijn voor drie weken met een zwerfwagen naar Zuid-Frankrijk.'

'Verdomme,' vloekte Van In. 'Moet alles dan tegenvallen?'

Hannelore stond er beteuterd bij te kijken.

'En de kinderen? Weten ze soms waar die wonen?'

'Ze hebben toch geen eigen kinderen! Waarom zouden ze anders het kind van Aurelie hebben geadopteerd?'

'Die bedoel ik natuurlijk,' zei Van In geprikkeld.

'Daar zijn we nu mee bezig,' zei Versavel.

'Oké, laten we dan eerst naar binnen gaan en een kop koffie drinken. Sorry voor de rit, liefje. Maar ik beloof je dat je de volgende keer de sirene én het zwaailicht mag aanzetten.'

'Echt waar, Pieter?' pruilde ze.

Versavel deed alsof hij dat laatste niet hoorde. Het leken verdorie twee bakvissen.

Van In nam de telefoon over van een collega.

'Als ze het adres van de aangenomen zoon vinden, moeten ze onmiddellijk een huiszoeking verrichten. Ik veronderstel dat jij hen wel kunt overtuigen dat alles juridisch in orde komt,' zei hij tegen Hannelore.

'Hallo, Van In hier.'

Inspecteur Simpelaere van de politie in De Panne begroette zijn Brugse collega hartelijk. Hij voelde zich vereerd dat hun korps bij de zaak Degroof betrokken werd. Op dat ogenblik kreeg hij een stukje papier toegestopt met daarop het adres van Daniel Verhaeghe.

'Ik stuur er onmiddellijk een paar mannen op af,' zei Simpelaere enthousiast. Van In trok de schouders op. De kans dat ze Daniel Verhaeghe thuis zouden treffen was zo goed als nihil.

'Ja, doe dat maar,' zei hij. 'En zorg ervoor...'

'Nathalie woont ook in De Panne,' siste Hannelore terwijl Van In zijn instructies doorgaf. 'Hoe kon ik dat in 's hemelsnaam over het hoofd zien?'

Ze tikte Van In op de schouder en krabbelde haastig: *Nathalie woont ook in De Panne* op de witte rand van een verfomfaaide krant. Van In draaide zich met een ruk om en stootte haast het telefoontoestel van het bureau.

'Benson im Himmel,' kreunde hij.

'Wablief?' klonk het vanuit De Panne.

'Stuur uw mannen onmiddellijk naar het adres van een zekere Nathalie Degroof. Arresteer haar en sluit haar op,' snauwde hij. 'We komen eraan.'

Inspecteur Simpelaere trok een lelijk gezicht toen de verbinding bruusk werd verbroken. Tot overmaat van ramp zag hij de commissaris binnenkomen met in zijn zog de burgemeester. Daar zijn de kiekens om de pluimen op hun hoed te steken, gromde hij tussen zijn tanden.

'Komaan,' zei Van In tegen Hannelore en Versavel. 'Als de bliksem naar De Panne.'

'Nemen we de GTI?' vroeg Versavel.

'Mij om het even, als het ding maar bolt.'

De brigadier graaide de sleutels uit het kastje en liep hen voor.

'Sorry, Guido. Ik heb beloofd dat Hannelore mag rijden.'

'Met zwaailicht en sirene,' zei Versavel een beetje spottend.

Hij veranderde vlug van mening toen ze tegen honderd negentig per uur over de autosnelweg stoven. Versavel moest ruiterlijk toegeven dat de substituut de GTI met brio bestuurde. Hij onderging gelaten de helse rit die welgeteld 36 minuten duurde. Het geraas van de motor en de loeiende sirene maakten ieder normaal gesprek haast onmogelijk. Versavel zei dus maar niet dat niemand er blijkbaar rekening mee had gehouden dat Nathalie misschien niet thuis was.

Maar voor één keer hadden ze geluk.

Toen ze het politiebureau van De Panne binnenstormden zat Nathalie met rode ogen tussen twee potige agenten in de verhoorkamer.

'Ik zal er geen doekjes om winden, meid,' zei Van In. 'We weten dat Daniel Verhaeghe medeplichtig is aan de ontvoering van Bertrand Delahaye. En we weten eveneens dat jij samen met hem in het komplot zit,' gokte hij.

Nathalies ogen waren gezwollen. Toen ze was opgepakt was ze beginnen huilen van woede en frustratie, omdat ze een afspraak met haar dealer zou missen. Haar ogen schoten vuur in de richting van Hannelore.

'Daar heb ik niets mee te maken. Ik ken die Verhaeghe zelfs niet.'

'Dit is een ontvoering, meid,' zei Van In zacht. 'De straffen voor medeplichtigheid zijn niet mals.'

'Als jullie me van iets beschuldigen, zeg het dan gauw. Dan kan ik mijn advocaat bellen.'

Ondanks het feit dat ze aan lager wal was geraakt, bleef

Nathalie een kind van haar opvoeding: trots en arrogant.

'Als je blijft ontkennen zul je een tijdje je stuff moeten missen.'

Hannelore richtte zich in haar volle lengte op en ging wijdbeens voor Nathalie staan.

'Nooit gehoord van de wet van 14 mei 1994 zeker?'

Dat laatste leek Nathalie van haar stuk te brengen.

'Bij zware criminele feiten zoals moord en ontvoering kan het Openbaar Ministerie een verdachte voor onbepaalde tijd in voorlopige hechtenis laten nemen.'

Ze liet Nathalie even de tijd, zodat die woorden tot haar konden doordringen.

'Een junkie zoals jij overleeft dat vast en zeker niet. Ofwel word je gek, ofwel smeek je om te mogen bekennen,' voegde ze er gemeen aan toe.

'Jij vuile trut!'

Nathalie begon te beven bij de gedachte dat ze haar meer dan vierentwintig uur zouden vasthouden. Zelfs Van In bewoog zich zenuwachtig in zijn stoel. Hij had nog nooit van de wet van 14 mei 1994 gehoord. Niemand van de aanwezigen trouwens.

'Kom, kom, mevrouw de substituut. Zo'n vaart zal het wel niet lopen. Als juffrouw Degroof ons kan vertellen waar Daniel Verhaeghe zich ophoudt, zit ze binnen het halfuur weer thuis.'

Het was een eeuwenoude politietruc, die het in veel gevallen nog heel goed doet: de harde en de meelevende ondervrager. Maar Nathalie had blijkbaar te veel thrillers en politiefeuilletons op tv gezien.

'Je denkt toch niet dat ik daar inloop,' snauwde ze. 'Bovendien is dit verhoor onwettelijk. Een substituut hoort niet aanwezig te zijn bij een politieverhoor. Jij hebt hier niets verloren, magistraatje van mijn voeten.'

Hannelore slikte even. Dat kwam niet zozeer door de belediging die ze moest incasseren, maar omdat Nathalie volkomen gelijk had. Het was zeer zeker ongebruikelijk dat een magistraat van het parket aan een politieverhoor deelnam. Misschien was het zelfs in strijd met de wet, zoals Nathalie suggereerde.

Ze bleven haar om beurt ondervragen tot vier uur in de morgen. De verhoorkamer stond stijf van de blauwe sigaretterook. Nathalie had hen uitgescholden, afgesnauwd en getreiterd. Ze was in woede uitgebarsten en probeerde twee keer te ontsnappen maar ze bleef volhouden dàt ze met de ontvoering van haar neefje niets te maken had.

'Denk je dat ze liegt?' vroeg Hannelore toen Nathalie in een politiecel zat.

'Geen idee,' zei Van In. 'Haar verhoren heeft in ieder geval geen zin meer. Het kreng weet verdomme goed dat we in tijdsnood zitten.'

'Wat stel je dan voor, Pieter?'

Van In schooide een sigaret van de brigadier van dienst en zocht zenuwachtig naar zijn aansteker.

'Terug naar af dan maar,' zuchtte hij. 'Dan zijn we mooi op tijd voor het spektakel. Hoewel een paar uur slaap me deugd zou doen.'

Nog voor het krieken van de dag brachten de televisiemensen hun apparatuur in stelling. Werklieden en technici hadden de hele nacht koortsachtig doorgewerkt. Ze hadden torens gebouwd en kilometers kabel aangesjouwd. Alles was klaar om straks om negen uur voor het oog van de wereld rechtstreeks verslag uit te brengen van een van de meest bizarre ontvoeringen uit de geschiedenis. Nieuwsgierigen die niets van het spektakel wilden missen, sijpelden de stad binnen op zoek naar de beste plaatsen.

De rit van De Panne naar Brugge verliep stukken rustiger dan de heenreis. Iedereen zat er nogal verslagen bij.

'Het spoor wordt koud en de jagers geven de moed maar op,' zei Versavel filosofisch.

Van In staarde somber voor zich uit.

'Wie neemt er nu wraak op een man van tachtig?' zei Hannelore. 'Het lijkt allemaal zo onwaarschijnlijk.'

Van In zat op de achterbank in diep gepeins verzonken. Hij hoorde nauwelijks wat Hannelore en Versavel zegden. Er was iets dat hem sinds gisterenmiddag irriteerde. Net zoals een puistje op je neus: als je in de spiegel kijkt zie je het nauwelijks, maar je weet dat het er is en je blijft er naar kijken.

Het geheugen is een complex doolhof, een levend kluwen waarin herinneringen liggen opgeslagen of doelloos rondzwerven tot ze hun plaats vinden. Maar als zo'n ronddolend, op zichzelf zinloos stukje informatie op een verse impuls stoot en zich daaraan vasthecht, ontstaan soms heel originele invallen.

'Ik denk dat Aquilin Verheye niet dood is,' zei hij onverwacht.

Hannelore draaide zich om. Ze dacht waarschijnlijk dat hij in een vlaag van zinsverbijstering wartaal begon uit te kramen.

'Ik weet het zelfs zeker.'

Van In tastte in de binnenzak van zijn jasje en haalde er de foto's van het graf van Verheye uit.

'Ga even aan de kant staan, Guido en geef me de zaklantaarn eens.'

Versavel stelde geen vragen en parkeerde de wagen op de pechstrook.

'Hier,' zei Van In. Hij stopte Hannelore een van de foto's toe. 'Lees jij die data eens.'

'15.10.1914,' zei ze spontaan.

'En jij, Guido.'

Versavel haalde met tegenzin zijn bril boven en bestudeerde de foto aandachtig. Het duurde even maar toen zei hij ook: '15.10.1914.'

'Benson im Himmel. Het wordt tijd dat ik me ook eens zo'n ding aanschaf,' sakkerde Van In. 'Ik had er veel eerder moeten aan denken.'

'Dat je dringend aan een bril toe bent? Moet je maar zo ijdel niet zijn,' spotte Hannelore.

'Neen, verdomme. De data kloppen niet! Degroof vertelde me dat Verheye twee dagen ouder was dan hij. En híj is geboren op 19 mei 1914.'

'Sla me nu dood,' zei Versavel. Hij wist absoluut niet waarover het ging.

'Maar als Verheye niet dood is, wie ligt er dan wel in het graf?' vroeg Hannelore.

'Niemand, of iemand anders. Maar daar kunnen we heel vlug achter komen.'

Terwijl Van In de dispatching in Brugge opriep wisselde Hannelore van plaats met Versavel.

'Als het weer spannend wordt, mag ik rijden,' glunderde ze. Ze startte de wagen, trapte op het gaspedaal en vertrok met loeiende sirene.

Fleurus is een kleine gemeente ten westen van Namen. Om kwart over vijf, 35 minuten na de oproep van Van In was het kerkhof van het rustige plaatsje hermetisch van de buitenwereld afgesloten.

Dertig inderhaast opgetrommelde rijkswachters wachtten gespannen op instructies.

Procureur Lootens, de man had nog nooit zo snel een beslissing genomen, had zijn collega in Namen gebeld en die had onmiddellijk het bevel gegeven om het lijk van de vermeende Verheye te ontgraven.

Zes rijkswachters gewapend met schoppen en houwelen gingen terstond aan de slag. Ze bekommerden zich nauwelijks om de schade die ze aan de omliggende grafstenen aanrichtten.

Om zes uur precies kreeg Van In het bericht dat de ontgraven kist wel degelijk een lijk bevatte. De pas aangekomen wetsdokter liet weten dat het om een oude man ging. Meer details durfde hij niet te geven.

'Verdomme.'

Van In bonkte met zijn vuist op het bureau. Hij was doodop en zijn incasseringsvermogen had nog evenveel veerkracht als de wapenstok van Versavel. Ze zaten in verrekte tijdnood en ieder spoor liep hopeloos dood. De hele Degroof-affaire was een opeenstapeling van verkeerd ingeschatte gebeurtenissen en halfjuiste conclusies. Net nu hij weer in zijn job begon te geloven, vervloog die illusie als de rook van de sigaret die hij tussen zijn trillende vingers hield.

'Bij de burgerlijke stand moeten ze toch iets weten.'

Hannelore verwoordde de meest voor de hand liggende stap, net een fractie van een seconde vroeger dan Van In er zelf opkwam.

'Je bent een schat!'

Van In nam haar bij de arm en trok haar niet erg elegant naar zich toe. De klinkende zoen op haar wang weerkaatste in het kale vertrek en vier paar ogen, waaronder die van De Kee, bekeken die ontboezeming met open mond.

'We gaan er zelf ook heen,' zei hij tegen de verbouwereerde De Kee. 'Als het lijk niet van Verheye is dan heeft Verheye de identiteit van de dode aangenomen. Het zou me niet verbazen als hij daar ook in de buurt woont en als we Verheye vinden, hebben we de jongen. Hannelore, neem een mobilofoon mee. Op die manier blijven we met iedereen in contact.'

Terwijl ze naar beneden stormden, botste Van In frontaal op D'Hondt, die haastig van het Zand was weggelopen. Via de radio was hij op de hoogte van de nieuwe evolutie.

'Sorry maat, maar er is geen plaats meer in de wagen,' zei Hannelore. Ze zwaaide naar de onthutste kapitein en rende Van In achterna.

In de GTI snoerde ze haar veiligheidsgordel stevig vast en nog voor Van In goed en wel op zijn plaats zat, liet ze de motor angstaanjagend brullen. De Kee, Versavel en D'Hondt keken door het raam over de binnenplaats.

'Die twee wanen zich in de Far-West,' merkte De Kee droog op.

'Met de vlam in de pijp,' sneerde D'Hondt. 'Straks stoppen ze onderweg nog om een nummertje te maken,' voegde hij er hatelijk aan toe.

Versavel wou ook een woordje plaatsen, maar bedwong zich net op tijd. D'Hondt was tenslotte kapitein bij de rijkswacht en het beledigen van een officier kon je carrière ernstig schaden.

Hannelore zette inderdaad aan in puur Amerikaanse stijl, met gierende banden en slingerende achtertrein. Van In zocht ondertussen contact met Fleurus. Toen ze voorbij de kerk van Sint-Michiels raasden slaagde hij daarin.

De verbinding was slecht, maar de rijkswachtofficier die het onderzoek in Fleurus leidde, toonde zich uiterst bereidwillig. Hij stuurde stante pede twee van zijn mannen naar het huis van de burgemeester met de opdracht ASAP de ambtenaar van de burgerlijke stand op te vorderen.

'Je denkt dus werkelijk dat het lijk niet dat van Verheye is,' zei Hannelore relaxed toen ze met loeiende sirenes de autosnelweg opstoven.

'Daar ben ik zelfs redelijk zeker van.'

'Maar hoe heeft hij dat dan in 's hemelsnaam geflikt?'

'Heb je ooit *De dag van de Jakhals* gelezen?'

Ze keek hem gedurende een onderdeel van een seconde onbegrijpend aan.

'Jammer,' zei Van In. 'Ik kan je dat boek warm aanbevelen. Het kan haast niet anders of onze vriend heeft dezelfde methode gebruikt. Je moet weten dat de Jakhals een huurmoordenaar is die zich op verschillende manieren een andere identiteit aanmeet. Verheye moet dat ook gedaan hebben, maar op zijn Belgisch dan.'

'Alsjeblieft, Pieter, draai er niet omheen. Probeer me niet wijs te maken dat mensen de foefjes uit een roman gebruiken om een misdaad voor te bereiden.'

'Ik zou niet verantwoordelijk willen zijn voor al de misdaden die gebaseerd zijn op de plot van een boek of een film, meisje. Trouwens Forsyth, de auteur van het boek, is uitstekend gedocumenteerd. Wat hij beschrijft is perfect uitvoerbaar als men er genoeg tijd voor neemt en over voldoende middelen beschikt.'

Op dat ogenblik ging de autotelefoon over.

'Commandant Evrard hier, 'allo?'

De Waalse rijkswachtofficier sprak een heel behoorlijk Nederlands, dat stukken beter klonk dat het lingo van sommige franskiljons.

'Hallo, hier Van In. Goedemorgen, commandant Evrard. We bevinden ons ter hoogte van Aalter. ETA voorzien omstreeks 7.30 uur. Is de ambtenaar van de burgerlijke stand beschikbaar?'

'Affirmatief,' klonk het professioneel.

'Beschikt hij over het adres en de gezinstoestand van Aquilin Verheye?'

Commandant Evrard antwoordde opnieuw bevestigend, alhoewel hij helemaal niet begreep waarom die gegevens zo belangrijk waren.

'Woonde hij alleen?'

Het duurde een halve minuut voor hij de gevraagde informatie kreeg.

'De man was alleenstaand. Hij woonde daar sinds eind 1990.'

'Verdomme,' vloekte Van In die weer een spoor in rook zag opgaan.

Hannelore, die vastbesloten was het traject Aalter-Namen in minder dan een uur af te leggen, dreef de snelheid van de Golf op tot honderd negentig per uur. De voorbijsuizende politiewagen was ongetwijfeld hét gespreksonderwerp van de vroege pendelaars die braafjes tegen honderd twintig naar hun saaie kantoren bolden.

'Waar woonde hij voordien?' snauwde Van In na een volle minuut stilte.

Gelukkig was commandant Evrard een erg geduldig man.

'Momentje, commissaris.'

Van In had zijn pink gegeven voor een frisse Duvel.

'Schaarbeek,' klonk het na een poosje.

Van In kon nu niet anders meer dan zijn laatste troef uitspelen. Als hij er naast zat, kon mijnheer Forsyth een boze brief van hem verwachten.

'Kunt u natrekken of Aquilin Verheye voor zijn dood een nieuwe identiteitskaart heeft aangevraagd?'

Commandant Evrard moest even slikken.

'Begin drie maanden voor hij naar Fleurus is verhuisd en als dat niets oplevert, vrees ik dat we nog verder moeten gaan,' zei Van In gesmoord.

'Beseft u goed wat u vraagt, commissaris?'

Van In wist heel goed wat hij vroeg. En toen hij ook vertelde dat hij die informatie binnen het uur wenste kreeg zelfs Evrard het op zijn heupen.

'Desnoods kunt u de hulp van Binnenlandse Zaken inroepen of van het Rijksregister.'

'Oké, commissaris, maar ik hoop dat u gelijk hebt.'

Evrard verbrak de verbinding en zette zijn radioman aan het werk.

'Ik moet eerlijk bekennen dat ik je redenering niet goed volg, Holmes,' zei Hannelore. Haar knokkels zagen wit en het haar van haar pony plakte tegen haar voorhoofd.

Van In strekte de benen, voor zover dat mogelijk was in de beperkte ruimte, en slaakte een diepe zucht.

'Ik ga ervan uit dat Verheye zijn plan heel lang geleden heeft uitgebroed. De ziekelijke drang om zich op Degroof te wreken dateert waarschijnlijk nog uit zijn studententijd. Verheye weet dat hij een andere identiteit nodig heeft, zodat Degroof hem niet kan laten opsporen. Want hij legt het wel zo aan boord dat Degroof vanaf het begin weet wie er voor de vergelding verantwoordelijk is, maar dat hij machteloos moet toezien hoe het noodlot zich onverbiddelijk voltrekt. Immers alleen de zaaier kent de wisselvalligheden en de lasten van het leven. En als de zaaier de bedenker is van het plan, dan is ook het Latijnse raadsel opeens erg duidelijk. Ik heb me een hele tijd laten misleiden door de verklaring van Billen, de conciërge.'

'Denk je dat mensen zich zoveel moeite getroosten om wraak te nemen?'

Kind toch, dacht Van In, wat ben je naïef.

Maar hij zei: 'Voor een bepaald soort van mensen is wraak nemen een heilige zaak. Net als godsdienstfanaten schuwen ze geen enkele moeite om hun doel te bereiken.'

'Zoals jij hem beschrijft moet die Verheye gestoord zijn en niet lichtjes,' zei ze nog altijd ongelovig. 'Maar goed, ik heb je onderbroken. Vertel verder.'

'Dus rijst de vraag: wat is de beste manier om op een "legale" manier een andere identiteit aan te nemen?'

'Ja, wat zegt Forsyth daarvan?' giechelde ze.

'Ik zei je toch net dat die man zijn verzinsels nauwgezet aan de realiteit toetst. Iemand die een zekere creativiteit aan de dag legt vindt gegarandeerd een waterdichte oplossing. En we kunnen Verheye moeilijk verwijten dat hij niet creatief is.'

'Fijn,' zei ze. 'Ik geloof je.'

Van In stak opnieuw een sigaret op. De spanning van de voorbije uren verpulverde zijn goede voornemens.

'Dat hoop ik,' zei hij.

'Vertel het dan maar. Ik luister.'

Van In voelde zich een beetje voor schut gezet. Het zat er immers dik in dat hij de bal weer eens grandioos zou misslaan.

'Je denkt toch niet dat ik je uitlach,' zei Hannelore semi-ernstig. 'Voor mij ben je de knapste speurder van de Brugse politie.'

'Vooruit dan maar. Veronderstel dat Verheye in Schaarbeek een oude, alleenstaande, doodzieke man leert kennen, die ongeveer even oud is als hij. Hij zoekt contact en ontdekt dat de man geen familie heeft. In grootsteden vind je dat soort van mensen bij de vleet. Na een paar maanden wordt hij de steun en toeverlaat van die man. Hij doet de boodschappen, maakt de maaltijden klaar en houdt hem gezelschap. Op zekere dag, hij is nu een vertrouwensman geworden, meldt hij de politie dat de identiteitskaart van de man zoek is geraakt. Normaal moet de persoon in kwestie zelf alle formaliteiten vervullen. Maar iedereen weet dat men voor oude mensen nu en dan eens door de vingers kijkt. De politie levert hem een attest af en met dit document biedt hij zich aan bij de burgerlijke stand. Maar in de plaats van de foto van de oude man, dient hij een foto van zichzelf in. Na een paar weken is Verheye in het bezit van een onvervalste identiteitskaart op naam van de oude man, maar met zijn eigen foto erop. Een tijdje later herhaalt hij de operatie, maar dan net andersom. Verheye neemt vanaf dan de plaats in van de oude man. Als dat achter de rug is, overtuigt hij zijn "slachtoffer" om bij hem te komen wonen in de Ardennen. Wie weet welke smoes hij daarvoor gebruikte. Misschien dreigde hij wel hem in de steek te laten. De oude man, die weet dat hij nog maar korte tijd te leven heeft, stemt toe en ze gaan samen in Fleurus wonen. Vanaf dat moment hoeft hij alleen nog maar te wachten tot de oude sterft. Het zou me zelfs niet verbazen dat Verheye voor zijn identiteitsverwisseling zijn testament heeft gemaakt ten gunste van de oude man, zodat hij na diens dood zijn eigen bezittingen erft.'

'En jij denkt dat zo'n operatie mogelijk is in België,' zei ze sceptisch.

'In België is alles mogelijk,' antwoordde Van In zelfverzekerd.

'En toch klopt er iets niet,' reageerde ze aarzelend.

'Wat klopt er niet?'

Hannelore beet op haar onderlip. Ze vond het pijnlijk Van In te moeten teleurstellen.

'Zelfs als Verheye op die manier een andere identiteit heeft aangenomen, dan nog schort er iets. Dat hij de foto's heeft verwisseld kan ik aannemen, maar hij kon toch onmogelijk de gegevens van de burgerlijke stand wijzigen.'

'Excuseer, maar ik volg je niet,' reageerde Van In ongerust.

Ze haalde diep adem en legde haar hand op zijn dij.

'Als Aquilin Verheye over de identiteitskaart van een onbekende oude man beschikt, staan daar ook de gegevens van die oude man op en omgekeerd,' zei ze met een spijtige glimlach. 'De geboortedatum op de grafsteen moet dus wel overeenstemmen met die van de echte Aquilin Verheye, namelijk 17.05.1914.'

'En toch staat er 15.10.1914,' hield Van In koppig vol.

'Tenzij...'

Hannelore pakte het stuur met beide handen vast. Ze glunderde.

'Stel dat Aquilin Verheye een fout heeft gemaakt,' zei ze triomfantelijk. 'Alle misdadigers blunderen vroeg of laat. Daar is iedereen het...'

'Hannelore, stel mijn geduld niet op de proef,' kreunde hij.

'Wel,' zei ze bedachtzaam, 'laten we aannemen dat jouw theorie klopt.'

Van In knikte gretig.

'De oude man die voor Verheye moet doorgaan, sterft. Hij heeft geen familie. Wie zorgt er dan voor de begrafenis?'

'Verheye natuurlijk.'

'Klopt. En wie zorgt er voor de grafsteen?'

'Verheye zeker... Benson im Himmel! Hij heeft natuurlijk domweg de geboortedatum van zijn slachtoffer opgegeven!'

'Precies,' lachte ze.

'Dus heb ik toch gelijk,' stamelde Van In ongelovig.

'Laten we dat maar hopen,' zei ze zacht.

18

Daniel Verhaeghe zat al meer dan anderhalf uur gebiologeerd te kijken naar de aanzwellende mensenmassa op het Zand.

De opkomst overtrof ieders verwachting. Vanuit de lucht schatte men het aantal mensen op meer dan vijftigduizend. Brugge leek een belegerde stad.

Daniel aanschouwde het evenement met een glas champagne bij de hand. Hij genoot met volle teugen van de ultieme triomf.

Met de afstandsbediening zette hij het geluid van de televisie harder. Bijna alle Europese zenders zouden de verbranding straks live uitzenden. Tientallen camera's zoomden in op de schilderijen die op een geïmproviseerde, langwerpige ezel stonden tentoongesteld. Experts van Sotheby's discussieerden over de waarde van de doeken en werden het zoals gewoonlijk niet eens. De schattingen schommelden tussen zestig en honderd miljoen frank.

Vierhonderd rijkswachters en politieagenten stonden in voor de ordehandhaving. Dit leek op het eerste gezicht een overbodige maatregel, want het publiek gedroeg zich bijzonder rustig. Wel heerste er een uitgelaten sfeer op het Zand. Langs de ringlaan, die voor het verkeer was afgesloten, tierden stalletjes met hot dogs, frieten en shoarma als madeliefjes op een pas beregend gazon. De plaatselijke middenstand verkocht bier en frisdrank op het trottoir. De gretige nieuwsgierigheid maakte het publiek dorstig en naarmate het tijdstip van negen uur naderde raakten de gemoederen oververhit. Iedereen had zo zijn eigen mening over het gebeuren.

Patrick Delahaye zat wezenloos in een commandowagen van de rijkswacht. Charlotte was thuis gebleven. Ze zat voor de tv en telde de uren af. Haar gedachten gingen uitsluitend uit naar haar zoon. Ze bad onwennig een onzevader en smeekte God haar gebeden te verhoren.

Van In contacteerde kapitein D'Hondt om tien voor negen.

Hij had pas vijf minuten eerder bericht ontvangen van commandant Evrard. In het politiebureau van Schaarbeek doorzochten agenten koortsachtig de stapels formulieren die betrekking hadden op de aangifte van verloren of gestolen identiteitskaarten. Dat moest wel op die manier omdat de computer waarin alle gegevens waren gestockeerd, defect was.

Het kon nog een tijdje duren. Alles hing af van het tijdstip waarop Verheye de aangifte had gedaan en dan moesten ze nog alle adressen controleren van de personen die voor de verwisseling in aanmerking kwamen.

'Hallo, Van In hier. Ik heb een dringende mededeling voor kapitein D'Hondt.'

'Kapitein D'Hondt is helaas niet te bereiken,' antwoordde de wachtmeester aan de andere kant van de lijn.

Zijn instructies waren formeel. Kapitein D'Hondt stond een reporter van de BBC te woord. D'Hondt was een anglofiel en zijn hart bonsde in zijn keel van blijdschap toen hij voor een interview werd gevraagd. Een optreden voor de camera van de Engelse televisie was de hoogste eer die hem kon te beurt vallen. Straks zouden enkele stafofficieren groen van nijd zien en kon D'Hondt eindelijk bewijzen dat hij de enige rijkswachtofficier was die behoorlijk Engels sprak.

Van In werd bleek rond zijn neus toen de arrogante onderofficier hem afscheepte. De hand waarmee hij de hoorn van de mobilofoon vasthield beefde. Hannelore zag dat hij op ontploffen stond.

'Ik zal mijn verzoek nog een keer herhalen,' bitste hij. 'Minister Tobback zit hier naast mij. Als D'Hondt niet binnen de minuut aan het toestel is, geef ik je de minister door.'

Het bleef ijzig stil aan de andere kant en even dacht Van In dat de rijkswachter de verbinding had verbroken. Hannelore zat met een zakdoek voor haar mond te proesten. De tranen rolden over haar wangen.

'Hallo D'Hondt.'

Zijn hart bonsde bijna hoorbaar nu en hij hijgde van het rennen.

'Ik wil dat je het spektakel een uur uitstelt,' snauwde Van In.

D'Hondt registreerde de woorden maar was niet bij machte de betekenis ervan te vatten.

'Wat zeg je daar?' vroeg hij schor.

'Ik wil dat je het verbranden van de schilderijen een uur uitstelt. Verzin een smoes voor de pers, maar geef me nog een uur.'

'Geen sprake van. Verzin een smoes! Welke smoes?'

'Geef hem Tobback,' fluisterde Hannelore giechelend.

'Ogenblikje, D'Hondt.'

Van In zocht koortsachtig naar een oplossing. De ontvoerders keken heel zeker naar de televisie en wellicht stond Wapper zelfs op het Zand. Hij vermoedde dat ze de jongen niet zouden ombrengen als ze zich niet strikt aan de afspraak hielden, maar heel zeker was hij daar ook niet van.

'Vraag Delahaye dat hij net op het moment dat hij het eerste schilderij bekrast van zijn stokje gaat. Laat hem op een draagberrie afvoeren en zorg ervoor dat de camera's alles registreren.'

'Ik hoop dat je weet wat je doet, Van In,' zei D'Hondt, die zichzelf nu weer volledig onder controle had.

'Maak je maar niet ongerust, kerel. En nog iets. Druk Delahaye vooral op het hart dat hij de komedie realistisch speelt.'

Vanaf negen uur stond het politiekantoor van Schaarbeek in verbinding met het Rijksregister en daar deed de computer het wel.

Een kwartier later spuwde hij een naam uit: Laurent De Bock, Les Heids, Vézin.

Terwijl die naam werd doorgegeven, zat Van In te kettingroken op de rand van een neogotisch grafmonument op het kerkhof van Fleurus. Om de dertig seconden wierp hij een blik op zijn horloge.

Hannelore stond een eindje verderop te keuvelen met commandant Evrard. De commandant, een brave huisvader, vergat haast dat hij midden in een ontvoeringszaak zat. Net als vele anderen was hij van mening dat de knappe substituut helemaal niet in hun milieu thuishoorde. Ze sprak overigens buitengewoon melodieus Frans. In Parijs wachtte haar een zekere carrière, daar was hij rotsvast van overtuigd.

Bertrand Delahaye werd uit zijn koortsige verdoving gewekt door het dichtklappen van autoportieren en haastig geren over het grind.

Hij droomde net dat hij bovenop een steile helling stond. Hij had met de jeugdbeweging een bergtocht gemaakt en was zijn makkers kwijtgeraakt. Daarom was hij steeds hoger geklommen tot hij eindelijk de top bereikte. Omdat hij ook daar zijn vrienden niet vond, besloot hij in zijn eentje de terugtocht naar het dal aan te vatten. Maar de helling die hij had beklommen leek van bovenaf plotseling onmenselijk steil. Weifelend en bang stond hij aan de rand van een haast loodrechte afgrond. Het had geen zin om hier te blijven wachten. Niemand zou hem vinden. Daarom daalde hij voetje voor voetje af.

Hij voelde de losse steen onder zijn voet wegschuiven en probeerde nog zijn evenwicht te bewaren. Pas toen hij echt in de ijle lucht naar beneden viel, begreep hij dat het knarsend grind niet meer strookte met de sensatie van de vrije val.

Het geluid kwam van buiten.

Er liepen mensen om het huis.

Een vijftigtal rijkswachters omsingelde met getrokken wapen de chalet van Aquilin Verheye, alias Laurent De Bock. Van In las de naam die op een houten plank was geschilderd en tegen de gevel van de chalet was gespijkerd: *de Molay*.

Nu was er geen twijfel meer mogelijk.

Jacques de Molay, dat had hij nog onthouden uit het exposé van Billen, was de laatste grootmeester van de tempeliers. Hij was het die Filips de Schone, Clemens v en Nogaret vervloekte voor hij levend werd verbrand.

De Bock was de man die ze zochten.

Evrard wachtte tot zijn mannen hun posities hadden ingenomen en wenkte toen naar Van In en Hannelore. De zomerse stilte in het dennenbos herstelde zich meteen. Iedereen hield gespannen de adem in.

'Help, help,' hoorden ze alle drie. De stem klonk zwak, maar het geroep kwam onmiskenbaar uit de chalet.

Van In en Evrard keken elkaar een fractie van een seconde aan en sprintten als twee overjaarse joggers naar de voordeur. Met een welgemikte trap deed Van In de deur uit haar hengsels springen. Evrard stormde met z'n pistool in de aanslag de hal binnen, maakte een voorwaartse koprol en zocht plat op zijn buik dekking achter een koperen paraplubak.

Het was een komisch zicht.

De jongen bleef om hulp roepen, maar voor de rest bleef alles in de chalet rustig.

Het was tien voor tien toen Van In naar binnen sprong. In tegenstelling tot Evrard bleef hij op zijn benen staan. Hij duwde de tussendeur open en wierp een korte blik in de gang voor hem. Een deur die naar de keuken leidde stond halfopen. Van In ging naar binnen en vond de oude man op de vloer. Zijn arm lag uitgestrekt voor hem en in zijn hand omknelde hij een sleutel.

Evrard krabbelde recht toen Van In hem een teken gaf dat er geen gevaar dreigde.

Van In stond gebogen over het lijk van Aquilin Verheye. Hij was verplicht om twee vingers te breken voor hij de sleutel te pakken kreeg.

'Rustig maar,' suste Van In toen hij enkele seconden later een snikkende Bertrand aan zijn borst drukte. 'De nachtmerrie is voorbij jongen. Ik breng je naar huis.'

Daniel Verhaeghe luisterde ontzet naar de journalist die met ontroering in zijn stem vertelde dat de ontvoering was afgelopen.

De politie had de jongen bevrijd en een van de ontvoerders had daarbij de dood gevonden.

Naast hem stond een breed glimlachende De Kee. Zijn haar was perfect achterover gekamd en glansde onder de gel.

'Onze mensen hadden de zaak al meer dan vierentwintig uur onder controle,' verklaarde hij trots. 'Ik heb de hele operatie vanaf het eerste uur gecoördineerd en we beschikten over essentiële gegevens die de kidnappers uiteindelijk de das omdeden.'

Later zou Versavel, die de hele uitzending had getapet, de band aan Van In bezorgen. D'Hondt zocht tevergeefs naar de reportagewagen van de BBC, terwijl zijn manschappen met behulp van megafoons de menigte verzochten het plein te ontruimen.

Toen Patrick Delahaye het verlossende nieuws vernam, viel hij echt van zijn stokje.

In de Bisschopsdreef schonk een snotterende Charlotte zich een driedubbele cognac in. De handen die jarenlang delicate oogoperaties hadden uitgevoerd, trilden als de vleugels van een pas ontpopte vlinder.

De receptionist van het Park Hotel zag Daniel Verhaeghe door de lobby stormen. Gisteravond, hij was nog even blijven kletsen met de collega die hem afloste, had hij de jongeman in een rolstoel zien binnenkomen. De man greep naar de telefoon en verwittigde de politie.

Daniel wou net de blauwe Ford Transit starten toen hij door een twintigtal agenten werd omsingeld.

'Van harte gefeliciteerd, Holmes,' zei Hannelore toen een ziekenwagen Bertrand Delahaye naar de dichtsbijzijnde kliniek voerde. 'Ik weet nog altijd niet hoe je het hebt klaargespeeld, maar laat niemand me meer wijsmaken dat de Brugse politie alleen uitblinkt in het schrijven van parkeerbonnen.'

Van In verfrommelde zijn sigarettenpakje en nam haar bij de arm. Hij voelde zich ijl in zijn hoofd.

'Heb je soms een sigaretje voor me,' zei hij zacht. 'Het laatste, want vanaf nu kap ik ermee. Die dingen worden echt gevaarlijk voor mijn gezondheid.'

Ze grabbelde in haar handtas, maar vond er ook geen.

'Straks koop ik er voor je en in afwachting kun je een troostprijs krijgen.'

Ze sloeg haar armen om hem heen en kuste Van In op de mond.

Helden krijgen nu eenmaal de leukste meiden, dacht Van In. Hij duwde zijn tong tegen haar gladde tanden en probeerde niets van dit moment te laten verloren gaan.

Commandant Evrard keek van op een afstand toe.
Die Vlamingen hebben ook altijd geluk, peinsde hij.

Op dinsdagvoormiddag rinkelde de telefoon ononderbroken tot Van In het snerpend geluid niet meer kon verdragen.

'Het is toch al elf uur,' zei Hannelore slaperig. 'We kunnen hier niet eeuwig blijven liggen.'

'Ga jij dan naar beneden,' sakkerde Van In.

'De volgende keer, Pieter.' Ze draaide zich op haar zij en dommelde weer in.

Van In liep in zijn blootje naar beneden en nam woedend op.

'De oude heeft zich door de kop geschoten.'

Het was Versavel en hij leek in alle staten. Van In reageerde niet onmiddellijk. Het kon hem op dat moment ook weinig schelen.

'Heb je de kranten dan niet gelezen,' ratelde Versavel. 'Iemand heeft alles openbaar gemaakt.'

Van In ging zitten en zocht naar een sigaret. Gelukkig vond hij er geen. Het zou niet meevallen om te stoppen met roken, dacht hij. Ondertussen luisterde hij met een half oor naar het relaas van Versavel.

In twee kranten stond de volledige bekentenis van Daniel Verhaeghe afgedrukt. Andere kranten pakten iets bescheidener uit, maar gaven wel de grote lijnen van het verhaal. De hele incestaffaire en de verdachte opname van Aurelie werden uitvoerig uit de doeken gedaan.

'Wist jij misschien dat Aurelie de dochter van Aquilin Verheye is?' schreeuwde Versavel toen hij aanvoelde dat Van In nogal ongeïnteresseerd luisterde. 'Elisa de Puyenbroucke en Verheye zijn altijd minnaars geweest. Degroof kwam erachter en om zich te wreken heeft hij Aurelie al die jaren seksueel misbruikt.'

'Technisch gesproken was het dan toch geen incest,' reageerde Van In droog. 'Hij wist dat het zijn dochter niet was.'

'Nou ja,' zeurde Versavel. 'Op die manier kun je alles relativeren. De oude Degroof vond de openbaarmaking in ieder geval voldoende erg om zich een kogel door de kop te jagen. Hij was erg aan zijn eer gehecht. Misschien is alles beter zo,' zuchtte Versavel. 'Ik dacht dat het nieuws je zou interesseren, commissaris,' voegde hij er beduusd aan toe.

'Maar natuurlijk, kerel. Hartelijk bedankt voor de moeite. Ik vertel het meteen aan Hannelore.'

'Ach zo,' kuchte Versavel veelbetekenend.

'Hang alsjeblieft de onnozelaar niet uit, Guido. Als je jaloers bent, zoek dan kapitein D'Hondt op. Die kan je misschien troosten.'

'Smeerlap.'

'Hou je taai, Guido. We zien elkaar morgen wel. Ciao!'

Van In legde de hoorn op de haak en liep nadenkend naar het aanrecht. Hij zette de ketel op het vuur en maakte een pakje koffie open. De geur deed hem naar een sigaret snakken.

Het is je sinds gisteravond gelukt, waarom vandaag dan niet, sprak hij zichzelf moed in.

Het was dus de barones die Verheye informeerde over de code van het inbraakalarm en die hem de gedetailleerde lijst van de schilderijen bezorgde.

Hij had de hele tijd Anne-Marie verdacht.

Terwijl hij kokend water door de filter goot, resumeerde hij de gebeurtenissen van de voorbije acht dagen.

Het motief was nu aannemelijk.

Aquilin Verheye, de minnaar van Elisa de Puyenbroucke, wilde wraak nemen op Degroof omdat die het leven van hun liefdeskind had geruïneerd. Daniel Verhaeghe, het kind dat werd geboren uit de vermeende incestueuze verhouding, wilde vergelding voor het onrecht dat Degroof zijn moeder had aangedaan. Alhoewel ze uiteindelijk Degroof wilden treffen hadden ze de familie gebruikt om hun doel te bereiken.

Dat ze daarvoor een omslachtige werkwijze volgden lag niet voor de hand, maar was anderzijds ook niet zo heel ongewoon. In de States maakten ze op dat gebied de vreemdste dingen mee. Eigenlijk hoefde hij daar niet meer over te piekeren. De zaak was opgelost, maar toch.

Waarom hadden ze zo lang gewacht en wat bezielde Daniel Verhaeghe om...

Van In goot te veel water op de koffie. De filter liep over en de zwarte smurrie droop over de porseleinen kan die hij voor de gelegenheid had bovengehaald.

Zonder zich om de rotzooi te bekommeren liep hij naar de salon en toetste het nummer van Delahaye in. Gelukkig was het Charlotte zelf die opnam.

Ze was heel verwonderd toen ze hoorde wat hij wilde weten, maar beloofde zo snel mogelijk te bellen als ze een antwoord kreeg.

Van In had haar alles mogen vragen.

Hannelore glunderde toen hij met een dienblad met toost en koffie naar boven kwam. Het scheelde niet veel of hij miste de laatste trede.

'Ik ben niet gewoon om iemand een ontbijt op bed te brengen,' verontschuldigde hij zich.

'Dat hoop ik voor jou, Pieter Van In,' zei ze dreigend.

Even na twaalf rinkelde de telefoon opnieuw en Van In stormde naar beneden.

'Zou het niet makkelijker zijn als je boven een toestel liet plaatsen?' riep ze hem na.

Het gesprek duurde slechts een paar minuten en toen Van In naar boven kwam, schudde hij meewarig het hoofd.

'Problemen?'

'Neen, geen problemen,' zuchtte hij.

'Wel, vertel dan iets en doe niet zo verdomd geheimzinnig.'

'Drink eerst je kopje leeg. We gaan op bezoek bij de barones. Het lijkt me beter dat zij alles vertelt. Maar beloof me één ding: wat ze ons vertelt blijft onder ons.'

Het duurde een tijdje voor iemand de deur openmaakte van het huis aan de Spinolarei.

Hannelore had de hele weg lopen zeuren. Van In bleef onvermurwbaar. Hij liet niets los. Ze trappelde letterlijk van ongeduld toen hij voor de derde keer aanbelde.

Elisa, barones de Puyenbroucke, had haar jeugd verloren, maar aan schoonheid en gratie had ze niets ingeboet. Ze leek nog sprekend op de foto op de schoorsteenmantel. Ze droeg een grijze pantalon en een grof gebreide wollen trui, waardoor ze er twintig jaar jonger uitzag. In haar ogen blonk pijn en op haar licht voorovergebogen schouders leek ze een loodzware last te torsen. Van In schrok er helemaal niet van dat ze niet in een rolstoel zat of er zwaar ziek uitzag.

'Ik had u verwacht, commissaris, kom binnen.'

Ze sprak heel mooi Nederlands met een licht Hollands accent, een overblijfsel uit haar kostschooltijd.

'Storen we niet?'

Ze schudde het hoofd.

'Hij had het lef niet om het hier te doen,' zei ze met een trieste glimlach. 'Bovendien bewaarde hij zijn jachtgerei op ons buitenverblijf in Vlissegem.'

Daarom was het zo rustig om het huis. Van In had zich al afgevraagd waarom er geen wagens van het parket stonden.

Ze leidde hen naar dezelfde salon waar Van In eerder door Degroof was ontvangen. Op de salontafel stond een grote ruiker witte lelies. Van de muffe geur was haast niets meer te merken.

'Mevrouw Martens is substituut van de procureur des konings. Ze heeft me bijgestaan in het onderzoek. Maar zij noch ik zijn hier uit hoofde van onze functie. Dit bezoek is informeel.'

Ze knikte en ging bij het raam zitten, ver van de chesterfield van haar man.

'Heeft hij u iets verteld over de omstandigheden waarin wij gehuwd zijn?' begon ze zelf verrassend direct.

Van In bevestigde met een hoofdknik en liet haar verder spreken. Ze namen ongevraagd plaats in een met bloemetjesmotief overtrokken sofa.

'Ik was verliefd op Aquilin en hij op mij,' zei ze aarzelend alsof ze nu pas besefte dat ze tegen wildvreemde mensen bezig was. 'We zijn trouwens altijd op elkaar verliefd gebleven. Maar mijn familie wilde hem toen niet accepteren. Hij was arm en wij waren arm. Mijn vader had alleen zijn naam te verkopen. Hij arrangeerde het huwelijk met Degroof. Die was rijk en bovendien kende ik hem goed. Hij was de beste vriend van Aquilin. Nu zijn ze beiden dood: de prins en het beest.'

Hannelore schrok toen de oude vrouw dit woord in de mond nam.

'Eerst maakten we plannen om naar het buitenland te vluchten, maar dat kon ik mijn familie niet aandoen. Eén ding kon ik Aquilin beloven: ik zou altijd van hem blijven houden. We spraken af dat we elkaar geregeld zouden blijven zien. Dat kon gemakkelijk want mijn man was toch bijna nooit thuis.'

Ze pauzeerde even en Hannelore kreeg de indruk dat ze die tijd in gedachten opnieuw beleefde. Ze had medelijden met de oude vrouw.

'Aquilin kwam me een keer in de maand opzoeken en op een dag besloten we om samen een kind te krijgen. Eerst wilde hij niet. Maar ik kon hem overhalen. Ik wilde een kind van hem. Op die manier zou hij altijd bij me zijn. We berekenden de meest gunstige datum en ik nam me voor om daarna twee weken bij mijn ouders te gaan logeren. Dat deed ik geregeld. Hij zou absoluut geen argwaan koesteren.'

De barones kreeg het zichtbaar moeilijk. Haar stem stokte en haar ogen dreven in een oceaan van bittere tranen.

'We beleefden samen een hemelse namiddag en ik voelde dat het gelukt was.'

Ze haalde haar zakdoek boven en snoot haar neus.

'Maar die avond, ik had net mijn koffers gepakt, stormde hij mijn kamer binnen. Ik weet niet wat hem bezielde. Ik las in zijn ogen dat hij het wist. Drie dagen na elkaar heeft hij me als een beest verkracht.'

Van In voelde een prikkelende krop in zijn keel.

'Maar toen Aurelie werd geboren, wist ik dat het ons kind was. Ze had de ogen van Aquilin en dat maakte de vernedering ruimschoots goed. Aquilin kwam iedere maand naar Aurelie kijken. Om geen risico meer te lopen, spraken we telkens op een andere plaats af. Ik was zo blij met Aurelie dat ik het beest daarna zijn eigen kinderen liet verwekken.'

'Wanneer kwam u erachter dat hij Aurelie misbruikte?' vroeg Van In zo voorzichtig mogelijk.

De barones kon zich niet meer bedwingen en barstte in tranen uit.

'Haar jeugd is een hel geweest,' snikte ze. 'Aquilin heeft alles geprobeerd om haar uit zijn klauwen te bevrijden. Hij wou hem vermoorden, maar dat heb ik hem uit zijn hoofd kunnen praten. Als ze hem opsloten was ik alles kwijt. Officieel stonden we machteloos. Eén keer heb ik een poging ondernomen klacht neer te leggen bij het gerecht. Toen hij 's avonds thuiskwam, heeft hij me afgeranseld. De procureur had hem opgebeld. De zaak werd uiteraard geseponeerd. Toen heeft hij haar een tijdje met rust gelaten. Hij koelde zijn woede op mij. Hij sloot me op en maakte iedereen wijs dat ik ziek was.'

'Wisten de andere kinderen wat er aan de hand was?'

Ze knikte.

'Hij hersenspoelde hen.'

'Heeft hij Benedicte lastig gevallen?'

'Ik denk het wel. Hij was onverzadigbaar.'

'En Nathalie?'

'Nathalie was ons tweede kind,' zei ze fier.

'Wat?' riep Van In uit.

'Nog voor Aurelie zwanger raakte van het beest, wilde Aquilin me troosten. Ik was depressief en zonder Aquilin had ik er al lang een eind aan gemaakt. Een kind zou me hoop geven, redeneerde hij.'

'Is Degroof daar ooit achter gekomen?'

Ze schudde het hoofd.

'Hij heeft haar nooit gekregen. Nathalie had het karakter van Aquilin. Ze was sterk en opstandig. Ze liep van huis weg maar belandde in verkeerde milieus en nu...'

'Nu is ze zwaar verslaafd aan de drugs,' zei Van In ongewild, maar ze sloeg er gelukkig geen acht op.

'Aquilin wilde niet dat ik haar geld gaf.'

'Maar dat deed u toch.'

Ze keek Van In recht in de ogen.

'Onze eerste dochter zat in een instelling. Haar zoon lijdt aan een dodelijke ziekte, dus waarom zou ik Nathalie haar roes niet gunnen?'

'Daniel lijdt aan het syndroom van Marsan, is het niet?'

Ze schrok er niet van dat Van In op de hoogte was.

'Dat kwamen we vijf jaar geleden te weten,' zei ze. 'Normaal kon hij behandeld worden, de oogkwaal bedoel ik. Maar de dokters ontdekten dat er als gevolg van de ziekte een verdunning van de aortawand was ontstaan en die bleek niet te opereren. Daniel is ten dode opgeschreven.'

'En dat was de druppel die de emmer deed overlopen,' zei Van In. 'Het plan om iedereen te straffen is daarom pas vijf jaar geleden ontstaan.'

Ze knikte.

'Aquilin werkte alles uit tot in de kleinste details. Hij wilde dat het beest zou weten wie hem strafte. Hij wilde het beest en zijn kroost laten boeten voor hetgeen zij zijn dochters en zijn kleinzoon hadden aangedaan. Het beest moest sterven en Ghislain, Charlotte en Benedicte moesten lijden voor hun stilzwijgen.'

'Omdat jullie wisten dat het gerecht niet zou meewerken als hij door een ordinaire roddelcampagne werd belaagd, zorgde Aquilin voor zoveel mediabelangstelling dat niemand om de feiten heen zou kunnen als ze tenminste op het gepaste moment werden bekend gemaakt.'

'Nathalie heeft maandagavond alle gegevens aan de pers doorgespeeld,' zei ze.

Dus toch, dacht Hannelore. Ze zat dus toch in het komplot. Daarom was ze zo kwaad toen Hannelore dreigde haar op te sluiten.

'Aquilin was niet bang voor de gevolgen. Zelfs als het plan mislukte en de politie hem te pakken kreeg had Daniel niets te vrezen. In zijn conditie zou iedere jury hem vrijspreken en wat mijn lieve Aquilin betreft: hij wist dat hij niet al te lang meer te leven had. Zij enige ambitie bestond erin zijn kleinzoon als een bevoorrechte toeschouwer te laten genieten van zijn wraakneming.'

De barones sprak met vuur en overtuiging.

'En ik heb er evenmin spijt van. De kinderen van het beest verkozen hem boven hun moeder en hij heeft van mijn leven een hel gemaakt.'

Het bleef geruime tijd stil in de kamer. Hannelore zat onwennig aan haar ringen te frutselen. Van In keek door de groene glas-in-loodruitjes.

Sator rotas opera tenet.

Maar alleen hij en Charlotte kenden de waarheid. Want toen de dokters het syndroom van Marsan bij Daniel vaststelden, hadden ze niet gezegd dat dit syndroom een erfelijke ziekte is die uitsluitend het gevolg is van incest.

Het had iets van Sofokles.

Elisa en Aquilin hadden samen slechts één kind gehad: Nathalie.

Aurelie was de dochter van het beest.

Van In keek naar Hannelore en naar de oude barones.

Hij was helemaal niet van plan hun dat te vertellen.

Van PIETER ASPE
zijn bij dezelfde uitgever verschenen:

Het vierkant van de wraak
De Midasmoorden
De kinderen van Chronos
De vierde gestalte
Het Dreyse-incident
Blauw bloed
Dood tij
Zoenoffer
Vagevuur
De vijfde macht
Onder valse vlag
Pandora
13
Tango
Onvoltooid verleden
Casino
Ontmaskerd
Zonder spijt
Alibi
Rebus
Op drift
De zevende kamer

Grof wild